人猿泰山全译精编插画系列（全25种）

人猿泰山
之
密林追踪

［美国］埃德加·赖斯·巴勒斯/著
林蓉蓉/译

The Son of Tarzan
by Edgar Rice Burroughs

图书在版编目（CIP）数据

人猿泰山之密林追踪／（美）埃德加·赖斯·巴勒斯著；林蓉蓉译. -- 上海：上海文艺出版社，2019
（人猿泰山全译精编插画系列）
ISBN 978-7-5321-7035-7

Ⅰ.①人… Ⅱ.①埃… ②林… Ⅲ.①长篇小说－美国－现代 Ⅳ.①I712.45

中国版本图书馆CIP数据核字(2019)第028790号

书　　名:	人猿泰山之密林追踪
著　　者:	[美国] 埃德加·赖斯·巴勒斯
译　　者:	林蓉蓉
责任编辑:	田　芳
装帧设计:	周　睿
责任督印:	张　凯
出　　版:	上海文艺出版社
出　　品:	上海故事会文化传媒有限公司
	（200020　上海市绍兴路74号　www.storychina.cn）
发　　行:	上海文艺出版社发行中心
	（上海市绍兴路50号）
印　　刷:	上海中华印刷有限公司
开　　本:	889毫米×1194毫米　1/32　印张9.25
版　　次:	2019年4月第1版　2019年4月第1次印刷
ＩＳＢＮ:	978-7-5321-7035-7/I·5627
定　　价:	25.00元

版权所有·不准翻印

故事会　大众文化出版基地
上海故事会文化传媒有限公司 出品（00849）www.storychina.cn

上海故事会文化传媒有限公司所有图书可办理邮购，免收邮费（挂号除外）
汇款地址：上海市绍兴路74号(200020)　收款人：上海故事会文化传媒有限公司出版发行部
联系电话：021-64338113
如发现本书有质量问题，请与印刷厂质量科联系 T：021-60829062

人猿泰山全译精编插画系列（全25种）
编 委 会

总 策 划：夏一鸣

主　　编：黄禄善

副 主 编：高　健

编辑成员

（按姓氏笔画为序排列）

田　芳　朱崟滢　李震宇　张雅君

胡　捷　夏一鸣　高　健　黄禄善　詹明瑜　蔡美凤

百年文学经典 文化传播之最
人猿泰山驰骋的奇幻世界

黄禄善

美国文学史上不乏这样的作家：他们生前得不到学术界承认，死后多年也不为批评家看好，然而他们却写出了最受欢迎的作品，享有最大范围的读者。本书作者埃德加·赖斯·巴勒斯即是这样一位作家。自1912年至1950年，他一共出版了一百多本书，这些书涉及多个通俗小说门类，而且十分畅销，其中不少被译成多种文字，在世界各地广为流传。当代科幻小说大师亚瑟·克拉克曾如此表达对他的敬仰："埃德加·赖斯·巴勒斯具有重要地位。是巴勒斯，激起了我的创作兴趣。"另一位著名通俗小说家雷·布莱德伯利也说："埃德加·赖斯·巴勒斯也许可以称为世界历史上最有影响力的作家。"然而，正是这个被众人交口称誉的作家，对前来采访的记者说："我不认为我的作品是'文学'。"而且，面对众多书迷的"如何走上文学道路"的提问，他也只是轻描淡写地回答："那是因为我需要钱。我35岁时，生活中的一切尝试都宣告失败，只好开始搞创作。"

确实，埃德加·赖斯·巴勒斯在从事文学创作前，有过一段十分坎坷的生活经历。他于1875年9月1日出生在美国芝加哥，父亲是南北战争期间入伍的老兵，后退役经商。儿时的巴勒斯对未来充满了幻想，曾对人夸口说父亲是中国皇帝的军事顾问，自己住在北京紫禁城，并在那里一直待到10岁才回国。但是，后来的事实表明，这一良好愿望只不过是一团泡影。从密歇根军事学院毕业后，他在美国骑兵部队服役，不久即为谋生四处奔波。他先后尝试了许多工作，包括警察和推销商，但均不成功。1900年，他和青梅竹马的女友结婚，之后两人育有两儿一女。接下来的日子，埃德加·赖斯·巴勒斯是在贫困中度过的。为了养家糊口,他开始替通俗小说杂志撰稿。他的第一部小说《在火星的卫星下》于1912年分六集在《故事大观》连载。这部小说即刻获得了成功,为他赢得了初步的声誉。同年,他又在《故事大观》推出了第二部小说,亦即首部"泰山"小说。这部小说获得了更大成功。从此,他名声大振,稿约不断,平均每年出版数部书。第二次世界大战期间,他以66岁的高龄奔赴南太平洋,当了战地记者。1950年3月19日,埃德加·赖斯·巴勒斯因心力衰竭在美国逝世。

埃德加·赖斯·巴勒斯是美国文学史上第一个重要的通俗小说家。他一生所创作的通俗小说主要有四大系列。第一个是"火星系列",包括《火星公主》《火星众神》和《火星军魁》。该"三部曲"主要讲述一位能超越死亡界限、神秘莫测的地球人约翰·卡特在火星上的种种冒险经历。第二个系列为"佩鲁塞塔历险记",共有七部。开首是《在地心里》,以后各部依次是《佩鲁塞塔》《佩鲁塞塔的塔纳》《泰山在地心里》《返回石器时代》《恐惧之地》《野蛮的佩鲁塞塔》,主要讲述主人公佩鲁塞塔在钻探地下矿藏时,不小心将地壳钻穿,并惊讶地发现地球核心像一个空心葫芦,那里住着许多原始人,还有许多古生动物和植物。1932年,《宝库》杂志开始连载埃德加·赖斯·巴勒斯的第三个系列,也即"金星系列"的首部小说《金星上的海盗》。该小说由"火星系列"衍生而出,但情节编排完全不同。主人公卡森·内皮尔生在印度,由一位年迈的神秘主义者抚养成人,并被教给各种魔法,由此开始了金星上的冒险经历。该系列的其余三部小说是《金星上的迷失》《金星上的卡森》和《金星上的逃脱》。第五部已经动笔,但因"二战"爆发而搁浅。

尽管埃德加·赖斯·巴勒斯的"火星系列""佩鲁塞塔历险记"和"金星系列"奠定了他的美国早期重要通俗小说作家的地位,但他成就最大、影响也最大的是第四个系列,也即"人猿泰山系列"。该系列始于1912年的《传奇诞生》，终于1947年的《落难军团》，外加去世后出版的《不速之客》，以及根据遗稿整理的《黄金迷城》，总共有25种之多。中心人物泰山是一个英国贵族后裔，幼年失去双亲，由母猿卡拉抚养长大。少年泰山不仅学会了在西非原始森林的生存本领，还具有人类特有的聪慧。凭着这一人类特性，他懂得利用工具猎取食物，并从生父遗留下来的看图识字课本上认识了不少英文词汇。随着时光流逝，他邂逅美国探险家的女儿简·波特，于是生活发生急剧变化，平添了无数波折。接下来的《英雄归来》《孤岛求生》等续集中，泰山已与简·波特结合，生了一个儿子，并依靠巨猿和大象的帮助，成了林中之王，又通过一个非洲巫师的秘方，获取了长生不老之术。再后来，在《绝地反击》《智斗恐龙》《真假狮人》《神秘豹人》等续集中，这位英雄开始了种种令人惊叹的冒险，足迹遍及整个西非原始森林、湮没的大陆。

　　从小说类型看，"人猿泰山系列"当属奇幻小说。西方最早的奇幻小说为英雄奇幻小说，这类小说发端于古希腊荷马史诗《伊利亚特》和《奥德赛》，成形于19世纪末英国小说家威廉·莫里斯的《世界那边的森林》，其主要模式是表现单个或群体男性主人公在奇幻世界的冒险经历。他们多为传奇式人物，有的出身卑微，必须经过一番奋斗才能赢得下属的尊敬；有的是落难王子，必须经过一番曲折才能恢复原有的地位。在冒险中，他们往往会遭遇各种超自然邪恶势力，但经过激烈较量，正义战胜邪恶，一切以美好告终。人猿泰山显然属于"落难王子"型主人公。他本属英国贵族后裔，却无端降生在无名孤岛，并险些丧命。在人迹罕至的西非原始森林，他与野兽为伍，经历了难以想象的生存危机。终于，他一天天长大，先后战胜大猩猩和狮子，又打死猿王克查科，并最终成为身强力壮、智慧超群的丛林之王。值得注意的是，埃德加·赖斯·巴勒斯在描写人猿泰山的这些经历时，并没有简单地套用英雄奇幻小说的模式，而是融入了自己的创造。一方面,他删去了"魔法""仙女""精灵"等超自然因素;另一方面,又增加了较多的现实主义成分。人们在阅读故事时,并不觉得是在虚无缥缈的奇幻天地漫步,而是仿佛置身栩栩如生的现实主义世界。正因为如此,"人猿泰山系列"比一般的纯英雄奇幻小说显得更生动、更令人震撼。

毋庸置疑,人猿泰山驰骋的奇幻世界是"人猿泰山系列"的又一大亮点。在构筑这一虚拟背景时,埃德加·赖斯·巴勒斯显然借鉴了亨利·哈格德的创作手法。亨利·哈格德是19世纪英国著名小说家,自80年代中期起,他根据自己在非洲的探险经历,创作了一系列以"遗忘的年代,湮没的城市"为特征的奇幻作品。譬如《所罗门王的宝藏》,述说一个名叫阿兰的猎手在两千多年前的奇幻王国觅宝,几经曲折,终遂心愿。又如《她》,主人公是非洲一个奇幻原始部落的女统治者,她精通巫术,具有铁的统治手腕,但对爱情的执着酿成了她一生最大的悲剧。"人猿泰山系列"的故事场景设置在人迹罕至的原始森林,在那里,虎啸猿鸣,弱肉强食,险象环生。正是在这一极端恶劣的环境中,泰山进行了种种惊心动魄的冒险。在后来的续篇中,埃德加·赖斯·巴勒斯还让泰山的足迹走出西非原始森林,到了传说中的亚特兰蒂斯、废弃的亚马孙古城,甚至神秘的太平洋玛雅群岛。所有这些埃德加·赖斯·巴勒斯笔下的荒岛僻壤,与《所罗门王的宝藏》《她》中"遗忘的年代,湮没的城市"如出一辙。

如果说,亨利·哈格德的"遗忘的年代,湮没的城市"给"人猿泰山系列"提供了诡奇的故事场景,那么给这个场景输血补液的则是西方脍炙人口的动物小说。据埃德加·赖斯·巴勒斯的传记,儿时的他曾因体弱多病辍学,并由此阅读了大量西方文学著作,尤其是鲁德亚德·吉卜林的《丛林故事》、欧内斯特·西顿的《野生动物集》、杰克·伦敦的《野性的呼唤》。这些小说集动物故事、探险故事、寓言故事、爱情故事、神秘故事于一体，给埃德加·赖斯·巴勒斯以深刻印象。事实上，他在出道之前，为了给自己的侄儿、侄女逗乐，还写了一些类似的童话故事，其中一篇还在《黑马连环漫画》上刊登。西方动物小说所表现的是达尔文和斯宾塞的"物竞天择""适者生存"，体现了自然主义创作观。以杰克·伦敦的《野性的呼唤》为例，主要角色布克原是法官的看家狗，过着养尊处优的生活。但有一天，它被盗卖，并辗转来到冰天雪地的阿拉斯加，当起了运输工具。在那里，布克感到自然法则无处不在：狗像狼一般争斗，死亡者立刻被同类吃掉。但它很快学会了生存，原始的野性和狡诈开始显现，并咬死了凶残的领头狗，最终为主人复仇，加入了荒野的狼群。"人猿泰山系列"尽管将"弱肉强食"的雪橇狗变换成了虎、狮、猿以及由猿抚养长大的泰山，但这些人猿、半人半兽之间的殊死争斗同样表现出"生存斗争"的残忍。特别是泰山攀山越岭、腾掠树梢，战胜对手后仰天发出的一声长啸，同杰克·伦敦笔下布克回到河边纪念它的恩主被射杀时的长嚎简直有异曲同工之妙。

　　鉴于"人猿泰山系列"成书之前曾在《故事大观》《宝库》等杂志连载，不可避免地带有杂志文学的某些缺陷，如情节雷同、形象单调，等等。历来的文论家正是根据这些否定"人猿泰山"的文学价值，否定埃德加·赖斯·巴勒斯的文学地位。但"二战"以后，尤其是20世纪70年代之后，随着西方通俗文化热的兴起，学术界对于"泰山"小说的看法有了转变，许多研究者都给予积极评价，肯定埃德加·赖斯·巴勒斯的美国奇幻小说鼻祖地位。而且，"读者接受"是评价一部作品的最佳试金石。"人猿泰山系列"刚一问世，即征服了美国无数读者，不久又迅速跨出国界，流向英国、加拿大和整个西方。尤其在芬兰，读者简直到了如痴如醉的地步。一本本英文原著被译成芬兰语，一版再版，很快取代其他本土小说，成为最佳畅销书。更有甚者，许多西方作家，包括芬兰、阿根廷、以色列以及部分阿拉伯国家的作家，在埃德加·赖斯·巴勒斯去世后，模拟他的套路，创作起了这样那样的"后泰山小说"。世纪之交，埃德加·赖斯·巴勒斯的"人猿泰山系列"再度在西方发酵，以劳雷尔·汉密尔顿、尼尔·盖曼、乔·凯·罗琳为代表的一大批作家，基于他的"泰山"小说模式，并结合其他通俗小说要素，推出了许多新时代的奇幻小说——城市奇幻小说，并创造了这类小说连续数年高踞《纽约时报》畅销书排行榜的奇观。而且，自1918年起，"泰山"小说即被搬上银幕。以后随着续集的不断问世，每年都有新的"泰山"影片上映和电视剧播放，所改编的影视版本之多，持续时间之长，观众场面之火爆，创西方影视传播界之"最"。2016年，华纳兄弟影业又推出了由大卫·叶茨导演、亚历山大·斯卡斯加德等众多知名演员加盟的真人3D版好莱坞大片《泰山归来：险战丛林》。21世纪头十年，伴随迪士尼同名舞台剧和故事软件的开发，"泰山"游戏又迅速占领电脑虚拟世界，成为风靡全球的少年儿童宠爱对象。此外，西方各国还有形形色色的"泰山"广播剧、"泰山"动漫、"泰山"玩偶，等等。总之，今天的"泰山"早已超出了一个普通小说人物概念，成了西方社会的一种文化符号、一种文化象征。

优秀的文化遗产是不分国界的。为了帮助中国广大读者欣赏埃德加·赖斯·巴勒斯、读懂埃德加·赖斯·巴勒斯，了解当今风靡整个西方的奇幻小说的先驱，上海故事会文化传媒有限公司组织翻译了这套"人猿泰山系列"，这也将是国内第一套完整的"人猿泰山系列"。译者多为沪上高校翻译专业教师，翻译时力求原汁原味、文字流畅，与此同时，予以精编、插画。相信他们的努力会得到认可。

目 录

前言	人猿泰山驰骋的奇幻世界	1
1	荒岛初遇巨猿	001
2	杰克使计偷溜	009
3	保罗维奇惨死	019
4	旅馆离奇事件	029
5	阿拉伯人村庄	038
6	寻找同伴之旅	050
7	丛林生活教训	060
8	杰克初见猿群	071
9	女孩逃离村庄	081
10	小梅林被掳	092
11	为梅林而战	101
12	科沃杜村混战	112
13	瑞典人的诡计	122

14	陌生人的拯救	133
15	科拉克与狒狒群	143
16	女孩的新生活	154
17	莫里森的心思	165
18	森林里的幽会	174
19	汉森的大阴谋	188
20	梅林入陷阱	197
21	多方人马追捕	207
22	女孩成功出逃	217
23	女孩再遇酋长	228
24	瑞典人遭恶报	240
25	科拉克遇危机	250
26	大象发怒	262
27	幸福的大团圆	272

人物介绍

泰山：为了寻找儿子杰克，重新踏上了非洲的土地。

杰克：泰山之子，渴望野人生活，因为意外开始丛林生活，被巨猿称为科拉克。

梅林：生活在阿拉伯村寨中的白人少女，身世成谜。

亚历克西斯·保罗维奇：俄国无赖，阴险邪恶，和泰山有旧仇。

阿库特：去文明社会寻找泰山的巨猿，是杰克的丛林伙伴。

阿莫尔·本·卡哈特酋长：阿拉伯酋长，以偷猎贩卖象牙、绑架勒索白人为生。

斯文·玛尔比恩：臭名昭著的象牙偷猎者，千方百计想要占有梅林。

莫里森·贝恩斯：一个英国贵族，对梅林一见钟情，后被坏人利用。

阿曼德·贾科：法国人，在非洲服役时，丢失了心爱的女儿。

Chapter 1

荒岛初遇巨猿

在广阔的乌加姆比河上,"玛乔丽"号随着潮水缓缓漂浮着。暂时摆脱了繁重驾船劳务的水手们,全都懒洋洋地享受这片刻的安逸。在他们下方三英里的地方,"玛乔丽"号已经准备就绪,只等去执行任务的同伴们一登上船,就准备返航。突然,所有人的注意力都转移到了河的北岸——一个怪异的男人仿佛幽灵一般,一边不停地摇晃着骨瘦如柴的手臂,一边发出一种怪异的尖叫。

"什么情况?"一个水手脱口说道。

"一个白人!"另一个水手咕哝着,"伙计们,伙计们,靠近些,看看他到底要干什么。"

那是一个形容枯槁的怪人,弯曲的躯体几近赤裸,仅用腰布稍作遮掩,稀疏的白发相互缠绕,泪水不停地从凹陷的脸颊上滚落下来。船靠岸的时候,那人正用一种奇怪的语言嘟囔着。

一个水手大胆地朝那人喊道:"懂英语吗?"

陌生人仿佛多年不曾使用过舌头一般，断断续续地哀求水手们带他逃离这个恐怖之地。待登上"玛乔丽"号后，陌生人才向人们讲述了一段长达十年之久、关于贫困和磨难的悲惨故事，但丝毫未提及自己到达非洲的缘由，由此水手们猜测，怕是恐惧不安的折磨摧残了他的身心，这才忘记了先前的生活。水手们甚至连他叫什么也不知道，只得管他叫迈克尔·萨布洛夫。萨布洛夫病骨支离，着实难以让人联想到那个曾经身强力壮的老无赖亚历克西斯·保罗维奇。

事实上，保罗维奇已经逃离命运的魔爪十年了。这个俄国人曾经和他那残酷凶恶的朋友——尼古拉斯·罗科夫一同遭遇了厄运，在饱受摧残的数十年间，他不止一次地咒骂上天，为何独独带走了罗科夫的生命，而留自己忍受煎熬、求死不得，唯有无穷无尽的折磨日日相随。

就是因为瞥见聚集在金凯德甲板上的人猿泰山和他的猿朋豹友，保罗维奇才慌不择路地向丛林深处跑去，在极度恐惧中，他绊了一跤，不幸落入野蛮的食人部落手中——这群人和罗科夫一样，性情暴躁、残虐不仁。不过，部落酋长一时兴起，没有杀他，却让他陷入了痛苦不堪的折磨中。

十年来，保罗维奇一直是村子里的笑柄，忍受着妇女、儿童的肆意殴打，被乱石砸伤，被士兵们凌虐毁容，还要忍受着恶性循环发热，但他仍活了下来。不过天花的魔掌，在他身上留下了可怕的斑点，那是一串难以名状的印记，令人厌恶。以致保罗维奇面目全非，即便是他的母亲，也无法在那副可怜的面孔中辨认出任何熟悉的特征。浓密的黑发早已不见踪影，只留下几绺黄白相间的毛发，四肢弯曲，步履蹒跚，牙齿也早被打掉了。恍惚的神情中，满满的都是对过去深深的嘲讽。

被水手们带到"玛乔丽"号上喂养照料后,他的力气恢复了一些,但外表还是毫无起色——还是一副遭人抛弃、饱受虐待、迷迷蒙蒙的样子;现在恐怕直到死,他也一直会是这副模样。虽然才三十几岁,保罗维奇看起来似乎已经八十岁了。

保罗维奇不想报复——只是心中隐隐作恨,恨自己和罗科夫始终无法打破命运的枷锁,无论何种尝试,终无济于事。甚至,保罗维奇对罗科夫也有了仇恨,正是罗科夫使他遭遇了那段骇人的经历。这一切都迫使他远离城市,并逐渐开始憎恨所有的一切,对警察、对法律、对秩序,无一不恨。只要是清醒的每一刻,病态的怨恨就无可抑制地滋生——精神变得像外表一样凶残,整个人仿佛成了仇恨的化身。不过,对水手们而言,保罗维奇只是个无关紧要的人物,他太虚弱了,无法工作,又忧郁孤僻,整艘船上常常只剩下他一个人待着。

"玛乔丽"号由一群富有的制造商包租,装备了一间实验室,一批科学家随行,此次出航是为了前去物色一些天然产物,这些产物往往需要制造商们从南美洲进口,成本巨大。然而,除了科学家,无人知晓船上到底装载了什么,其他人也不在意,只知道在保罗维奇被带上船后,这艘船将去往非洲沿岸的某个岛屿。

船已经在海岸边停泊了数周,生活单调乏味,因此水手们经常上岸寻些乐趣,最后保罗维奇要求与他们一同行动——他也厌倦了船上枯燥无趣的生活。

岛上有大量木材,科学家们在岛内探寻有价值的产物,从各种各样的当地传言中,他们确信此地有利可图。每当船上的人们在进行打捞、狩猎和探索时,保罗维奇就在海滩上来回踱步,偶尔会躺在大树遮阴处乘凉。

有一天,当人们聚在一起检查一具被猎杀的黑豹尸体时,保罗维奇正怡然自得地躺在树下。突然，保罗维奇感觉有只手碰了碰自己的肩膀，他猛地一惊，坐了起来，只见一只巨猿正蹲在他的身边，目不转睛地盯着他。保罗维奇吓坏了，他瞥了一眼水手们——他们还在几百码远的地方。巨猿又拽了一下他的肩膀，兴奋而急促地嗷嗷直叫，目光中满是探寻，姿态友善。看到巨猿没有一丁点威胁的迹象，保罗维奇慢慢地站了起来。

保罗维奇蹑手蹑脚地向水手们踱去，巨猿则抓着他的一只胳膊，跟着一块儿移动。当人们注意到时，他俩几乎已经来到了那一小簇人群跟前，这时保罗维奇已经确信这头野兽并无恶意，它显然已经习惯了与人类来往。他心里盘算着，巨猿一定相当值钱。于是，他决定要靠巨猿来赚钱了。

当水手们抬起头，看到一对奇怪的搭档不疾不徐地走来时，惊愕万分，急忙向着二人奔去。巨猿倒没有表现出任何害怕的迹象，相反，它抓住每个水手的肩头，认真地盯着他们的脸庞看。在把所有人都仔细瞧了一遍后，它一脸失望地回到了保罗维奇身边。

水手们都被巨猿逗乐了，聚在一起喋喋不休，一个问题接着一个问题，还仔细探究了一番保罗维奇的新伙伴。但保罗维奇只告诉他们，巨猿是他的，其他的无可奉告——并且反复不停地强调："巨猿是我的，是我的！"

渐渐地，有个叫辛普森的水手开始对保罗维奇的这番姿态感到厌倦了，决定开个玩笑。他绕着巨猿转了一圈，用一根别针在它背上戳了一下。突然，猛兽一动，像闪电一样，骑到了辛普森身上，转瞬之间，这只平静友好的动物变成了暴怒的恶魔。辛普森吓得笑脸僵住，他一边努力地躲开猿臂，一边悄悄地向腰带摸去，那里悬挂着一把细长的小刀，然而这只是白费力气。巨猿一下子就将武器夺了过来，扔到一边，黄尖牙狠狠地扎进他的肩膀。

见状，其他水手立刻操起棍棒和刀子朝着野兽拥了上去，保罗维奇在一旁惊慌失措，上蹿下跳，嘴里含糊不清地咒骂着、哀求着。他仿佛看到自己的财富愿景正在水手们的武器面前瓦解、消散。

然而，原以为能轻易击败巨猿的这些人类，渐渐地体会到野兽有多难对付。它会迅速地从一个水手身上蹿起，耸动着巨大的肩膀，挣脱开另外两人的牵制，然后手掌重重地捶击在一个接一个的攻击者身上，接着又像猴子一样，敏捷地蹦来跳去。

在战斗过程中，保罗维奇看到船长和大副刚从"玛乔丽"号上下来，正带着左轮手枪向前飞奔着，子弹已经上膛，后面还跟着通风报信的两个水手。而巨猿只是站在那儿，望着自己造成的混乱。保罗维奇无法猜测，巨猿究竟是在恢复元气、等待进攻，还是在思索应该先消灭哪个敌人。

然而，他能预料的是，若不立即采取行动制止，一旦野兽落入船长和大副的射程范围，这场战役将以最快的速度结束。虽然巨猿并未攻击保罗维奇，但他也不甚确定自己要是强行干涉会出现什么情况，毕竟野兽已经被彻底激怒了，连空气里都弥漫着一股血腥味。这一刻，他迟疑了，但眼前再次浮现了一幅发财致富的画面，只要自己成功地将这只强壮的巨猿带到伦敦这类大都市，那么美梦就能成真了。

船长大喊，令保罗维奇站到一旁，他要开枪了。然而保罗维奇却趔趔趄趄地挪向巨猿，头顶上每根发丝儿都在颤抖，终于，他克服了恐惧，抓住了巨猿的手臂。

"过来！"船长一边下令，一边准备把野兽从水手们中拽出来，周围许多人正瞪大眼睛、惶恐不安地坐着，或是连滚带爬地躲到一边。

慢慢地，巨猿乖巧地被引导到一侧，丝毫未表露出伤害俄国人的迹象。船长走了几步，然后停在了这对奇怪的搭档跟前。

"萨布洛夫，让开！"船长厉声喝道，"我要干掉这蛮横的家伙，免得它撕碎我那些能干的水手们！"

"这不是它的错，船长，"保罗维奇恳求道，"请不要杀它。是水手们先出手的。你看，它很绅士，它是我的，它是我的！我不会让你杀了它。"他心里又做起了发财梦，一旦有钱，在伦敦会多么快活啊。而这笔意外之财，除了利用巨猿赚得，别无他法。

船长放下武器："你们挑起的，是吗？"

他转向那些刚从地上爬起来的水手们，他们中大多数人的伤都不足挂齿，除了挑起事端的那个家伙——水手辛普森。显然，那纯粹是辛普森自作自受，并且毫无疑问，未来一周左右，他还得仔细照料酸痛的肩膀。

"是辛普森做的，"其中一个水手说，"他用针捅了怪物，才把它惹毛的，谁知反倒被怪物给制服了——不过当时我们全都立刻加入了战局，所以后面的事也不能怪他。"

船长看到辛普森不好意思地承认了，便走到巨猿面前，低声安抚它，仿佛才发现了野兽不会随意攻击的性情，但很显然，他整个过程都很紧张，手紧紧地抓着左轮手枪不放。

巨猿先是瞥了他一眼，又看了下另一个水手，等船长走近时，才站了起来，摇摇摆摆地向前走去，脸上的表情和它第一次遇到水手们时一样，是一种奇怪的、探究的表情。它走近船长，用爪子抓着他的肩膀，仔细端详着面庞，很快又露出了失望的表情，然后几乎像个人类一样发出一声叹息，接着它转过身去，以同样古怪的方式凝视着大副以及另外两个水手的面孔。每一次，都叹了口气，最后干脆回到保罗维奇身边，蹲了下来，一动不动，不再理会周遭其他人，似乎连刚发生的战斗也忘得一干二净了。

当所有人返回"玛乔丽"号时，巨猿一直待在保罗维奇身边，似乎急切地想跟着他走。船长倒是对此没有异议，于是巨猿就这样成了船上的一员。一上船，它便逐一审视着每张新面孔，每一次审视过后，都毫无例外地表现出失望。船上的官员和科学家们经常讨论这头野兽，但始终无法对它迎接新面孔的奇怪仪式找到满意的解释，如果不是在那座岛屿上发现了它，而是在大陆，那么还可以说它以前可能是人类养的宠物，但是，面对荒无人烟的岛屿，这种说法根本站不住脚。

巨猿似乎在找寻什么人，在返航的头几天里，它经常出没在船只的各个角落，但是当查看完船上的每一张面孔，探索完船只的每一个角落后，它开始对任何事物都无动于衷了，即便是对保罗维奇，也只有当他带来食物时，才会瞧上一眼，其他时候就显得没什么耐心了。

巨猿从未对保罗维奇表现出爱慕或依赖的情绪，也没有对"玛乔丽"号的任何人透露出好感，当然也不再有与水手们搏斗时的那种愤怒。大部分时间，巨猿都在扫视前方的地平线，仿佛有充分的理由知道这艘船将驶往哪个港口，在那里，会有其他人等着接受它的审视。

最后，船员们决定为巨猿取名为"埃贾克斯"，"玛乔丽"号遇见的最杰出、最聪明的巨猿。智力还不是唯一显著的特质，对于猿而言，它的身材和体形都使人惊叹不已。但是，它老了，这一点很明显，不过年龄丝毫没有削弱它的力量——哪怕一丁点儿体力或脑力。

最终，"玛乔丽"号来到了英国，那里的军官和科学家们，对可怜人保罗维奇充满同情，给了他一些钱，以便他和埃贾克斯能过得好些。

在码头，以及所有通往伦敦的旅程中，保罗维奇都紧紧抓着埃贾克斯。每次，巨猿看到一张新面孔都必须仔细审视，也因此让许多人心生胆怯，不过显然，它最终也未能发现想找的人，于是这只强壮的巨猿又继续对一切不闻不问了，只偶尔会对路人瞥上几眼。

在伦敦，保罗维奇直接把他的战利品交给了一位著名的驯兽师，这个人一看到巨猿就兴奋得按捺不住了。经过协商，两人决定往后大部分好处都归驯兽师，但他得保证会保护巨猿和它的主人。

于是，埃贾克斯就这样来到了伦敦，成为这一连串奇遇的小小一环，但这注定要影响到很多人的生活。

Chapter 2
杰克使计偷溜

哈罗德·穆尔先生是个性格有些暴躁的年轻人，勤奋用功，对待生活和工作总是一丝不苟，现在他正在一名英国贵族家做家庭教师。由于工作成果有负期望，他此刻正认真地向学生的母亲解释着。

"这并不是说杰克不聪明，"他说，"如果真是不聪明，我还有计可施，起码可以全身心地帮他克服反应迟钝的问题；但问题是，他特别聪明，学得非常快，这导致我在备课时毫无头绪。除此之外，他对任何科目都毫无兴趣，只是把每一门课都当作一项任务来完成，完成便是解脱了，这才是最让我抓狂的地方。我想，只有在上课的时候他才会认真看待这些课程，否则根本不当回事，他仅有的兴趣爱好便是体能锻炼，或是读些野兽、野人故事集，特别是动物故事，他会一连坐着几个小时、聚精会神地研读一些非洲探险家的作品，有两次我甚至发现他深夜还躺在床上阅读卡尔·哈根贝克的一本讲述人与野兽的故事书。"

面对穆尔的述说，学生的母亲显然焦虑与紧张，双脚时不时地在地毯上蹭来蹭去。

"您肯定不赞成这样吧？"她试着问道。

穆尔先生尴尬地收了收脚。

"我……嗯……想把书从他手里抢过来，"他回答说，脸上泛起淡淡的红晕，"但您的儿子，这么年轻，这么强壮……"

"他不给您吗？"学生的母亲问。

"是的，"穆尔干脆坦白道，"毫无疑问，他的本性很善良，但每当这时，他却总爱把自己伪装成一只大猩猩，还把我想象成企图从他那儿窃食的黑猩猩。他会把我举起来，嘴里发出猎猎狂嗥，那是我听过的、最粗犷的咆哮声了，接着，他把我举过头顶，扔到床上，摆出一个手势表明我已经'窒息而死'，然后站在瘫倒的我面前，发出一声毛骨悚然的尖叫，他说那是一只公猩猩的胜利之声，最后再把我扛到门口，放在大厅，锁上房门。"

有好几分钟，阒然无声。最后学生的母亲打破了沉默。

"穆尔先生，"她说，"您必须竭尽所能阻止杰克的这种倾向，这至关重要，他——"话还未完，"砰！"从窗边传来一声巨响，霎时，两人惊得站了起来。房间在二楼，窗户的对面是棵大树，其中一根树枝伸展蔓延到了离窗台几英尺的地方，此刻，他俩完全怔住了，因为那儿站着方才话题中的主角——一个身材高大、体格健壮的男孩，一边猫着腰、轻松自如地立在枝头，一边高声欢呼，肆意欣赏着他们脸上惊魂未定的神情。

母亲和家庭教师迅速地朝窗边冲去，不过还未等他们穿过大半个房间，男孩已经敏捷地跳到窗台上，并进来了。

"来自婆罗洲的野人刚到镇上。"他一边唱歌，一边绕着惊呆了的母亲和老师，跳起一系列战舞，最后把胳膊搂在母亲脖子上，吻了吻她的脸颊。

"妈妈，"他叫道，"有个音乐厅正在展示一只奇妙无比、受过训练的巨猿，威利·格里姆斯比昨晚就看到了。他说，除了说话，那猿什么都能做，骑自行车，用刀叉吃饭，从一到十数数，还有其他好多有趣的事，我能去看看吗？妈妈，求您了——就让我去吧。"

母亲轻轻拍了拍男孩的脸颊，摇了摇头。"不行，杰克，"她说，"你知道的，我从来都不喜欢这种表演。"

"可是妈妈，我不明白为什么不行？"杰克回答，"其他家伙都去了，他们还去了动物园，但您总不允许我去。这样别人会嘲笑我的，会把我看成娇滴滴的姑娘或是娇生惯养的小孩。"这时门开了，一个身材魁梧、灰眼睛的男人进来了，杰克对着来人，喊道："爸爸，我真的不能去吗？"

"去哪儿，儿子？"来人问道。

"他想去音乐厅看一只受过训练的巨猿。"杰克母亲皱着眉头，一脸警惕地看着丈夫。

"谁，埃贾克斯？"他问。

杰克点了点头。

"哦，当然可以了，儿子，"父亲说，"我也非常乐意陪你去瞧瞧。他们说，那猿十分了得，而且作为一只类人猿，那体形也太过庞大了。我们一起去看看吧，简——你说呢？"他看向妻子简。但简坚决摇了摇头，转头询问穆尔先生，他和杰克是否该去参加晨间的诵读学习了？待两人离开后，她才回头朝向丈夫。

"约翰，"她说，"我们一定要做些什么，来阻止杰克的这种倾向，否则很可能激发出他对野人生活的渴望，这种渴求，我担心

杰克使计偷溜 | 011

是从你那儿继承来的。从过去的种种经历来看，你也知道，有时野性的呼唤是多么强烈，常常使你不得不进行一场激烈的内心斗争，来抵抗这种近乎疯狂的欲望，这种欲望总在诱惑着你再次踏进丛林，过上多年前的生活，同时，你也明白，一旦丛林野人生活真的吸引了杰克，或是直接摆到了他面前，那对他来说，简直是灭顶之灾啊。"

"我不认为他会从我这儿继承一些对丛林生活的欲望，我无法想象，这种情感能从父亲传给儿子。简，我想，有时候，你对儿子前途的挂念、采取的种种限制，有点过头了。他对动物的爱——就比如说他渴望看看那只受过训练的猿——正是他这个年纪、健康正常的孩子该有的天性。他只是想去瞧瞧埃贾克斯，满足一下好奇心，这不能说明他就想和一只巨猿结婚，就算他真那么做，你也无权干涉甚至辱骂他！"格雷斯托克勋爵约翰·克莱顿，也就是泰山把妻子搂到身边，和蔼地亲了亲她的脸颊。接着，他又严肃地说："你从未告诉过杰克我早年生活的一丝一毫，也不允许我说，我认为这是一个严重的错误！如果我早前就告诉他人猿泰山的经历，那么，那些毫无经验的人们对丛林生活的臆想，魅力四射也好，罗曼蒂克也好，我都会为他层层揭晓，这样他也许能从我的经验中获益，但是现在，杰克一旦对丛林有了渴望，那么除了这种冲动外，没有任何东西可以指引他，而我知道，这种情感有时会非常强烈，甚至引导人们通往错误的方向。"

但是，简还是摇头，关于这个话题，他们已经讨论过无数次了。

"不，约翰，"她坚持说，"我绝不会同意杰克有任何一丝关于丛林的想法，我们一直都不希望他接触到那种生活，不是吗？"

当天晚上，杰克蜷缩在椅子上看书时，又再次挑起那个话题。他抬起头，望向父亲。

"为什么，"他直截了当地问，"我就不能去看看埃贾克斯吗？"

"你母亲不同意。"泰山回答。

"您呢？"

"这不重要，"泰山避重就轻，"你母亲不同意，说什么都是白费口舌。"

"我要去，"杰克在沉默了几分钟后宣布，"我和威利·格里姆斯比，以及其他见过巨猿的人没什么不同。它没有伤害他们，也就不会伤害我。我本可以不告诉您而直接前往，但我不会那样做。因此，我现在就告诉您，我要去看埃贾克斯。"

杰克的语气或态度并没有任何不敬或挑衅，只是冷静地陈述了自己的想法。对此，泰山不由自主地露出了微笑，对儿子所体现出的男子汉气概，他有着一种难以抑制的赞赏。

"我很欣赏你的坦诚，杰克，"他说，"那我也直说了，如果你未经允许就去看埃贾克斯，我会惩罚你。我从未体罚过你，但我得警告你，如果这次你违背了你母亲的意愿，我一定罚你。"

"好的，先生，"杰克答道，接着又说，"先生，当我去看埃贾克斯的时候，我会告诉您的。"

穆尔先生的房间紧挨着他那年轻气盛的学生。这位教师有个习惯，每晚就寝前都要到杰克房间瞅上一眼。今晚，他尤其谨慎，因为适才在与学生父母的谈话中，他被委以重任，必须十二万分小心，防止杰克擅自去往埃贾克斯表演的音乐厅参观。所以，当9点半左右打开杰克房门时，他内心激动万分，却看到这位未来的格雷斯托克勋爵已经衣冠整齐，正准备从敞开的卧室窗户爬出去。

穆尔先生立即大跨步穿过房间，其实倒无须耗费精力，因为当杰克在房间里听到他的声音后，就意识到自己已经被发现了，于是他转身回来,似乎放弃了计划好的冒险。

"你要去哪里?"激动的穆尔先生气喘吁吁地问。

"我要去看埃贾克斯。"杰克笃定地回答。

"真是让人操心。"穆尔先生叹了口气。但片刻之后,他大惊失色,因为杰克突然靠近他,一把抓起他的腰,将他四脚朝天扔到床上,紧接着把他的脸往柔软的枕头里猛按了下去。

"安静点,"杰克警告说,"否则我就掐死你。"

穆尔先生拼命挣扎,但徒劳无功。无论泰山是否遗传给儿子其他特征,有一点毫无疑问,他传给了杰克一个魁梧健壮的体格,所以家庭教师此刻就像杰克手中的油灰。杰克跪在他面前,撕下床单,把穆尔先生的手绑在背后,然后把他翻过来,在齿间同样塞上一团床布,再绕过头部,用另一条带子固定住。这时,杰克开始说话了,语气低沉。

"我是瓦哈,瓦吉的首领,"他解释说,"而你是穆罕默德·杜比,阿拉伯酋长。你会杀了我的人,偷走我的象牙。"他巧妙地把穆尔先生的脚踝绑到后边,捆住反转的手腕,"啊哈!恶棍!我终于逮住你了。我走了,放心,我会自己回来的!"说完,杰克蹦跳着穿过房间,从敞开的窗户溜出去,再从屋檐下的水槽里滑了下去。

穆尔先生扭动着身子在床上不停挣扎,他确信,如果不能尽快得到解救,自己真的要窒息而亡了,抑制住内心的万分惊恐,他设法从床上滚了下来。摔在地上的痛感,猛地一下使他惊醒了,看清了眼前的困境。先前,由于歇斯底里的恐惧,脑袋无法理智地思考,现在静静地躺在地上,倒能慢慢思索摆脱窘境的方法了。他终于想到,泰山夫妇方才坐着谈话的房间,正好在他躺着的地板下面。不过,从自己上楼到现在已经有一段时间了,再加上不知在床上挣扎了多久,他们极有可能已经离开了。但无论怎样,还是得试试，只希望能吸引到下方的注意。

经过诸多失败的尝试之后，穆尔先生的脚趾头终于成功地踢到了地板，并开始断断续续不停地蹬着地面，直到，似乎很长一段时间后，有上楼的脚步声传来，接着敲门声也响起了。穆尔先生更使劲地敲着脚趾，毕竟除此之外，别无他法。一阵沉默过后，敲门声又重复了一遍。穆尔先生赶紧又拼命踢了起来，他吃力地朝着门边挪动，如果能背靠到门上，就可以敲动门板，那时别人就会听到他的声音。敲击声稍微大了一些，终于有个声音叫道："杰克先生！"

穆尔先生认得这家伙的声音，是房子里的一个仆人。他极其艰难地挪近了些，血管仿佛炸裂了般，竭尽全力地透过口中塞住的床单，发出一声尖叫："进来！"过了一会儿，那人又敲了一次，并大声地呼叫杰克的名字。确定无人回应之后，把手转动了起来，刹那间，穆尔先生浑身一颤，他突然想到——之前，自己走进房间的时候，把门反锁了。

穆尔先生听见仆人试着开了好几次，最后无奈地离开后，终于两眼一闭，昏倒在地。

与此同时，杰克正在音乐大厅里尽情享受着偷来的快乐。到达这座欢乐圣殿时，埃贾克斯的表演才刚刚开始，杰克赶紧跑到自己购买的包厢座位，上气不接下气地趴在栏杆上，惊奇地注视着巨猿的一举一动。驯兽师很快就注意到了杰克英俊、热切的面孔。到了最激动人心的表演时，埃贾克斯进入一个甚至多个包厢，据说，这是为了寻找一个久别的亲人。突然，驯兽师想到，若是将这个帅气的男孩和那只毛发蓬松、力大无穷的野兽凑到一起，毫无疑问，男孩一定会露出恐惧万分的神情，届时表演效果会更精彩。

因此，当巨猿从侧厅返回，准备加演节目时，驯兽师将它的注意力吸引到了此时恰好单独坐在包厢里的杰克身上。不出所料，巨猿往上一跳，跃到了杰克身边，但驯兽师设想的吓人场景却并未出现。杰克把手放到了那毛茸茸的猿臂上，脸上露出了灿烂的笑容。巨猿则是抓住杰克的肩膀，仔细专注地盯着他瞧了半天，对此，杰克只是摸了摸巨猿的头，低声跟它说着话。

埃贾克斯从未花费如此长的时间来观察一个人。它似乎很困扰，又很兴奋，对着杰克喊喊喳喳地说着话，最后竟然亲切地抚摸着杰克，驯兽师此前从未见它抚摸过任何人。接着巨猿爬进包厢，紧紧地依偎在杰克身边，观众们见状都被逗乐了，但是下一秒观众们开始沸腾了，因为表演已经结束，驯兽师试图说服埃贾克斯离开包厢时，它却一动也不动。大厅经理开始感到有点不安了，不停地催促着驯兽师加快速度，但是当驯兽师走进包厢，准备拖走不愿离开的埃贾克斯时，迎面而来的是狂怒的尖牙和充满威胁的咆哮。

观众们欣喜若狂，他们为巨猿欢呼，为杰克呐喊，大声嘲笑着驯兽师和经理，这两个倒霉鬼无意中又显示了自己的愚蠢。

最后，驯兽师绝望地意识到，他的摇钱树叛变了，如果不立即将它制服，将来的动物演出将一文不值。于是他赶紧奔到更衣室，取回一条重鞭，再次踏进包厢。但是当他准备用鞭子威胁埃贾克斯时，却发现自己面对的不是一个、而是两个暴怒的敌人：杰克甚至一跃而起，抓住一把椅子，站在巨猿的一边，准备保护他的新朋友，英俊的脸庞上笑容不再，灰色的眼睛狠狠地瞪着。驯兽师不敢轻举妄动，而一旁的巨猿也正摩拳擦掌，咆哮如雷。

但是，这场对战被及时中断了，所以原本可能会发生些什么，现在也无从得知了。不过从杰克和巨猿的态度就能看出来，不出意外，驯兽师很可能遭到两人的联手攻击。

杰克使计偷溜 | 017

另一边，仆人吓得脸色苍白，冲进泰山的书房，焦急地报告说他发现杰克房门紧锁，不停地敲门后却无人回应，只有一串奇怪的敲击声，还有一种身体在地板上蠕动的声音。

泰山一步四级地踏上楼梯，简和仆人也匆匆尾随其后。在大声呼喊儿子名字却毫无回应之后，他绷起浑身肌肉，后退一步，用力撞向厚实的门板。随着铁锁的"啪嗒"声和木头的"嚓嚓"碎裂声，房门向内轰然坍塌。

门板掉落在不省人事的穆尔先生身旁，发出一阵巨响。泰山首先迈进房间，随后，电灯全亮了，房内灯火通明。由于门板完全盖住了穆尔先生，因此过了好几分钟，他才被发现并拖了出来，塞口布和身上捆绑的床单也都解开了，一盆冷水泼到了脸上，穆尔先生这才慢慢地恢复了意识。

"杰克在哪里？"泰山急切地问道，他想起了罗科夫，一想到这可能又是一次绑架，他便心生恐惧，赶紧接着又问，"这是谁干的？"

慢慢地，穆尔先生摇摇晃晃地站了起来，目光在房里转来转去，涣散的心神渐渐回拢，开始回想起不久前惨痛经历的一点一滴。

"我请辞，先生，请立即批准。"他开口道，"您的儿子不需要家教，他需要的是一位野生动物训练师。"

"他现在在哪里？"简喊道。

"他去看埃贾克斯了。"

泰山松了口气，努力地抑制住自己溢到嘴边的微笑。在确定穆尔先生只是受惊过度、身体并无大碍之后，他唤来轿车，前往那著名的音乐厅。

Chapter 3

保罗维奇惨死

驯兽师举起鞭子,望着包厢入口处的杰克和巨猿虎视眈眈的神情,犹豫了片刻,这时,一个魁伟的男人推开他,挤了进来。杰克一看到来者,面颊上便漫起一股淡淡的红晕。

"爸爸!"他喊道。

巨猿一看到这位英国勋爵便蹦了过去,兴奋地叫了起来。泰山也惊奇地睁大了眼睛,石化一般地停了下来。

"阿库特!"他惊呼。

杰克看看父亲,又看看巨猿,迷惑不解。但下一秒,驯兽师惊得下巴差点掉了下来,从这个英国勋爵的口中发出了一串类似巨猿的吼声,并且得到了巨猿的回应,然后,巨猿便紧紧地靠在泰山身旁了。

侧厅里,一个面容丑陋、弯腰驼背的老人观望着包厢里的场景,坑坑洼洼的脸上,一会儿兴高采烈,一会儿诚惶诚恐,神情似乎随着情绪高低起伏地变化着。

"我一直在找你,泰山,"阿库特说,"现在找到了,我就要去你的丛林,然后永远地生活在那里。"

泰山抚摸着阿库特的头,脑海里迅速地浮现出一连串的回忆。几年前,在非洲原始森林的深处,这只巨猿曾与自己并肩作战。他仿佛再次瞧见,黑穆戈姆拜挥舞着那根致命的长柄棍子;另一侧是凶猛的猎豹,尖牙外露,须毛竖立;紧随其后的是野人、悍戾的黑豹以及阿库特这只丑陋的巨猿。原本已经平息的丛林欲望,此刻又在内心翻腾涌动,泰山无奈地叹了口气。啊!如果自己能回去,哪怕只是一个月,能再次在绿阴如盖的枝条中感受赤裸的快感,嗅一嗅植物腐烂的气息,以及自己出生的那片丛林里四处弥漫的香味,体会着大型肉食性动物循着踪迹悄然来临时带给自己的兴奋感。狩猎、被猎杀、死亡!多么令人心动的场景啊!接着,另一幅画面出现了——依旧年轻美丽的妻子、朋友、家和儿子。最后,他决绝地耸了耸肩。

"不行,阿库特,"他说,"但你若想要回去,我会着手安排,确保万无一失。在这里你不会感到快乐,回到丛林生活我也不一定会开心。"

驯兽师又向前走了几步。巨猿立即龇牙咧嘴,咆哮不止。

"跟他走吧,阿库特,"泰山说,"我明天再来看你。"

野兽闷闷不乐地走到驯兽师身边。驯兽师应泰山的要求,告知了巨猿的临时落脚之地。接着,泰山转向他儿子。

"过来!"话一说完,杰克便乖乖地跟着泰山离开了音乐厅。坐进豪华轿车后,两人均缄口不言,直到几分钟后,杰克才率先打破了沉默。

"巨猿认识您,"他说,"您也会说巨猿的语言。它是怎么认识您的,您又为什么会说它的话?"

半晌过后,泰山首次向儿子讲述了自己早年的生活——那是一段关于丛林出生、双亲逝世以及在母猿卡拉的哺乳和养育下,从婴孩到成年的一步步成长经历,其中包括了丛林中阴森恐怖的险象:日夜追赶的猛兽、干旱和洪水肆虐,还有饥饿、严寒、灼热、赤裸、恐惧、痛苦。泰山描述了几乎是所有文明人唯恐避之不及的可怕事物,希望以此消除儿子脑海中对丛林的渴望。然而,事实上,那却是泰山所有丛林记忆中最宝贵的部分,他深深陶醉于他所热爱的那片丛林中的生活。不过,在讲故事时,他忘记了一件事——一件十分重要的事:身旁那个用耳朵热切地听着的男孩,是人猿泰山的儿子。

回到家后,杰克躺在被窝里准备入睡,显然现在他已经躲过了惩罚。而此刻,泰山正向简讲述晚上发生的事,最终他还是让杰克了解了自己的丛林生活。简其实预料到了儿子早晚会知道关于父亲——一个曾经赤身露体的猛兽,在丛林中游荡的那些可怕岁月。简摇了摇头,只希望丈夫心中那仍旧炽热的丛林欲望没有遗传给儿子。

第二天,泰山便去看望了阿库特,杰克恳求一同前去,但被拒绝了。这一次,泰山见到了巨猿的"主人"——一个脸上遍布麻子的老头,他并未认出这是以前那个诡计多端的保罗维奇。在阿库特的央求下,泰山表明愿意购买巨猿,但对此保罗维奇并未明码标价,只说会考虑考虑。

泰山回到家后,杰克极其兴奋,迫不及待想听听关于此次出行的细节,甚至建议父亲买下巨猿并把它带回家。听到这个建议,简大惊失色,但杰克一再坚持,最后泰山解释说,他是想购买阿库特,然后送其回到丛林,对于这一想法,简则表示赞同。杰克赶紧询问自己能否在此之前再去瞧瞧巨猿,但又遭到了断然拒绝。

不过事实上,杰克已经设法弄到了驯兽师给父亲的地址。因此两天后,杰克便成功钻了空子,甩掉了新家教——失魂落魄的穆尔先生早已被换掉了。

经过对伦敦大片未涉足之地的探索后,杰克找到了保罗维奇又臭又小的住所。他敲了敲门,屋里随即传来了老家伙的询问声。杰克立刻表明自己看望埃贾克斯的来意,保罗维奇这才开了门,让他进了那间小屋,也就是老家伙和巨猿的落脚之地。

早些年,保罗维奇不过是个吹毛求疵的无赖,但十年间,非洲食人族中惨绝人寰的生活夺走了他人性中仅有的善良。现在的他,衣服又皱又脏,满手污垢,仅剩的几绺头发,凌乱地打结在一起,房内乱七八糟。

杰克进来时,那只巨猿正蹲在床上,床上是一团乱麻的毯子和臭气熏天的被子。一看到杰克,巨猿立即跳到地板上,拖着脚慢慢向前走去。保罗维奇并不认识杰克,此刻倒有些害怕巨猿会恶作剧,便走到他俩中间,命令巨猿回到床上。

"它才不会伤害我呢!"杰克叫道,"我们是朋友。更早以前,它是我父亲的朋友,他们在丛林里就互相认识了。我的父亲是格雷斯托克勋爵,他不知道我来了这里,我母亲也不许我来,但我想看看埃贾克斯,如果你允许我常来这儿瞧瞧它的话,我可以付钱给你。"

一听到杰克的身份,保罗维奇的眼睛就眯了起来。自打上次在剧院的侧厅里看到了泰山后,他那麻木的头脑中又再次燃起了复仇的欲望。这是弱者和罪犯的共同特点:把自己作恶的后果归咎于他人,所以现在,保罗维奇正慢慢地回想着过去的生活,眼前缓缓浮现出一个男人躺在门边的模样,那是他和罗科夫曾竭尽全力想要毁掉的人，但即便绞尽脑汁，多次谋杀，最终还是失败了，随之而来的是所有不得不承受的惨痛后果。

一开始，他不认为自己能够轻松安稳地利用杰克向泰山报仇，不过这个念头实现的可能性显然很大，所以他下定决心培养这个孩子，希望能够掌控他的命运，以便在未来能够发挥作用，鉴于此，保罗维奇不遗余力地向杰克描绘了泰山过去在丛林里有多么自在。当得知杰克多年来对这些事情一无所知，被禁止参观动物园，甚至得捆绑了家庭教师才找到机会去音乐厅参观埃贾克斯时，他立马就猜到了孩子父母心中的巨大恐惧——杰克可能会像他父亲一样渴望丛林。

于是，保罗维奇鼓励杰克常来看他，并不断地讲述着那些自己再熟悉不过的丛林故事，以勾起杰克心中的憧憬。多数时候，他还会把杰克和阿库特单独留在一起。这样不久之后，保罗维奇便惊讶地发现，杰克能让巨猿明白他的意思。实际上，杰克已经学会巨猿的许多语言了。

在这期间，泰山多次拜访过保罗维奇，似乎急于购买埃贾克斯。最后，他坦率地承认，自己由衷地希望能把野兽送回丛林家乡，使它重获自由，除此之外，自己的妻子也担心，在某种程度上，儿子可能会知道巨猿的行踪，并且随着对野兽越来越迷恋，儿子极有可能激发出一种游荡的本能。泰山还向保罗维奇解释道，这种本能曾对自己的生活造成了巨大影响。听完泰山的话，保罗维奇几乎快遏制不住自己的笑容了。

时间已经过了半小时，屋内，未来的格雷斯托克勋爵一直坐在那张杂乱的床上和埃贾克斯喋喋不休地聊着天，咿咿呀呀，仿佛是一只刚出生的小巨猿。

在与泰山的一次见面中，保罗维奇萌生了一个计划。他索性同意接受这笔数目可观的钱款,并在收到钱后,作为交换,把野兽送到一艘船上,那船会在两天后从多佛出发前往非洲。

他之所以这么做有双重目的。首先,对金钱的考虑至关重要。巨猿在找到泰山后,便一直拒绝上台表演,已经不能成为他的收入来源了。保罗维奇不得不承认,这头野兽愿意被他从那片丛林里带回来,继而在成千上万的好奇观众面前展示出来,唯一的目的似乎是为了找寻杳无音信的朋友或主人,一旦找到,它也就不打算再与普通的人类接触了。

反正不管怎样,事实就是,巨猿不愿继续在音乐大厅登台表演,并且当驯兽师试图以武力强迫时,后果十分严重。当时,音乐厅特许杰克前往更衣室参观巨猿,所以乍看到野兽有剧烈的攻击倾向时,杰克刚好制止了,到现在驯兽师都会心有余悸,暗自庆幸逃过了一劫。

除去金钱因素,保罗维奇心中最强烈的愿望便是复仇。他一直在不断地思考着生活的失败和不幸,并随后把一切都归因于泰山;另外,他把最近埃贾克斯不愿继续为他赚钱了,也归咎在泰山身上。

保罗维奇生性阴险邪恶,由于贫困和折磨,精神和身体机能进一步衰弱,这无疑使得这一性格变本加厉。从冷酷无情、精于算计、高度狡黠的怪僻状态,恶化为是非不分、充满危险、精神严重不正常的状态。然而,他的计划又极其奸诈,让人不得不怀疑那些有关他已神智不清的猜测是否准确。

目前,最令他安心的是,泰山答应付钱,放逐巨猿。在这之后,自己还可以操纵杰克向泰山施以报复。虽然这部分计划残忍、较为粗糙,更缺乏些许折磨人的手段,不过这样一来,倒也不用承担责任,到时候全推到巨猿身上,它要是因此受到惩罚,那也是活该，谁让它不再按照自己的安排表演赚钱呢？

　　事情出乎意料地顺利，与保罗维奇的诡计完全一致。机缘巧合下，杰克无意中听到了父母商讨将阿库特送回丛林的举措，他恳求父母把巨猿带回家，好让他有个玩伴。泰山对此倒无异议，但简一听到这事就吓坏了。不管杰克如何央求，都无济于事。简执拗顽固，最后杰克消停了，似乎默认了这个决定：巨猿必须返回非洲，等假期过去，自己也得去上学。

　　那天，杰克没去保罗维奇那儿找巨猿，而是忙着其他事。他的零用钱总是很充裕，必要时可以毫不费力取出几百镑。他把一部分钱用在了各种奇怪的买卖中，然后再把东西偷偷带回家。直到傍晚，才回到家中，不过没有人察觉到他做了什么。

　　第二天早上，杰克耐心地等待父亲和保罗维奇完成交易后，才急忙跑到俄国人的房间。但杰克也不敢完全信任保罗维奇，担心这老家伙可能不帮助自己，甚至还可能出卖自己。所以，杰克只是恳求能够陪同埃贾克斯去往多佛，并解释说，这能减轻老人家的旅途劳累，而且自己口袋里还装了英镑。

　　"你看，"他接着说，"我本来就应该在下午乘火车去学校，所以不会有被发现的风险。等我上了火车，父母离开后，我再下车来这里。然后我就可以带着埃贾克斯去多佛，你瞧，这样我到学校也只晚了一天。没有人会猜到事情的经过，这样做更没有任何坏处，并且在我再也见不到埃贾克斯之前，我还能与它共度美好的一天。"

　　这与保罗维奇的计划完全吻合，要是他知道杰克心中的盘算，毫无疑问会完全放弃自己的复仇计划，全心全意地配合杰克的安排，因为那样效果会更完美。

　　那天下午，泰山夫妇向儿子道别后，看着杰克安全地坐在火车的头等车厢里,这才放下心来,几小时后,火车就会把他送到学校。然而,他们一离开,杰克就把包收了起来,从车厢里走出来,在车站外面找了一辆出租汽车,到了俄国人的住处。

到达时,已经黄昏了,他发现保罗维奇紧张不安地在地上踱来踱去,等待着自己,而巨猿则被一根结实的绳子拴在床上。这是杰克首次看到埃贾克斯被捆绑起来,他疑惑地看着保罗维奇。保罗维奇正喃喃地解释说他认为野兽猜到自己将被送走时,可能会试图逃跑。

保罗维奇拿着另一根绳子,手里摆弄着一端的套索,在房里四处走动。每当他默不作声时,脸上的痘印总显得更加狰狞。杰克从未见过老家伙的这副模样——这使他感到有点不安。最后,保罗维奇停在房间另一侧,距离巨猿甚远。

"来这里,"他对杰克说,"我演示给你看看,一旦巨猿在旅途中稍有反抗,你要如何将它绑住。"

杰克笑着回答:"没有必要,不管我叫埃贾克斯做什么,它都会照做。"

保罗维奇生气地跺了跺脚。"过来,照我说的做,"他重复道,"要是你不按我说的去做,也就不用陪着巨猿去多佛了——我绝不会让它有任何逃跑的机会。"

杰克笑着穿过房间,站在保罗维奇的面前。

"转过身,背对着我!"保罗维奇喊道,"现在我向你展示如何快速地把它绑起来。"

杰克照着保罗维奇的吩咐,将手背到身后。保罗维奇一下子把绞索套在他的一只手腕上,又在另一只手腕上扯了几下,接着将绳子打了结。

杰克被牢牢绑住后,保罗维奇的态度立刻就变了,一边嘴里骂骂咧咧，一边用手掌推搡着"囚犯"，脚上也猛地发力，一下子将杰克绊倒到地上，并且在杰克跌倒后，用力跺了跺他的胸膛。看到这一幕，床边的巨猿愤怒地咆哮挣扎起来，镣铐"嚓嚓"作响。杰克倒是没有哭哭啼啼，这股韧劲来源于他所继承的丛林秉性。当初泰山在母猿卡拉死后，独自在丛林中度过了漫长的岁月，心中却牢记着卡拉的教导，一旦倒下，将无人相救。

保罗维奇的手指摸着杰克的喉咙，脸上露出了可怕的笑容。

"你父亲毁了我，"他喃喃地说，"我要他付出代价。他会认为是巨猿干的，我也会告诉他是巨猿干的。我不过是让巨猿单独等了几分钟，而你却偷偷溜进去，所以它才杀了你。等会儿，把你掐死后，我就把你的尸体扔在床上，当我把你父亲带进来时，他就会看到巨猿蹲在上面。"他面目狰狞，幸灾乐祸地"咯咯"直笑，贴着杰克喉咙的手指，猛地收紧。

背后发狂的野兽，不停地咆哮，声音在狭小的屋内四处回荡。杰克的脸色渐渐苍白了起来，但仍旧没有一丝恐惧或惊慌的神情，毕竟他是人猿泰山的儿子。保罗维奇紧紧地掐住杰克的喉咙，杰克的呼吸开始变得急促而吃力了。突然，巨猿把捆住自己的绳子用力一扯，接着转过身来，把绳子紧紧地缠在一起，像人类一样，猛地向后一跳。毛茸茸的皮下，巨大的肌肉一块块凸起。碎裂的木头再次出现了撕裂的迹象，绳索被夹住了，但部分床尾已经脱落了。

听到声音，保罗维奇抬起头，丑恶的脸孔顿时吓得惨白——巨猿已经挣脱了绳子。

只一瞬间，巨猿就跳到保罗维奇的身上。老家伙吓得尖叫起来，被野兽一把从杰克身上扯了下来。巨猿的手指狠狠地抓进保罗维奇的肉里，黄色尖牙毫不留情地咬在他的喉咙上。保罗维奇挣扎着，

保罗维奇惨死 | 027

最后一动不动了——合上眼睛的刹那，亚历克西斯·保罗维奇的灵魂终于飘向了魔鬼的怀抱。

杰克在阿库特的帮助下，挣扎着缓缓站了起来。随后，在他的指示下，经过两个小时，巨猿终于解开了缠住他手腕的绳索。

现在，保罗维奇被处理掉了，杰克完全自由了，他打开一个袋子，取出些衣服给巨猿变装。计划很完美，杰克甚至也无须跟巨猿商量，因为无论他说什么巨猿都会照着做。最后，他们一起溜出了房子，没人注意到这其中有一个是巨猿。

Chapter 4

旅馆离奇事件

无依无靠的老俄国人迈克尔·萨布洛夫，也就是保罗维奇，被那训练有素的巨猿杀死了。一连几天，报纸上都在讨论这一事件。泰山也看到了这篇文章。早前，他便已巧妙地做了些预防措施，使自己总以正面形象出现在报纸上，这样警方在搜寻类人猿凶手时，完全不会联想到他。

对于这起谋杀，泰山感兴趣的点与众人相同，都在杀戮者的神秘失踪上，凶手确确实实不知所踪。而紧接其后的另一则消息则让他有些担心。之前，他们夫妇已经看着杰克平安地在火车车厢内落座了，但是几天前却得知，儿子尚未在公立学校报到！然而即便如此，泰山也没有把儿子的失踪与下落不明的巨猿联系在一起。直到一个月后，经过仔细调查才发现，火车尚在伦敦站未出发前，杰克便已经离开了，他雇了个司机去了老俄国人的住所。此时，泰山这才意识到，阿库特很可能与杰克的失踪有关。

现在除了知道杰克被司机送到保罗维奇住所外，没有其他线索。当时也没有任何目击证人，因此没人见过杰克与巨猿。房东倒是认出了杰克的照片，因为杰克是保罗维奇房里的常客。最后，搜寻者们停留在伦敦贫民窟这个肮脏破旧的房屋前，毫无头绪。

亚历克西斯·保罗维奇去世后的第二天，一个小伙子陪着他那"身患残疾的祖母"，在多佛登上了一艘轮船。老妇人戴着厚厚的面纱，由于年老和疾病，整个人虚弱不堪，不得不乘坐轮椅上船。

小伙子不许其他人接触"祖母"的轮椅，所以独自一人将"祖母"推到他们的特等客舱内。这是祖孙两人下船前，船上的人最后一次看到老妇人。除此之外，小伙子甚至坚持将客舱乘务员的工作一并做了，他解释说"祖母"神经敏感，一有陌生人出现，她便会极度反感，情绪激动。

船舱外面没有人知道小伙子在里边干了些什么。不过，小伙子和其他健康正常的英国男孩一样，常常与其他乘客混在一起，甚至成了军官们的最爱，还与许多水手成了好朋友。他慷慨大方，不矫揉造作，浑身散发着尊贵且充满力量的气质，许多新朋友因此对他钦佩不已、爱慕有加。

乘客中有个美国黑人叫康登，一个被美国六大城市通缉的骗子。他早先从未正眼瞧过这个英国小伙子，直到偶然间看到了对方的一卷钞票，从那时起，康登便和这个年轻的英国小伙子交起了朋友。他很轻易地了解到，小伙子正和他那病弱的祖母比林斯太太结伴旅行，目的地是位于赤道下方非洲西海岸的一个小港口，祖孙两人之前在一个小村落里相依为命。但是一问到出行的目的，小伙子便闭口不答，不过康登对此倒也没有强求，他已经获得了自己想要的一切信息。

康登好几次试图把小伙子拉进牌局，可惜对方毫无兴趣，并且周围几位乘客见状总露出怒气冲冲的神情，这让康登决定采用其他手段，将小伙子手中的钞票骗到自己的口袋里。

终于有一天，这艘轮船停泊在一处树木丛生的海角上，那儿散落着一大堆铁皮棚子，仿佛是大自然美丽的外表上沾染的丑陋污渍，人类世界的文明似乎也在这里停下了脚步。森林边缘处是一排排当地人的茅草屋，这些原始的野蛮住所，风景如画，与背后的热带丛林交相辉映，不知不觉中便凸显了白人先锋建筑的肮脏与丑恶。

杰克俯身在栏杆上，透过一座座人造城池，远远望向那片浓密的丛林深处。一想到接下来的新生活，便兴奋得脊背微微颤抖了起来。可突然间，他又丧失了斗志，因为眼前浮现了母亲慈爱的凝视和父亲刚毅的脸庞——那隐匿在那男子汉气概下的是父亲浓烈的爱，那感情毫不逊色于母亲，杰克觉得自己的决心又减弱了。附近一艘船的军官正向几支当地小型船队大声地下达命令，要求将船上的货物卸载到指定的码头上。

"下一艘开往英国的船是什么时候？"杰克问。

"'伊曼纽尔'号随时会来，"军官回答说，"在这儿应该就能等到的。"随后，他继续对着船边尘土飞扬的人群大声喊叫起来。

要将"祖母"推到岸边的轻舟上相当困难，所以杰克坚持时刻陪在"祖母"身边，最终，老人在船尾安置妥当后，小舟开始朝着海岸缓缓划动了。这个时候，杰克还是如猫似的跟在老人身后，寸步不离，他看到"祖母"这么安稳舒适，十分高兴。而就在他专心致志地帮着"祖母"从船舷吊索上下来时，完全没有注意到自己口袋里的一个小包裹慢慢滑了出来，最后整个儿掉进了海里。

一看到搭载着英国小伙子和老妇人的小船向岸边驶去，另一侧的康登也立即招呼了一艘小船，与船主讨价还价后，终于上了船，搁下行李。到了岸上后,这个美国骗子尽量不去理会那些两层楼的建筑,据说那叫作"旅馆",专门引诱毫无戒心的旅行者去感受各种糟透了的体验。但最后天已完全黑了,他还是没找到合适的住宿处,不得不尝试着进入"旅馆"。

二楼最里边的一个房间里,杰克正向"祖母"解释说,他决定搭乘下一艘轮船返回英国,这并非难事。他竭力使"祖母"明白,如果她愿意,她可以留在非洲,但自己必须回到父母那儿去,否则良心过意不去,因为自己的不告而别,父母现在无疑承受着难以言说的痛楚。由此也可以推测,杰克父母并不了解他的非洲荒野探险计划。

做出决定后,杰克感到浑身松了一口气,过去他总是隐隐担忧着,很多夜晚都难以入眠,而现在他终于可以酣然入睡,渐入梦乡了,梦里正与家人们欣然团聚。然而,在杰克沉睡时,残酷无情的命运正穿过肮脏黑暗的旅馆走廊,即将悄悄地降临在他身上——美国骗子康登来了。

康登小心翼翼地靠近杰克的房间,蹲在门口听着,直到有规律的呼吸声传来。确信祖孙俩都睡着后,他悄悄地将一把细长的钥匙插进门锁里,手法老练,显然对于撬门开锁早已轻车熟路。他同时转动钥匙和旋钮,再轻轻一推,铰链倾斜摆动,门便慢慢向内打开了。康登走进房间,随手关上了门。

此时,月亮被厚厚的云层盖住,屋内笼罩着一股阴郁的气息。康登摸索着朝床边走去。房内的另一个角落也有着什么东西在移动——悄无声息地移动着,甚至比训练有方的窃贼还灵敏。不过康登对此毫无察觉,他全部注意力都在床上,不出意外那儿应该躺着一个年轻的男孩和他那病弱无助的祖母。

他只想找到钞票,如果能够神不知鬼不觉地拿到手,那一切甚好，若是遇到了抵抗，那他也做好了准备。小伙子的衣服就放在床边的椅子上。康登的手指快速地摸进口袋——里面并没有钞票。那么毫无疑问，钱藏在枕头底下。他走近杰克，手指就快伸到枕头底下了，这时，遮住月亮的云层散开了，室内顿时亮了起来。就在此刻，杰克睁开了眼睛，直直地看着康登。康登突然意识到床上只有杰克一人，随即，他紧紧抓住杰克的喉咙，拉向自己。杰克的身体一离开床，康登便听到了背后传来低沉的吼声，接着他的手腕似乎被杰克抓住了，动弹不得，那白皙纤弱的手指下仿佛有着钢铁般的力量。

同时，康登发觉背后还伸来了一只手，满是粗毛，一直伸到了自己的喉咙上。他惊恐地向后看了一眼，霎时，心头一颤，头皮发麻，从背后抓住他的是只巨猿，那尖牙利齿离自己的喉咙仅有咫尺之遥，而自己的手腕早就被不动声色地抓住了。但是祖母去哪儿了？康登的目光扫过房间，上上下下瞥了一遍。然后他愣住了，惶恐到了极点——他把自己送到了一个恐怖的神秘生物手中！他开始疯狂地扭动着四肢，想把后背上的可怕怪物给甩掉。好不容易一只手得空，康登立即对着杰克的脸狠狠地打了一拳。这行为一下子激怒了那毛茸茸的怪物，它像魔鬼附身般紧紧掐住了骗子的喉咙。很快，一声低沉而野蛮的咆哮响起，那已是康登生命里最后听到的声音了。接着，美国骗子被拖倒在地板上，一个厚重结实的身体随之附了上来，强有力的牙齿咬住了颈脉，康登的脑袋在黑暗中不停地扭动。一会儿之后，匍匐着的巨猿缓缓站起，但康登全然不知——他已经死得透透了。

杰克吓坏了，从床上跳起来，趴到了康登身边。他知道阿库特在自卫时杀了这个人，就跟那时杀死迈克尔·萨布洛夫一样，但在这儿，在野蛮的非洲，远离家乡和朋友，自己和那忠诚的巨猿该如何是好？杰克知道谋杀是死罪，他甚至知道帮凶可能会和主谋一样被判死刑。谁会为他们辩护呢？没有人会对他们施以援手。这是一个半开化的社会，明天早晨，人们很有可能会把阿库特和他绑到树上。他读到过美国曾有类似事件发生，而非洲比他的祖国西部地区还要糟糕，甚至更野蛮。没错，他们可能明天一早就会被绞死！

没有逃脱的机会了吗？他沉默了一会儿，然后吐了一口气，双手合在一起，转向椅子上的衣服。钱能解决任何事！钱能救得了他和阿库特！杰克摸索着找着口袋里的钞票，他总习惯把钱放到口袋里随身带着。但钱不在口袋里！杰克先是慢慢地，最后疯狂地搜遍了衣服上剩下的口袋。都没有！他跪在地上，检查了地板。又点亮灯，把床移到一边，一寸一寸地在地板上摸索。在康登的尸体旁，他犹豫了一下，最后还是鼓起勇气碰了碰。杰克把尸体翻来覆去，但什么也没找到。他猜想康登进来是为了偷窃，但这么短的时间内，骗子不可能有机会把钱偷到手，可是什么地方都找不到，那钱只能在死者身上，但无论怎样都看不到钱的影子。

杰克绝望得几近疯狂。该怎么办？明早他们可能就会被发现，然后被绞死。尽管继承了父亲健硕的体格和强劲的力量，但他毕竟还只是一个小男孩——一个害怕又想家的小男孩。不过，也许是因为年幼，也许是因为经历还少，他的许多猜测并不缜密。他只能想到一个明显的事实——他们杀死了一个人，周围全是陌生的野人，全都兴致勃勃地等待着饮下他的血液，饮下自己这被命运玩弄的受害者那新鲜的血液。这是杰克现在一贫如洗时能想到的所有事了。

总之，他们必须有钱！

他毅然决然地再次走近尸体。巨猿蹲在角落里注视着它那年轻的同伴。杰克开始把美国人的衣服一件一件地扒掉，仔细地检查每件衣服，连鞋子也不放过，认认真真地搜寻了一番。当最后一个物件检查完挪开后，杰克躺到床上，眼睛睁得大大的，目光呆滞而空洞，仿佛只能看到一幅可怕的画面：两个躯体在一棵大树的枝干上无声地摆动。

杰克呆呆地坐着，不知过了多久，直到被楼下地板发出的声音给惊醒。他迅速站起身，把灯吹灭了，踏过地板，静悄悄地锁上门，然后转向巨猿，做了一个决定。

昨晚，他本来下定决心要趁早回家，请求父母原谅自己这场疯狂的冒险。现在他知道，自己可能再也回不去了。他的手已经染上了鲜血——反反复复的思量中，杰克早已不再把康登的死亡归因于巨猿。

可到底钱掉到哪里了？杰克试图回想起最后一次看到钱时的场景。但是，什么都不记得了，他完全无法解释为何钱平白无故地消失了。杰克没有意识到，当他爬过船的一侧，进入那艘等待着朝岸行驶的小船时，钱袋子掉进了海里。

现在他转向阿库特。"来！"他用巨猿的语言说道。

杰克忘了自己只穿了一件薄薄的睡衣，便直接走向敞开的窗户，探出头，聚精会神地听着周围的动静，窗外几英尺处有棵小树。杰克敏捷地跳到树干上，像猫一样紧紧贴着，然后轻轻地爬到下面的地上。巨猿紧随其后。黑暗中，这座落后的城镇在两百码开外便是一望无际的丛林。杰克朝这个方向走着，过了一会儿，身影便完全淹没在了丛林中。就这样，杰克——未来的格雷斯托克勋爵，从人类的视线和文明世界中彻底消失了。

第二天上午晚些时候，一个本地男仆敲了敲比林斯太太和孙子入住的房间，但是一直毫无回应。他把钥匙插入锁中，却发

旅馆离奇事件 | 035

现里边已插有另一把钥匙。仆人立即将此事报告给了旅馆经理赫尔·斯卡普。

经理即刻跑上二楼,一阵猛敲,还是同样没有任何回应。他弯下腰对着钥匙孔,想瞧瞧房间里发生了什么。由于身材魁梧,赫尔·斯卡普突然失去平衡,差点摔倒,手掌本能地撑在了地板上。可就在手掌接触到地面时,他感觉到手指下面有种柔软而厚重的湿润感。在走廊昏暗的灯光下,他张开手掌,细细查看,随即打了个寒战,因为他看到了手上暗红色的污渍。他一下子弹了起来,肩膀撞到了门上。由于他体重如山,不堪一击的门板就这样在猛撞之下塌了,赫尔·斯卡普磕磕绊绊地跌进了房间。

眼前几乎是他所经历过的最困惑的场景:地板上躺着一具陌生男子的尸体,脖子折断了,颈项是被野兽的獠牙咬断的。尸体全裸,衣服散落在四周。老太太和她孙子不知所踪,窗户是开着的,那两人一定是通过窗户逃跑了,因为门在里面上了锁。

但是,男孩怎么可能把那病残的"祖母"从二楼的窗户带到地上去的呢?这太荒谬了。赫尔·斯卡普再次搜查了这个小房间,他注意到床离墙很远,为什么?他又往下检查了三四遍。毫无疑问,两人的确离开了。但是,他又理智地判断,没有搬运工,老妇人根本无法离开,她必须像前一天一样让人抬着上下楼。

进一步的搜查更使得谜团错综复杂:两个人的衣服都还在房间里,如果他们走了,那一定是赤身裸体或者穿着睡衣。赫尔·斯卡普摇摇头,又挠了挠脑袋,十分困惑。他从来没有听说过夏洛克·福尔摩斯,否则直接去求助这个著名的侦探,也就不用浪费时间了,可惜这里发生的是真实的案件。

一个老妇人——一个必须让人从船上抬到房间里的病人,和她的孙子,在前一天刚入住这栋旅馆二楼的一个房间,他们在房间里享用了晚餐，那是他们最后一次露面。然而第二天早上九点，房间的唯一主人就成了一个陌生男子的尸体。同时，没有任何一艘船离开过这座港口，数百英里内也没有任何一条铁路，荒无人烟，即便两人装备精良，艰苦跋涉几天几夜，也无法到达任何一处白人聚居地。

他们凭空消失了。派去检查的人回来报告说，窗户下的地面没有脚印。是什么生物能够跃过这样大段的距离，落到松软的草皮上且不留任何痕迹？赫尔·斯卡普哆嗦了一下。是的，这非常神秘——整件事情扑朔迷离。他不愿再想了，甚至开始有些害怕夜晚的来临。

这对赫尔·斯卡普来说是个巨大的谜团，毫无疑问，自始至终都是个巨大的谜团。

Chapter 5

阿拉伯人村庄

在一棵矮小的棕榈树下,外籍军团的阿曼德·贾科上校正坐在一张铺开的鞍形毯子上。他有着宽阔的肩膀和清爽的短发,此刻正十分舒适地倚着粗糙的树干,双腿在劣质的毯子上笔直地交叠在一起。一整天,他都骑着马不停地穿越沙漠,早已疲惫不堪,此刻难得稍作放松。

他懒洋洋地吸着烟,注视着正在准备晚餐的勤务兵。右侧是一群皮肤晒得黝黑的老军人,整个团队热闹非凡。此刻暂时没了行军时的条条框框,军士们全都轻松自在,热闹地开着玩笑,吸着烟,疲惫的肌肉也慢慢放松下来。已经 12 个小时未进食了,所有人都饥肠辘辘,就等着饱餐一顿。在他们中间有五个身穿白袍的阿拉伯人,沉默寡言地蹲着,双手牢牢地绑在一起,被密切监视着。

看到这一幕,阿曼德·贾科上校非常满意,觉得自己不辱使命。在这漫长炎热的一个月里，为了寻找一群劫掠者，他的队伍几乎搜遍了荒漠的每个角落，简直精疲力竭。这群暴徒偷走的骆驼、马和山羊不计其数，还犯有多次谋杀，所有这些指控已经足够处死他们好几次了。

一周前，他遇到了这群罪犯。在随后双方的对战中，他损失了两名手下，但对手几乎全军覆没，有大概六名暴徒逃脱了，五人被活捉，其余人在军团的镍壳子弹未射出前便"以死谢罪"了。不过团伙的头目艾哈迈德·本·霍丁被生擒了。

这让贾科上校轻松了不少，思绪飘过几英里沙地，来到了一处驻防区内的小哨所。等明日，他的妻子和女儿就会在那儿，热切地欢迎他胜利归来。一想到爱妻和女儿珍妮，上校的眼神就变得格外柔和。等明日，他风尘仆仆地从坐骑上跳下来时，一定能第一时间瞧见两张满是笑意的脸蛋。贾科上校甚至已经感觉到，那柔软的脸颊贴过自己的面孔，像皮革上扫过一片羽毛，细腻柔软。

突然，遐想被一名哨兵的喊叫声打断了。贾科上校抬起头，太阳还未落山，几棵树的影子在水坑周围挤成一团，在夕阳余晖的映射下，人和马的影子拉得老长，一直延伸到东边的金色沙地上。贾科上校站起身来，他不喜欢通过别人的眼睛发现端倪，凡事都得亲自去瞧瞧。因此，通常情况下，在别人刚意识到发生了什么事时，他早就不足为奇了——这种特质为他赢得了"鹰"的称号。

现在他看到在长长的阴影中，十几个斑点起起落落，溅起漫天黄沙，一开始还若隐若现，渐渐地越来越清晰，贾科上校立即认出了他们——沙漠中的骑士。贾科上校简单地下达了几条命令后，十二个士兵套上马鞍，骑着马向沙漠中冲去。而其余的人除了看守阿拉伯人的之外，也都整装待命。

这群驾马迅速地冲向营地的人，极有可能是那些暴徒的亲朋好友,正准备来个突袭好进行营救。但这群陌生人却毫不掩饰行踪,飞快地奔向营地,一览无遗,让人又有些困惑。当然,奸诈之人也往往以坦荡的外表作为掩饰,还有一种可能是,这群人并不知晓"鹰"的性格,所以便横冲直撞,打算直接将他困住。

在离营地二百码远的地方,之前被派出去的小分队已接近那群阿拉伯人。贾科上校看到小分队的队长和一个健硕高大、穿着白袍的人在交谈——那人显然是对方队伍的领袖。不久,小分队队长便和阿拉伯人并肩朝营地走来,贾科上校等待着他们。两人在上校面前勒住缰绳,下了马。

"这是阿莫尔·本·卡哈特酋长。"小分队队长介绍说。

贾科上校打量着阿拉伯人,方圆几百英里内几乎所有的阿拉伯人,他都很熟悉,却从未见过此人。这个阿拉伯人身材高大,整个人看起来饱经风霜,约莫六十多岁,看上去十分穷酸,窄长的双眼透着一股邪气。总的来说,长相不讨贾科上校喜欢。

"你好?"贾科上校试探性地问道。

阿拉伯人一开口便直奔重点,他说:"艾哈迈德·本·霍丁是我妹妹的儿子,如果你把他交给我,我保证他不再触犯法国国法。"

贾科上校摇了摇头,回答:"那可不行,我必须带他回去接受民事法庭的公正审判。如果他是无辜的,自然会被释放。"

"如果他不是无辜的呢?"阿莫尔·本·卡哈特问。

"他受到指控,谋杀了很多人。如果其中任何一个控诉得到证实,他就有罪,必须处死。"

阿拉伯人的左手藏在带有包头巾的呢斗篷里,现在这手伸了出来,露出一个巨大的山羊皮包,鼓鼓囊囊地装满了硬币。他打开皮包,对着右手掌,一把硬币便"噼里啪啦"地洒了出来——都是些上等的法国金币。从钱包的大小和膨胀程度来看,贾科上校可以得出结论,里边是一笔不小的财富。阿莫尔·本·卡哈特酋长把散落的金币一个一个地捡起来,扔进钱包。贾科上校仔细打量着对方。此刻,两人正单独待在一起,小分队队长在介绍完酋长之后就退到远处去了,背对着他们。现在,酋长已经把所有金币都捡回来了,他把鼓鼓的钱包放在掌心,朝贾科上校伸去。

"艾哈迈德·本·霍丁,我妹妹的儿子,今晚可能会逃跑。"他说,"嗯?"

贾科上校先是头皮一紧,接着脸色煞白,朝着阿拉伯人走了半步,拳头紧握。突然间他意识到了,对方可能是故意激怒他。

"军士!"他喊道。听到上级召唤,小分队队长立马匆匆赶来。

"让这只黑狗打哪儿来的滚哪儿去!"他下令,"让他们即刻离开。今晚在营地范围内出现的任何可疑人物,格杀勿论。"

阿莫尔·本·卡哈特酋长站直了身子,邪恶的眼睛眯了起来。他正视着法国军官,再次举起了金色的袋子。

"你会为我妹妹的儿子——艾哈迈德·本·霍丁的性命付出更惨痛的代价,"他说,"并且,你给我起了个绰号,等价交换的话,你将承受的必是上百倍的痛楚。"

"在我把你踢出去之前,赶紧滚!"贾科上校止不住地咆哮。

在下面这个故事开始时,已经过去三年了。而艾哈迈德·本·霍丁也因为罪有应得早被判了死刑,死时还带着一股骄横。

距离贾科上校和艾哈迈德·本·霍丁不开心的会晤的一个月后,贾科上校七岁大的女儿小珍妮·贾科便神秘失踪了。尽管父母富甲一方,并且有伟大的法兰西共和国强大的资源支持,依然无法获取女孩及其绑架者的下落,女孩就这样被神秘莫测的荒漠所吞噬了。

找寻女孩行踪的巨额悬赏吸引了许多冒险者。即便依靠诸多

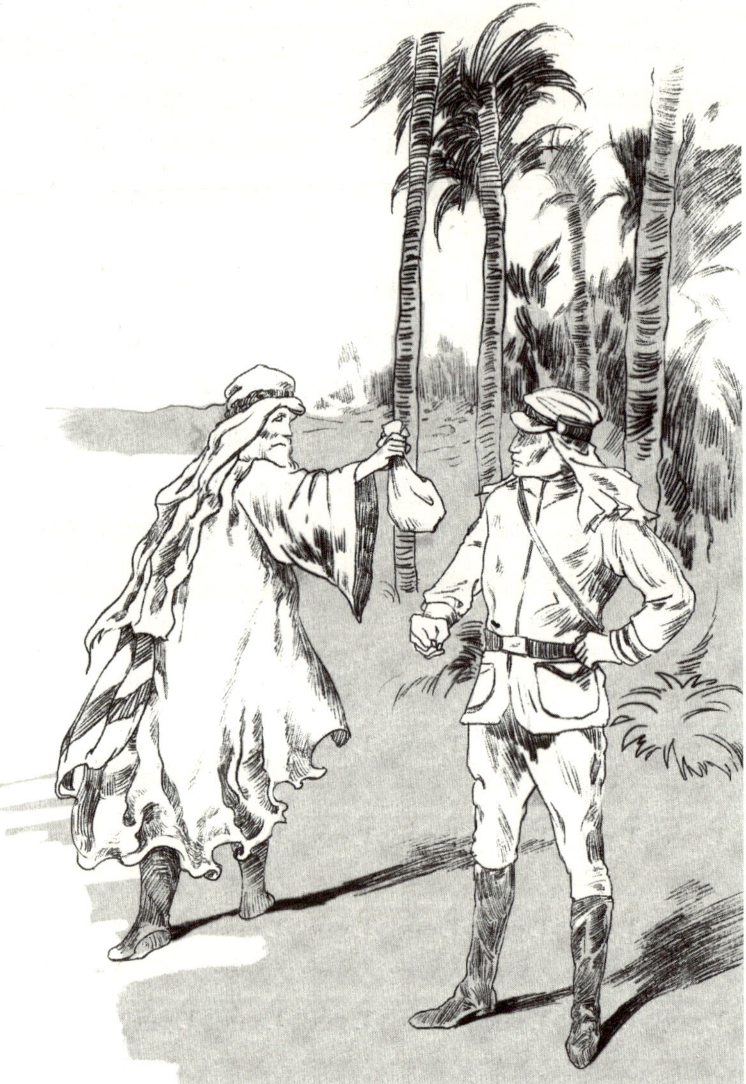

先进的手段，这种探险依旧困难重重，但仍有许多人义无反顾地投身于搜寻行动——有些人已经成了白骨，在非洲的阳光下，在撒哈拉寂静的沙漠中，满目凄凉。

有两名瑞典人——卡尔·詹森和斯文·玛尔比恩，在追了三年假线索后，终于放弃了对撒哈拉以南地区的搜寻，转而关注更有利可图的生意——偷猎象牙。

目前有一大片地区，因偷猎者对象牙的极度贪婪及其残酷无情的手段而闻名，当地人对此既害怕又憎恨。长期以来，欧洲各国政府一直努力搜寻这帮象牙偷猎者，以找回那些丢失的财富；然而，偷猎者们走南闯北，更是在撒哈拉沙漠以南的无人区学到了许多歪门邪道，获悉了追捕者们尚未知晓的各种途径，于是总能逃过一劫。他们一旦行动，总是突然且迅速，获取象牙后，便立刻撤回北方那踪迹难寻的废区中，被盗区域的守卫者对这番行动有时甚至毫无察觉。偷猎者们无情地屠杀大象，并从当地人那里偷取象牙。整个团伙中有一百多名阿拉伯人和黑人奴隶，他们堪称残暴无情的杀手。

在丛林的深处，藏着一条未经勘探的大河支流，这条大河流入大西洋，离赤道不远，附近坐落着一个围有层层栅栏的小村庄。村里有二十间用棕榈茅草盖成的蜂房棚屋，住着一群黑人，中间还有一块单独区域，专门搭建着六个阿拉伯人的山羊皮帐篷。这群阿拉伯人通过交易和突袭沙漠中的船只，每年两次掠夺路过此地向廷巴克图市场运送的货物，因而在此建立了栖身之所。

在阿拉伯人帐篷前玩耍的是一个十岁的小女孩梅林，黑头发、黑眼睛、栗色皮肤，身形优美，一举一动都呈现出沙漠的女儿该有的模样。她的小手指正忙着为一只凌乱的洋娃娃做草裙，这是一两年前一个好心的奴隶给她做的。

娃娃的头是由一块粗糙的象牙制作而成，而身体则是用草填满的老鼠皮，胳膊和腿都是一些木头——在一端穿孔，然后缝在老鼠皮的躯干上。这个娃娃非常丑陋，还很脏，但是梅林却认为它是世界上最美丽、最可爱的东西，这并不奇怪，因为娃娃是她唯一的慰藉，寄放着女孩全部的爱与信念。

与梅林接触的所有人，几乎都对她冷漠无情。有一个照顾她的老巫婆马布努，牙齿几乎掉光了，肮脏猥琐，脾气暴躁，一有机会就把梅林铐起来，用手掐着折磨她，甚至有两次用滚烫的煤炭灼伤了她稚嫩的身体。梅林的父亲是位酋长，比起马布努，梅林更畏惧酋长。他经常无缘无故地咒骂她，一边辱骂，一边习惯性地狠狠殴打，直打得梅林鼻青脸肿、浑身发紫。

当梅林独自一人待着时，她便与娃娃盖卡一起玩耍，用野花或草绳来装饰它的头发，自得其乐。所以一有机会独处，梅林总是很忙，一边玩耍一边唱歌，哪怕上一秒遭受了何等残忍的折磨，都不足以粉碎她那颗小心脏里涌动着的幸福和甜蜜。只有当酋长靠近时，她才安静下来。有时，她对酋长有着歇斯底里的恐惧，但她也害怕这阴暗的丛林——这个小村庄周围的丛林，阴森残酷，白天猴子和鸟儿叽叽喳喳地叫着，夜晚还有肉食性动物的咆哮和呻吟。是的，她无比畏惧丛林，但更怕酋长，很多时候，她都在想：要不逃进可怕的丛林去吧，这样就再也不用面对父亲穷凶极恶的面孔了。

这天，她正坐在酋长的羊皮帐篷前，给盖卡编织一件草裙，酋长突然出现了。梅林脸上幸福的神情顿时荡然无存，她蜷缩起身子，试着从地上爬起来，以免挡着那眉头紧皱的老阿拉伯人；但她速度不够，晚了一步。酋长狠狠地朝她脸上踢了一脚，梅林便倒在地上动弹不得，泪流满面、浑身发抖。老阿拉伯人又随口唾骂了女孩几句，进了帐篷。老巫婆马布努幸灾乐祸地笑着摇摇头，露出了稀疏的几颗黄牙。

在确认酋长离开后，梅林爬到了帐篷阴凉的另一侧，静静地躺在那里，紧紧地把盖卡抱在胸前，好长时间，她都在不住地啜泣。她不敢大声哭出来，担心又会引来酋长。梅林幼小的心灵承载着诸多痛苦，不只是身体遭受折磨带来的苦楚，更多的是一种由于长时间缺失父爱而产生的痛楚。她有着一颗多么渴望爱的心啊！

酋长和马布努的残酷虐待几乎占据了梅林的所有回忆。她依稀记得，童年记忆里藏着一个模糊的影子，那是她温柔的母亲；但梅林并不确定，是不是自己太渴望那从未有过的爱抚，才会有如此梦幻的画面，不过她还是毫不吝啬地把记忆中的温暖全给了深爱的盖卡。从来没有谁像盖卡一样得到如此多的宠爱，它那小母亲，即便受到父亲和老巫婆的苛待，依然放任自己溺爱着娃娃，每天都要亲吻盖卡上千次。有时，盖卡会淘气地恶作剧，但小母亲从不做出惩罚。相反，她只会怜爱地摸一摸娃娃；事实上，梅林所有的表现都藏着她对爱的极度渴望。

现在，她把盖卡紧紧地抱在胸前，情绪逐渐缓和了下来，有一搭没一搭地呜咽着，直到能控制住自己的声音，这才把一肚子的委屈倾诉给盖卡。

"盖卡爱着梅林，"她低语，"可为什么酋长，我的父亲，却不爱我呢？我是不是太顽皮了？我努力表现得很好，但我不知道他为什么打我，我不知道自己做错了什么总是激怒他。就像刚才，盖卡，他踢了我，弄伤了我，但我只是坐在帐篷前为你做一条裙子啊。那样做一定是错误的，否则他不会踢我。但是，为什么是错误的呢？哦，亲爱的盖卡！我不知道，我真的不知道。盖卡，我多希望自己是个死人啊。昨天，猎人们带来了埃尔·阿德雷亚的尸体。埃尔·阿德雷亚死透了,他没法再悄悄放走那些对他毫无防备的猎物,没法再吓跑那些在夜间饮水的草食性动物,他那庞大的头颅和坚实的肩膀已经在丛林中彻底消失了,雷鸣般的吼声再也不会动摇大地。人们狠狠鞭打他的尸体,但埃尔·阿德雷亚并不介意,他没有任何知觉,因为他已经死了。而当我死的时候,盖卡,无论是马布努打我,还是父亲酋长踢我,我都不会感到疼了,就能一直很快乐了,唉,盖卡,我多么希望我已经死了!"

盖卡可能正打算反驳,不过被村外的争执打断了。梅林也听见了,出于孩童般的好奇,她往常总喜欢跑到现场去一探究竟,去看看男人们大声争吵的缘由。村里其他人已经成群结队朝着喧闹声的方向跑去了,但梅林不敢。毫无疑问,酋长会在那里,如果被他发现,免不了又是一场拳打脚踢,所以梅林静静地躺着,细细聆听。

过了一会儿,她听到人群向酋长的帐篷走去。梅林小心翼翼地把小脑袋伸到帐篷边上,她还是没能挡住诱惑,村庄生活单调乏味,她渴望有些许消遣。接着,梅林看到了两个陌生白人单独前来。当他们走近时,她从周围当地人的谈话中得知,陌生人及下属已经在村子外面扎营了,此时他们二人来与酋长洽谈。

酋长在帐篷门口接见了陌生人,听着人群对两人的评价,他的眼睛眯了起来。陌生人在老酋长跟前停住脚步,互致问候,并表明两人此行是为了交换象牙。酋长哼了一声,说他没有象牙。梅林顿时呼吸一紧,她知道,在附近的一个小棚里,巨大的象牙几乎堆到屋顶上了。她又把脑袋瓜向前探了些,以便更好地观察陌生人。他们的皮肤真白啊!大胡子也真黄!

突然,两人中有一人朝梅林的方向瞥了一眼。梅林试图避开视线,她害怕见人,但还是被陌生人瞧见了。梅林注意到那人脸上掠过一丝难以置信的惊讶神情。酋长也发现了,并猜到了原因。

"我没有象牙,"他重复道,"我也不想交易,走开,现在就走。"

酋长离开帐篷,将陌生人赶向村口的大门。见到两人磨磨蹭蹭,不愿离开,酋长立马威胁道,不服从指令就杀了他们。陌生人只好转身离开村庄,返回营地。

酋长回到帐篷边上后,没有即刻进入,而是走到另一边,在那里,梅林正紧靠在山羊皮墙上,惶恐不安。酋长弯下腰,抓住梅林的胳膊,恶狠狠地一把将她拖了过来,拽到帐篷门口,再凶猛地推到里边,随后再次抓起,毫不留情地拳打脚踢起来。

"待在里面!"他大吼,"永远不要让陌生人看见你的脸。下次再让人看见,我就杀了你!"

最后,酋长残忍地将梅林铐在帐篷内一处小角落里,任其闷声呻吟,自己则来回地踱步,自言自语。马布努在入口处坐着,嘀嘀咕咕,咯咯地笑着。

在陌生人的营地里,一人语速极快地同另一人说起了话。

"玛尔比恩,事情千真万确,根本不用怀疑,"他说,"一点儿也不用怀疑。但是,为什么那个老恶棍还没有领赏,这才是我困惑的地方。"

"詹森,对阿拉伯人来说,有一些事情比金钱更重要,"玛尔比恩回答,"比如复仇。"

"无论如何,没人会跟金钱过不去。"詹森说。

玛尔比恩耸了耸肩,说:"别找酋长,他不会为了钱放弃报仇的,我们可以找他的手下试试。要是把钱给酋长,他势必会怀疑当初我们在帐篷前和他谈话时就已经有所察觉了。如果他立即动手,那我们能不能逃脱,就只能靠运气了。"

"好吧,那试试贿赂他的手下吧。"詹森说。

阿拉伯人村庄 | 047

然而，贿赂失败了——整件事令人毛骨悚然。在村子外的营地待了几天后，他们选择了酋长部落里一名高大年长的当地首领作为目标。首领曾住在岸边，知道黄金的魔力，所以最终还是没能抵抗得了金光闪闪的诱惑，答应在深夜给他们带来约定之物。

天黑后，两个白人开始安排准备离开营地。到了午夜，一切准备就绪。搬运人员躺在货物旁侧，随时待命。全副武装的土著士兵在履行对阿拉伯村庄的巡视，一旦行动失败撤退时，便直接组成后卫军。行动将从首领给白人带来所需之物开始。

不久，村子外边的小道上传来了脚步声，士兵和白人立即警觉起来，来人不止一个。詹森向前走了一步，向来者低声询问。

"谁？"他问道。

"姆贝达。"对方回答。

姆贝达是那个被收买的首领的名字。詹森很满意，虽然不知姆贝达为何还带来了其他人，不过很快他便明白了，取来的东西需要两个人抬着。詹森气急败坏地咒骂起来，他们居然傻到带来一具尸体？当初可是按活人付的钱！

在白人面前，这些人停了下来。

"这是你用黄金买的东西。"其中一人说。他们将杂物放到地上，转身消失在通往村庄的黑暗之中。

玛尔比恩看着詹森，嘴角露出一丝扭曲的笑容，又看向杂物上覆盖着的那块布。

"嗯？"詹森皱了皱眉，"把布掀开，看看到底买了什么，瞧瞧这具尸体值不值得我们花那样一笔钱——尤其是在送到悬赏处之前，它可还要再经过六个月的烈日暴晒呢！"

"早知道该告诉那傻子，我们希望她活着。"玛尔比恩嘟囔着，抓起一角，把尸体上盖着的布一下子翻了过去。

一看到露出的东西，两人都大吃一惊，忍不住咒骂出声。眼皮底下躺着的是姆贝达——那个被他们收买的首领的尸体。

五分钟后，詹森和玛尔比恩的旅行队迅速向西挺进，局促不安的土著士兵在后方戒备森严，准备应对预料中可能发生的袭击。

Chapter 6
寻找同伴之旅

泰山之子杰克在丛林里度过的第一夜是他记忆中最漫长的一晚。这一夜，没有野蛮的肉食性动物的威胁，也没有一丝凶狠的野人踪迹，或者说，这些凶险确实存在，只是杰克心乱如麻，所以未曾察觉。一想到母亲因为自己的不辞而别痛苦万分，他的心便惴惴不安，不住地自责，整个人陷入痛苦的深渊，不过他倒是对杀害美国人这事毫无悔意，那完全是骗子咎由自取。但令杰克遗憾的是，康登的死亡对计划造成了一些影响，现在他不能按原计划直接回到父母那里去了。杰克曾读过许多内容丰富的虚构故事，对原始边境的法律充满了恐惧，这也是他现在不得不逃进丛林的原因。此时此刻，他不敢再回到海岸上，不仅仅是由于自身的恐惧，更多的是担心父母，担心他们显赫的名声被肮脏的谋杀案所拖累。

随着原计划中返程日期的到来，杰克的情绪又渐渐高涨了起来。旭日东升，他心中也燃起新的希望。或许，他可以采用别的方式返回文明世界。没人会想到，遥远海岸边的一处偏僻旅馆里发生的谋杀案与他有关。

杰克蜷缩在一棵大树边上，瑟瑟发抖，单薄的睡衣根本抵抗不了丛林的寒冷潮湿，他只有紧靠在毛发蓬松的同伴身上，才能勉强感到一丝温暖。所以，当太阳冉冉升起时，杰克格外兴奋，阳光总会带来温暖和光明，消除身体和精神上的病痛。

杰克将阿库特摇醒，说："走吧，我又冷又饿，我们得到阳光下去找找食物。"说完，他指了指那开阔的平原，上面装点着一棵棵矮小的树木，参差不齐的岩石散落一地。

杰克说着便滑到了地上，但阿库特却谨慎地看了看，嗅了嗅清晨的空气。当确保附近没有危险时，才慢慢落到杰克身边。

"那些先行动后观察的人，将成为狮子口中的盛宴；而那些先观察后行动的人，却可以将狮子捕食下肚。"这是老巨猿向泰山之子传授的第一条丛林生存法则。

随后，由于杰克希望能尽快暖和起来，两人便肩并肩地走到了粗糙的平原上。途中，阿库特向杰克展示了挖掘啮齿动物和蠕虫的最佳位置，但是杰克一想到要吞下那些令人厌恶的东西就一阵作呕。他们找了些生鸡蛋，杰克吸食了里边的蛋清，还吃了些阿库特挖出的草根和块茎。穿过平原，又越过一处低矮的悬崖，两人发现了一个水洞，里边散发着淡淡咸味，酸臭扑鼻，侧边和底部有许多野兽践踏的痕迹。走近时，一群斑马正疾驰而去。

杰克实在太渴了，于是迫不及待地就喝了一口，而阿库特则站在那里，抬起头，警惕着以防出现危险。巨猿喝水前便告诫男孩要提高警惕，而在喝水时，它也不住地抬头，朝水洞对面一百码外的灌木丛快速瞥上几眼。喝完水后，阿库特站起身来，用两人共同的语言——猿语,同杰克说起了话。

"附近有危险吗?"阿库特问。

"没有,"杰克回答,"你喝水的时候我什么也没看见。"

"在丛林里,眼睛没什么用。"阿库特说。

"在这里,如果你想活下去,必须依靠耳朵和鼻子,尤其是鼻子。当我们蹲下喝水时,我就知道没有危险潜伏在水坑这边,否则斑马早在我们到来之前就会发现并逃走。但在风吹的另一边,危险可能隐藏起来。我们闻不到气味,因为气味被吹到了另一个方向,所以当鼻子不起作用时,我便眼睛朝下,往风的方向侧着耳朵。"

"那你发现了什么?不会什么也没发现吧?"杰克笑着问。

"我发现狮子蹲在高高的灌木丛中。"阿库特说。

"一头狮子?"杰克惊叫起来,"你怎么知道的?我什么也没看见啊。"

"狮子确实在那里,"阿库特回答说,"首先,我听到它呼了一口气,对你来说,狮子的这口气可能与风掠过树林时发出的声音没什么不同,但接下来你必须学会分辨狮子的声音。然后我仔细观察,最后我看到高大的草堆被一股力量拨到了一边,而且显然不是风力造成的。看,狮子庞大的身体两侧有一大片草丛,在它呼吸的时候,你看到了吗?你有没有注意到两边的草丛摆动,而其他草丛都静止不动。"

杰克瞳孔一缩——他的眼睛,相较于普通男孩,有过之而无不及,但此时却真的没有发挥什么作用。最后,他忍不住发出了一声惊叹。

"好,我明白了,它确实躺在那里,"他指了指,"它的头正对着我们,它在看我们吗?"

"狮子在监视我们,"阿库特回答说,"不过我们暂时没有危险,但是不要靠它太近,因为它正躺在自己的猎物上,现在它吃饱了,否则我们就会听到啃骨头的声音。它默默地注视着我们是出于好奇,再过不久,它可能又要进食了,到时可能会到水边喝上几口。因为它没打算恐吓或吃掉我们,才没藏起来,所以现在是了解狮子的绝佳时机,如果你想在丛林中活得更久些,必须要对它非常熟悉。当我们巨猿成群结队时,狮子不敢靠近,因为我们的尖牙又长又锋利,可以与它一战;一旦落单,恰巧它又饥肠辘辘时,那我们就完全不是它的对手了。来吧,我们围着它转转,熟悉一下气味,越早了解它的习性对你越有好处。但是当我们绕着它走时,记得离树近些,狮子总会做些出其不意的事,所以耳朵、眼睛、鼻子都要张开。记住,每一丛灌木、每一棵树和每一簇草丛中,都可能藏有敌人。当你躲避狮子时,不要落入它的伴侣母狮的魔爪。现在,跟我来。"阿库特围着水坑,绕着蹲伏的狮子转了一圈。

杰克紧随其后,全身高度警惕,神经兴奋到了极点。这一瞬间,他又忘了数分钟前的决心,当时他已打算好匆匆赶到海岸,登船上岸,然后快速返回伦敦。现在他满脑子都是野人生活的乐趣:在这片辽阔的原始大地上——宽广的平原和阴郁的森林里出没着一群群野人和猛兽,而自己即将以聪明才智与它们斗智斗勇!无所畏惧!不过,杰克依旧有着一股与生俱来的责任感,每当他灵魂深处涌起一阵对自由的向往时,内心便会受到这股责任感的谴责,挣扎不已。

闻到肉食性动物那股难闻气味时,两人已经距离狮子非常近了,几乎就在它身后了。杰克的脸上不由得露出了微笑。他发现自己有某种感应,即使阿库特没有告诉他狮子躺在附近,自己也会知道狮子的气味。他有一种奇怪的熟悉感——十分怪异的熟悉感,使他后颈上每根发丝儿都竖了起来,上唇不由自主地发出一阵咆哮,龇牙咧嘴,耳旁的皮肤也全部抻开了,好像立即开启了防御模式,防卫着全世界任何一头可能碾碎他的头骨、给予致命一击的野兽。杰克头皮发麻,伴着一股前所未有的快感,刹那间,他变成了一种动物的状态——高度警惕,准备就绪。可以说,那头狮子的气味将杰克变成了一头野兽。

由于母亲煞费苦心的阻挠,杰克此前从未见过狮子。但他私下里早已看过无数张图片了,现在终于能亲眼所见,不由贪婪地注视着野兽,舍不得挪开眼。他亦步亦趋地跟在阿库特身后,眼睛透过自己一侧的肩膀望向狮子,又稍稍停顿了几秒,暗自希望狮子能够从食物中抬起头来,露出全貌。

杰克走走停停,不久便落后了阿库特一小段路,突然巨猿发出一声尖叫似的警告,杰克的注意力瞬间从隐藏在草丛里的狮子身上转移开了。他的目光很快转向同伴,接着每根神经都兴奋起来,前方的小路上站着一头秀美的母狮,大半身子刚从它先前的藏身之地——一团灌木丛中显露出来,黄绿色的眼睛睁得滚圆,直愣愣地盯着杰克。此时,母狮与杰克相距不到十步,而阿库特则处在母狮后方约二十步之处,正一边咆哮嘲讽着野兽,试图吸引其注意,一边暗中指引杰克,尽快利用附近的大树作为掩护。

显然,母狮毫不理会巨猿,反倒是目不转睛地注视着杰克。杰克此刻正站在母狮和它的伴侣之间,甚至可以说是母狮和雄狮身下的猎物之间,整个人十分危险。母狮也许会认为杰克对它们的猎物有不可告人的企图,而且母狮脾气暴躁,方才阿库特咆哮惹恼了它,此刻正发出"咕噜咕噜"的声音,朝杰克走近了一步。

"那棵树!"阿库特尖叫道。

杰克转身逃跑,同时母狮也冲了过来。大树仅有几步之遥了,一根树枝悬在离地面十英尺高的地方,杰克纵身一跳,母狮刚好扑了过来。杰克如猴子一般,"噌噌"地迅速爬到树枝另一端。一只巨大的前爪快速朝他抓来,杰克扫了一眼臀部,母狮飞驰而过,弯曲的爪子正好钩在他的睡衣裤腰上,整个儿剥了下来。当母狮转头再次一跃而起时,这个半裸的小伙子已然觅得安全之地,在树上转危为安了。

阿库特站在附近另一棵树上叽叽喳喳,破口大骂着母狮。杰克也学着巨猿,对方才的敌人一阵痛骂,直到他意识到,以前自己极其看重的武器——语言,在此地毫无用处。杰克手里拿着枯树枝,对着母狮那朝上咆哮的狰狞面孔,使劲挥了挥,一举一动和他父亲二十几年前的做法如出一辙。当时,泰山也只是个小男孩,也一样辱骂逗弄着丛林里的"大猫"。

由于无法上树,母狮显得气急败坏。最后,也许是意识到整夜监视并无作用,也许是因为饥饿不堪,母狮昂首阔步地离开了,消失在它的伴侣隐藏的那片灌木丛之中。整场斗争,从头至尾那头雄狮都没有动身。

危机解除之后,阿库特和杰克回到地面,再次继续他们中断的旅程。此时,阿库特开始责备杰克粗心大意。

"如果你不是那么专注于身后的狮子,可能早发现了母狮。"

"可是你还从它身边经过呢,不也没有注意到吗?"杰克反驳道。

阿库特十分懊恼地说:"确实如此,所以才会有那么多的人死于丛林之中。我们小心翼翼地生活了一辈子,就只是一瞬间,我们没有提高警惕,所以就——"它愤恨地咬牙切齿,仿佛正在大口地咀嚼狮子肉。"总之,这是一个教训,"它继续说,"你也看到了,人的眼睛、耳朵和鼻子不能长时间地保持在同一方向上。"

那晚,杰克感觉黑夜格外寒冷,比以往任何时候都要冷。睡裤本没什么重量，但比起什么也没穿，倒让人格外想念它贴在肌肤上的厚重感。

第二天，烈日炎炎，杰克和阿库特再次出发，行走在广阔无垠的平原上。杰克的脑海里始终留有一个念头，要去南方，绕回岸边，寻找另一处通往文明世界的港口。他没有告诉阿库特这个计划，直觉告诉他阿库特不会乐意听到任何关于分别的提议。

漫游了一个月，杰克很快便掌握了丛林法则，肌肉也适应了新的生活方式。事实上，父亲早已将一身健硕遗传给他了——只待他加以锻炼使用，不断强化。杰克发现自己自然而然地就能在树林里荡来荡去，即便处于高处，也不会感到任何一丝晕眩。等到他掌握摇摆释放的诀窍后，就能轻易地从一根树枝荡到另一根树枝上，甚至比健壮的阿库特更为敏捷。

杰克光滑洁白的皮肤，在风吹日晒下，日渐黝黑粗硬。有一天，他脱下睡衣，在一条小溪里洗澡，溪口狭窄得甚至容不下一条鳄鱼。当杰克和阿库特在凉爽的溪水中嬉戏时，一只猴子从树上跳了下来，抓起杰克最后一件象征人类文明的衣服，蹦蹦跳跳地跑开了。

杰克一度很生气，但是，一段时间过后，他开始意识到全裸比半裸更舒服。所以不久，他也就不再想念自己的衣服了。从那以后，他甚至开始陶醉于自由自在的状态。偶尔，他会试着想象，若是同学们见到此时的他，将会多么惊讶，一想到这场景，他脸上总会抑制不住地露出笑容。他们会羡慕自己，没错，他们一定会十分羡慕。但有时杰克也为自己感到遗憾，其他人仍可以在英国豪华舒适的家中，与父母一起度过愉快的时光。可一想到这，他便感到喉咙微微发紧，失落如鲠在喉，仿佛看到了母亲流泪的面孔。每当这时，杰克就赶紧催促阿库特继续前进。

现在他们正朝着海岸向西走。阿库特总认为此刻前行是为了找寻属于两人的部落,对于这个想法,杰克没有反驳,他打算等能够再次见到文明世界时,再告诉阿库特自己的真实计划。

一天,他们正沿着河边慢慢走着,出人意料地来到了一个土著村庄,村里有些孩子在水边玩耍。一看到这群孩子,杰克的心便怦怦直跳——他已经一个多月没见着人类了。这会是一群裸体的野人吗?皮肤会是黑色的吗?他们是否同自己一样,是按造物主的模子造出来的?他们会是他的兄弟姐妹吗?杰克朝他们走去。阿库特低声警告,抓住他的手将他拉了回来。可是杰克甩了甩身体,挣脱开,向玩耍着的黑人孩子们打了声招呼。

听到声音,孩子们都抬起了头,看了杰克一眼,紧接着便发出一阵受到惊吓的尖叫,急忙转身往村庄里逃去。不一会儿,母亲们跟在孩子的身后奔了出来,随着警报声响起,村庄大门处也拥出了一批士兵,手里忙乱地抓着长矛和盾牌。

杰克看到自己造成的混乱,有些惊愕地停住了脚步。看到士兵们冲了过来,大喊大叫,摆出各种充满威胁的姿态后,杰克脸上的笑容慢慢褪去了。阿库特在后边警告他立刻转身逃走,否则黑人们就会杀了他。但是杰克只是静静地站了一会儿,看着人群蜂拥而至,然后一边举起手,伸出手掌,示意人群停下,一边大声表明自己是友非敌,只是想和孩子们一起玩耍。毫无疑问,这番话语,人群一个字也听不懂,但是面对一个突然自丛林里跑出的裸体野人,一个对村里的孩子妇女们"充满企图"的野人,士兵们不出意料地全都亮出了一堆充满攻击性的长矛。

漫天飞舞的长矛落在周围,但一支也没有中标。杰克的脊椎骨开始阵阵刺痛,头皮发麻,后颈上的短发根根立起,眼睛也眯了起来,前一刻愉快友善的神情消失了,取而代之的是一阵突如其来的愤怒。他低吼一声,像一头困惑的野兽,转身跑进了丛林。

阿库特正在一棵树上等着,催促他赶快逃走。这只聪明的巨猿知道,他们俩赤手空拳,根本无法与健壮的黑武士匹敌,并且这群士兵无疑还会继续在森林里追寻两人的下落。

杰克此刻有些迷茫失措:自己兴高采烈、坦率诚恳地来到这里,想与这些同他一样的人类结交朋友,结果却遭到了怀疑和长矛的攻击,他们甚至对自己说的话置若罔闻。愤怒和仇恨的情绪几乎吞噬了杰克的身心,当阿库特加速前行时,他掉头返回了。杰克想要战斗,不过他理智地意识到,仅靠双手和牙齿对抗一群全副武装的士兵,无异于以卵击石,必然会愚蠢地丧命,不过他还有智慧。

他慢慢地穿过树林,眼睛时刻注意着周围的动静,不再掉以轻心,因为危险很可能就潜伏在手边或头顶上——从母狮那儿得来的教训,一次足矣。此时,他可以听到身后那群野蛮的士兵行走时发出的喊叫。杰克放慢速度,远远地落在巨猿后面,直到看到追捕者出现。士兵们并未搜寻上方盘根错节的树枝,他们下意识地认为人类不可能藏身于枝杈上,因此未能注意到杰克的身影。杰克继续在树枝上方追着士兵移动。搜寻一英里无果后,士兵们转身往村子走去了。这是杰克一直等待着的机会,复仇的血液在身体里沸腾,眼底也漫上了一片猩红色的阴霾,他耐心地看着士兵们穿过树林。

士兵们转身时,杰克也跟着转身,继续跟踪。阿库特已经无影无踪了,它一直认为杰克就跟在自己身后,因此走得更快更远了。杰克静悄悄地在树林间移动,尾随着返程士兵们的脚步。当他们沿着一条狭窄的小路向村子走去时,有一个人落在了最后面。这时,杰克脸上泛起了一丝冷笑,他敏捷地朝前一跃,轻巧地落在那个毫无察觉的黑人士兵背后,像黑豹在追捕猎物时一样——黑豹的一举一动,杰克曾多次观察过。

突然,他悄无声息地扑到猎物宽阔的肩膀上,手指迅速地抓住其喉咙,身体的重量将对方狠狠地撞到地上后,他又用膝盖用力顶在士兵的背部,锋利的白牙紧紧地咬住了对方的脖颈儿,强有力的手指再度收紧。一时间,士兵歇斯底里地挣扎着,试图逃脱。但是,他的反抗渐渐微弱了,甚至来不及看清紧紧捉住自己的敌人,便一动不动了。杰克慢慢地将他拖到路边的一簇灌木丛中。

接下来的一段时间内,杰克便一直藏身在树林间,躲开了追捕者的搜寻。当士兵们发现同伴走失,回头寻找时,他便将独自前来的人掐死。

随着又一场战役结束,杰克松了一口气,这时,他突然意识到,士兵死了,被自己杀死了,一种奇怪的欲望攫住了他。杰克浑身颤抖,激动不已,不由自主地跳起来,一只脚踩在猎物尸体上,胸部上下起伏。他抬起脸朝向天空,张开嘴,像是要发出一声怪异的喊叫,声音在胸腔内奔腾叫嚣,但并没有从嘴里传出来——他呆站在那里整整一分钟,面朝天空,心中涌动着一股压抑的情感,就像一尊栩栩如生的复仇雕像。然后他像是一只胜利的公猿,用可怕的吼声表明了对猎物的完全征服。

Chapter 7
丛林生活教训

阿库特发现杰克并未紧跟在自己后面以后，便匆匆忙忙地转身回头寻找。走了一小段后，突然一个奇怪的人影从树林里走出来，吓了它一跳。似乎是杰克，可又不太像。那人手里拿着一根长矛，背上挂着一个方形盾牌，脚踝和胳膊上缠绕着铁和黄铜带子，腰间围着一块布，层层叠叠的褶皱中间还露出一把小刀，一身装扮像极了那些曾经攻击过他们的黑武士。

杰克一见到巨猿，立刻兴奋地上前展示自己的战利品，他骄傲地一一介绍每件物品，并自豪地详述了自己的丰功伟绩。

"我赤手空拳打死了他们，"杰克说，"我本来打算和他们做朋友，但他们非要选择做我的敌人。现在我有了长矛，我也应该让狮子瞧瞧做我的敌人会有什么下场。阿库特，现在只有白人和巨猿是我们的朋友了，我们得去找他们，至于其他人，我们要是避不开就得杀了，这是我自己学到的丛林生存法则。"

两人绕着这个充满敌意的村庄转了一圈，继续朝着海岸方向前行。一路游荡的旅程中，杰克对自己的新武器和装饰感到十分骄傲，在阿库特的指导下，他不断地练习使用长矛，反复地将矛向前扔去，练了几个小时后便得心应手了，也只有年轻的肌肉才能如此快地达到这样游刃有余的程度。丛林里形单影只的野兽留下的串串足迹，对目光锐利的杰克而言，仿佛成了一本公开的教材。还有其他无数令文明人唯恐避之不及的印迹，在这个新晋野人热切的眼里，早已了如指掌，甚至感到亲切万分。他可以通过气味来区分不同种类的草科植物，通过动物身上臭气的增减，分辨出它们是在逐渐接近还是准备离开，甚至不用眼睛也可以判断，在一百码之外还是半英里内，有两头还是四头狮子。

杰克从阿库特那儿学到了很多东西，但更多的是与生俱来的技能——一连串从父亲那儿继承而来的奇怪直觉。他来到这里，似乎就是为了爱上这片丛林，为了与日夜潜伏在路上的诸多死敌斗智斗勇，这些野兽有的小心谨慎，有的麻痹大意，但无疑都激发了他的冒险之魂，一呼一吸间，这种精神便深深地烙印在他的热血之中。

然而，即便对丛林生活有着深深的迷恋，自私的欲望仍旧无法取代他自身的责任感，他知道，这场非洲的冒险逃亡之旅，从道德上来说是错误的。在内心深处，他始终深爱着父母，所以根本无法在丛林里获得无忧无虑的快乐，毕竟真正的快乐不会给父母带来连日的悲伤。因此，杰克又再次坚定了信念，要去海岸边找个港口，并与那儿的人们沟通协商，然后获得些资金返回伦敦。现在他确信只要回到家，一定有办法说服父母，让他们允许自己到非洲丛林里去体验一番。早前从父母的只言片语中他已经了解到，父亲就曾在非洲丛林里生活过。这个想法如果能实现，一定比终日生活在文明世界里,生活在那些令人腻烦的条条框框中,更让人舒服。

这么想过之后,当杰克朝着海岸方向前进时,他感到心满意足,在享受自由和野性生活的乐趣时,内心也不会惴惴不安,因为他觉得自己所做的一切都是为了回到父母身边。杰克也很期待见到白人——自己的同类,毕竟很多时候,除了老巨猿之外,他还是渴望能有其他人的陪伴,此外,与黑人的关系至今仍令他耿耿于怀。他是那样真诚友善,那样天真热情地想跟他们交朋友,但结果却如此不如意,或者说,给自己充满童真的理想来了重重一击。他不再将黑人视为兄弟,而是当成这嗜血丛林里无数敌人中的一种——一种双足而非四足的掠食动物。

既然黑人是敌人,那么世界上总有些人是自己的友人。这些人会张开双臂欢迎他,会将他视为朋友或兄弟,和这些人在一起面对敌人时,他一定会得到庇护,是了,这些人应该就是白人了,他们遍布全世界,或许是在海岸的某个地方,或许是在丛林深处,总之,一定会热烈地欢迎自己的到来,并且竭诚相待!还有巨猿们——那些父亲和阿库特共同的朋友,一定会十分高兴地接待泰山之子的!杰克希望能在到达海岸前遇见它们,这样他便可以告诉父亲,自己见到了他在丛林里的老朋友,还和它们一起打猎,一起过着野人的生活,一起参加了原始狂热的仪式——阿库特曾经向他介绍过这种奇怪的仪式。一想到能跟父亲仔细讲述这些快乐的经历,杰克便激动万分。他时常也想象着与巨猿们促膝长谈,聊着它们以前的王——人猿泰山的生活,聊着那段自己还待在家时的光阴。

有时,杰克会捉弄偶尔见到的人。当看到一个赤裸的白人男孩装配了一套黑人士兵的战争装备,身边带着一只巨猿,悠然自得地在丛林里漫步时,这些人无一不惊愕万分。

时光流逝,随着不停地游历、打猎和上下攀爬,杰克的肌肉越来越发达,身体也越来越敏捷,即便是阿库特也不得不对这个学生的高超技艺赞叹万分。而杰克在意识到自己的力量不断增强后,开始陶醉其中,变得漫不经心。他常常大步穿过丛林,昂首挺胸,不畏艰险。当阿库特闻到狮子的气味,习惯性地爬到树上时,杰克却在野兽之王面前大笑起来,从容不迫地从它身边走过。很长一段时间,他都无比幸运,遇到的狮子要么已经酒足饭饱,要么是被大胆入侵的这个奇怪生物震慑住了,呆站着,瞪大眼睛,一时间忘了攻击,直愣愣地看着杰克到来又离去。不管原因是什么,事实就是,许多情况下杰克从一些大狮子身旁几步之内经过时,都未曾受到任何危险。

但是,无论在性格还是脾气上,从来没有两头狮子的表现会完全一致,有时甚至会天差地别,正如人类家庭中的个体差异。即便有十头狮子由于处于类似环境中而行为相似,也难以说明第十一头狮子也会有相似的脾性——很有可能表现会大相径庭。狮子是神经高度发达的生物,它们会思考和判断,在受到各种外来因素影响时,也往往能够控制自己的脾性。

这天,杰克遇到了第十一头狮子。当时,他正穿过一片长着丛丛灌木的小平原,阿库特在他左边几码远。杰克率先发现了狮子。

"阿库特,快跑!"杰克边喊,边笑了起来,"狮子藏在我右边的灌木丛中,阿库特,快,快到树林里去!我,泰山之子,会保护你的。"杰克笑着,继续沿着自己的路向前走,离狮子隐藏之地越来越近。

阿库特朝杰克大喊,让他走开别靠近,但杰克却挥舞着长矛,即兴跳起了一种战舞来表现自己对野兽之王的蔑视。慢慢地,他

丛林生活教训 | 063

离那可怕的丛林之王越来越近了，突然一声愤怒的咆哮，狮子从栖息地一跃而起，跳到了距离杰克不到十步远的地方。黄色的皮毛，巨大的身躯，那是丛林和沙漠的主人。一头蓬乱的长鬃毛给肩膀披上了外衣，满口尖锐的毒牙，黄绿色的眼睛透射出仇恨和战斗的气息。

杰克手里拿着那不足为惧的长矛，很快就意识到这头狮子和之前遇到过的都有所不同，但现在他离狮子太近了，已经来不及逃跑了。左侧最近的一棵树也有几码远，可能还没跑到一半，就会被这头虎视眈眈的狮子给扑倒在地了。狮子背后还有一棵荆棘树，离他只有几英尺远，这是最近的避难所了，但狮子就站在大树和自己这个猎物之间。

杰克拿着长矛柄，望向了狮子视线外的大树，脑海中萌生了一个想法，一个极其荒谬又希望渺茫的想法，没时间仔细权衡了——只有一次机会，那就是荆棘树。如果狮子先发动攻击，那一切就太迟了——杰克必须率先出击，于是，令阿库特和狮子大吃一惊的是，杰克迅速向野兽扑去。刹那间，狮子目瞪口呆，一动不动，趁此机会，杰克完成一系列曾在学校里练习过的重要动作。

杰克径直奔向野兽，似乎准备用长矛刺穿野兽的身体。阿库特惊恐地尖叫了起来。狮子瞪着滚圆的大眼，挺起后腿，等待着迎接这个鲁莽的生物，等待他那仿佛能粉碎野牛头骨的出击。

转眼间狮子近在咫尺，杰克把长矛一甩，往地上一插，另一端形成一个强有力的弹簧，在这头困惑的野兽还没来得及猜出他的诡计之前，瞬间掠过狮子的头顶，跃进了大片荆棘的怀抱之中——杰克安全了，但身体也受伤了。

阿库特此前从未见过这样的撑杆跳跃，现在，它在树上安全地跳来跳去，大声尖叫，无比骄傲地奚落着狼狈的狮子。而杰克

丛林生活教训 | 065

伤痕累累，血流不止，正努力在这个安全的落脚之地找个合适的位置，好减轻痛苦。他死里逃生，但也付出了惨痛的代价，望着底下的狮子，杰克觉得它似乎不打算离开了。直到整整一个小时后，愤怒的野兽才放弃监守，昂首挺胸大步地走开了。确定周遭环境安全后，杰克才从荆棘树中脱身出来，但是，这一番动作又给已经饱受折磨的肉体增添了新的伤口。

许多天过去了，这一场经历的细节已经在他的脑海里慢慢淡化了，却留下了一个终身难以磨灭的教训——永远不要毫无价值地玩命。

往后的岁月里，杰克经历了很多次大冒险；但是，只有当巧妙地抓住机会，有所准备时，才有可能获得一些珍贵的东西——所以，这次死里逃生后，他总是练习撑杆跳。

几天后，杰克和阿库特躺了下来，被尖锐的荆棘刺透的伤口也痊愈了，不再隐隐作痛。一路上，阿库特会时不时舔舔杰克的伤口，除此之外，杰克没有接受其他治疗，不过身体还是很快康复了，新肌也快速长了出来。

杰克恢复健康后，和阿库特继续往海岸走去，他的心又一次充满了愉快的期待。

终于，梦想中的时刻到来了。当他们穿过一片盘根错节的森林时，杰克敏锐地注意到，低处的树枝边上有一串串足迹，看起来老旧但仍十分明显，但这些痕迹让他的心怦怦直跳——这是人类的印记，是白人的脚印，这些脚印完全符合欧洲制造的靴子轮廓。这意味着，小路上曾经有一个规模相当大的旅行队经过，去往北方，与杰克和巨猿前行的海岸方向正好交叉。

毫无疑问，这些白人知道距离最近的海港在哪里，甚至他们可能正往那儿走也说不定。杰克觉得，无论如何都值得一试，即便只是为了再次见见自己的白人同类,也得追赶上他们。他极为兴奋,想到自己就快如愿以偿地离开,身体激动得微微颤抖。但是阿库特并不乐意,它不想见到其他人类。对它来说,杰克就是一只小猿,他是猿王泰山的儿子。它试图劝阻杰克,并告诉他不久后他们就会到达自己的部落,在那里,等杰克长大以后,就会像他的父亲一样成为王。但杰克不以为然,他依旧坚持要见到白人,想给父母捎个信。阿库特听着这些话,野兽的直觉使它明白:杰克正打算回到他的同类身边去。

这使老巨猿感到悲伤,它爱戴男孩的父亲,也喜爱男孩,带着猎犬般的忠诚,忠于主人。在阿库特的脑海和心里,它暗暗希望自己能和杰克永远不分开,不过眼下所有美好的计划都不复存在了。不过即便如此,它还是要忠于小伙子和他的愿望,所以尽管闷闷不乐,它还是同意杰克循着白人的踪迹追去,它想,这也许是两人最后一次同行了。

那些发现的足迹已经有些时日了,但以他们的速度,距缓慢前行的旅行队也就只有几个小时的路程,依靠训练有素的肌肉,两人可以手脚敏捷地穿过纵横交错的树枝,掠过那些阻碍白人旅行队前进的灌木丛。杰克一马当先,兴奋和期待促使他领先于同伴,冲到前方,而对于巨猿而言,目标的实现带给它的只有悲伤。很快,杰克率先看到了旅行队的后卫军,以及那群他迫不及待想赶上的白人。

一群步伐沉重的黑人奴隶似乎是疲劳过度,又或者是疾病缠身,跌跌撞撞被后边的黑人士兵推搡着,一旦有人摔倒,后卫士兵便上前无情地踢上一脚,奴隶们只能猛地跳起来,继续拖着脚往前。队伍两边各站着一个高大的白人男子,浓密的金色胡须几乎遮住了他们的容貌。一看到白人,杰克不由自主地想打声招呼——但还没来得及喊出口,他便看到两个白人都挥舞着沉重的鞭子,残酷地鞭打着那些蹒跚前行的可怜鬼,这样的虐待,即便是身强力壮的男人,在新的一天开始时也会不堪重负,累趴下去。杰克心中涌动的愉悦感瞬间变成了滔天怒火。

每隔一段时间,后卫军和白人便会担忧地朝后瞥上一眼,好像顷刻之间就会迎来一场袭击似的。杰克在第一眼看到旅行队时就停了下来,慢慢尾随着,注视着眼前这些残酷的场景。

不久后,阿库特赶了上来。看到白人和士兵们这番毫无用处地折磨着无助的奴隶们,巨猿也许不像杰克那样怒火冲天,但它也不可抑制地加深了呼吸,低声咆哮着。巨猿看着杰克,既然已经追上了自己的同类,为什么不奔上前去问候他们呢?它向同伴提出了这个问题。

"他们是恶魔,"杰克咕哝着,"我不会和这样的人一起走,如果我真的这样做了,我就会在他们第一次鞭打奴隶时忍不住动手杀死他们,就像他们现在殴打别人一样。但是,"想了一会儿,他又说,"我可以问问他们最近的港口在哪里,然后,阿库特,我们就可以离开他们了。"

巨猿没有回答,于是杰克跳到地上,飞快地向旅行队走去。在距离旅行队一百码处,有个白人看见了他,那人发出一声警告,随即把步枪对准杰克,毫不犹豫地就开了枪,子弹打在杰克脚边,溅起一地草皮和落叶。片刻,另一个白人和后卫军的黑人士兵们也全都歇斯底里地向杰克开了火。

杰克猛然跳到树后,没有被击中。而另一边,穿越丛林的恐慌日子使得卡尔·詹森和斯文·玛尔比恩神经紧张,手下的土著士兵们更是如惊弓之鸟,战战兢兢。背后传来的每个声音,在他们担惊受怕的耳朵里,都像是来自酋长和那群嗜血随从的催命符。

整个队伍笼罩着惶恐不安的气息,所以,一看到刚刚经过的丛林里悄无声息地冒出一个赤裸的白人,玛尔比恩积压的焦躁情绪一下子爆发了。他最先看到这个幽灵般怪异的人,因此大喊了一声,并开了枪,随后,他便催促着人群尽快朝前出发。

当整个队伍放松下来时,他们开始讨论方才的射击,但事实上,除了玛尔比恩一人看清了当时的场景外,其他人什么也没看清。有几个黑人断言自己一清二楚地看见了那个奇怪的生物,但口径却天差地别,因此,没来得及亲眼所见的詹森只能对此半信半疑。其中一个黑人坚持说,那东西有 11 英尺高,人的身体,大象的头。另一个人则是看到了三个巨大的阿拉伯人,留着黑胡子。但是,在紧张情绪舒缓下来之后,后卫军向先前来人的方向进行了一番搜索后却一无所获。阿库特和杰克早已经远远地后退到这充满敌意的射程之外了。

杰克沮丧又悲伤,先前受到黑人士兵低劣的对待已经使他内心极度压抑,还未恢复过来,现在又遇到了更怀有敌意的攻击,而且还是来自同肤色的人类。

"弱小的野兽看到我会吓得逃跑,"他喃喃自语,"而大型的野兽则准备把我撕成碎片,黑人会用他们的枪支或弓箭来杀我。现在白人,我的同类,也向我开了枪,把我赶走了。世界上所有的生物难道都是我的敌人吗?除了阿库特,泰山之子就没有别的朋友了吗?"

老巨猿向他靠近了些,说:"还有很多巨猿,是阿库特的朋友,但也只有它们才会欢迎泰山之子,你见过的那些人不需要你。所以,我们现在继续去寻找伟大的巨猿吧——那是我们的子民。"

巨猿的语言是一种单音节的喉音,并以大量的手势作为辅助,可能难以从字面上直接翻译成人类的语言,但阿库特此时说的这番话却仿佛直击杰克的内心。

阿库特说完后，两人沉默了一段时间。杰克沉浸在仇恨中，一番深思熟虑后，最后他说："很好，阿库特，我们去找属于我们的朋友——巨猿们。"

阿库特喜出望外，但是并未表现在脸上，只是发出了一声低沉的咕哝。过了一会儿，它敏捷地跳进一处地洞，扑在里边一只小型且麻痹大意的啮齿动物身上，将那可怜的家伙撕成了两半，把其中较大的一半献宝般地给了杰克。

Chapter 8

杰克初见猿群

  自两名瑞典人在酋长统治的野蛮村庄里被恐吓驱逐后,已经又过去了一年。梅林依旧在和盖卡一起玩耍,所有孩童般的爱恋都倾注到了这具毫无生气的破烂玩具上,她将所有的悲伤、希望和梦想都向那磨损的象牙脑袋一一倾诉。即便在希望渺茫时,即便在酋长权威的魔爪下插翅难飞时,梅林也不曾放弃美好的希望和梦想。不过,梦想模模糊糊,没有成形,她想的主要是和盖卡一起逃到一个遥远而不为人知的角落。那里没有酋长,没有马布努,那里即便是埃尔·阿德雷亚也找不到入口,那里终日鸟语花香,她甚至可以在那里的树顶上和温顺无害的小猴子一起玩耍。

  酋长已经离开很长一段时间了,他指挥着一支载满象牙、兽皮和橡胶的商队深入北部。这段时间里,梅林享受到了巨大的安宁,虽然凶恶的老巫婆马布努依旧在身旁,心情不好时仍会打梅林几下,但好在只剩马布努一人;若是酋长也在村庄,那么梅林受到的虐待会更加严重。梅林常常纳闷，这个冷酷的老人为何如此厌恶自己？的确，这老家伙对遇到的每个人都残忍不公，却对梅林最为残忍、最为不公。

今天，梅林蹲在靠近村子边上的一棵大树下和盖卡玩闹，周围环绕着层层栅栏。她正在为盖卡做一顶叶子帐篷。帐篷前放着几根木头、几片树叶和几块石头，这些是家用器具，而盖卡正在做饭。梅林坐在几根小树枝堆成的座位上，一边玩耍，一边不停地对着自己的小伙伴东拉西扯。她完全沉浸在和盖卡两人的家务活中了——如此全神贯注，丝毫没有注意到，头顶的树枝轻轻摇曳着向下弯曲，上面悄声无息地潜入一个人影。

梅林毫无察觉，继续不亦乐乎地玩耍着。而她头顶上此刻有双眼睛，正一动不动地朝下注视着她。村庄里的这块区域内除了梅林，别无他人，仿佛自从数月前酋长离开北去后，便被人遗弃了。

此时丛林里，酋长正领着商队归来，距离村庄还有大概一小时的路程。

自从那日白人向杰克开枪后，杰克便被迫返回丛林，去寻找那仅存的、可能是唯一的同伴——巨猿，此时也已经一年过去了。这一年来，杰克和阿库特向东部丛林一路晃荡而去，越走越远，越走越深。杰克又成长了许多——原本强壮有力的肌肉如今刚硬如铁，森林生活技能也发展到了令人难以置信的程度，不但在树上生活越来越得心应手，他还能够熟练地使用各种天然或人工武器。

现在，杰克既拥有超凡的体能，又兼具聪慧的心智。虽然他的外形还只是个男孩，但力量已无比强大，经常与他进行模拟对战的巨猿也早已经不是他的对手了。阿库特教会杰克像公猿一样战斗，再也没有比巨猿更好的老师了，因为它能在原始人的野蛮实战中提供指导；也再也没有比杰克更好的学生了，因为他对于教授的课程学得又快又好，并能融会贯通。

两人不停地寻找一支几乎已经灭绝的巨猿种类，那是属于阿库特的种群，住在丛林中最好的地域内。一路上，不断地有羚羊和斑马倒在杰克的长矛下，这两个强大的野兽捕猎者时而从悬垂的枝条上跳下，时而从浅滩或水坑旁的灌木丛埋伏处蹿出，将猎物拖拽而下。

豹子的毛皮覆盖在杰克的身体上，但他穿上豹皮并不是出于人类的谦逊。当白人的子弹似阵雨般洒落时，杰克体内的野性苏醒了，事实上，我们每个人的内心之中都深深掩藏着这样一种野性，而杰克的父亲泰山又曾经在野兽的抚养中长大，因此更是遗传给了杰克更为强烈的野性。起初，杰克穿上豹皮是为了炫耀获得的战利品，因为在肉搏战中，他以高超技艺用刀杀死了豹子，并且在一开始，那兽皮精美无比，更衬得男孩充满野性的魅力。但是渐渐地，由于杰克不知道如何保养，再加上烈日灼晒，兽皮开始变得僵硬、腐烂。对此，杰克感到悲伤又无奈，不得不扔了它。后来，他偶然看见一个独行的黑人士兵也戴着一块毛皮，看起来保养得当，美丽柔软，于是，杰克不假思索地跳上这个毫无防备的黑人肩膀，将锐利的刀刃直插入黑人心口，然后取走了那块兽皮。

没有任何的良心不安，这种行为在丛林里无可厚非。每个踏入丛林的居民，无论它过去受过何种训练，无需很长时间便会将这一原则深深植入心中——不是你死，就是我亡。如果那个独行的黑人有机会的话，他也一定会杀了杰克。无论是杰克还是黑人，都并不比狮子、水牛、斑马、鹿或是那些在森林的黑暗迷宫里游荡、潜行、飞翔、蜿蜒而过的其他动物高贵。每个人都在努力维护仅有一次的生命。杀戮越多的敌人，延长生命的概率就越大。所以，杰克只是笑了笑，便穿上华丽的兽皮战袍，和阿库特一起再次开始搜寻之旅，找寻那些会张开双臂迎接他们的巨猿。

最终，两人在丛林深处，一个离人类十分遥远的地方，找到了它们。那里已成一处天然舞台，上演着杰克父亲多年前曾多次参与过的"达姆达姆"野生仪式。

相距甚远时，他们就听到了巨猿的鼓声。当时，两人正在一棵大树上安然入睡，突然耳边响起了轰鸣声，一下子被惊醒了。阿库特最先对这种奇怪的声调做出了反应。

"是伟大的巨猿！"它咆哮道，"它们跳起了'达姆达姆'，来吧，泰山之子科拉克，让我们去找我们的子民吧！"

几个月前，阿库特让杰克重新给自己取了个名字，因为他不能再使用杰克这个人类的名字了。在猿语里，科拉克最接近人类语言的发音，意思是"杀手"。现在，科拉克站在先前背靠而眠的那棵大树枝干上，伸展着丰盈的年轻肌肉，月光透过树叶照在他褐色的皮肤上，洒上点点星光。

阿库特也站了起来，半蹲在科拉克的后面，胸腔深处发出一声低沉的咆哮——充满兴奋和期待的咆哮。科拉克也发出一声吼叫，和阿库特互相呼应。随后，阿库特轻轻地滑到地上。隆隆轰鸣的鼓声方向上，有一处他们必须穿过的空地，此刻完全淹没在了银色的月光下。阿库特半蹲着，拖着脚步迈入月光之中。而一旁的科拉克则是优雅从容地大踏步走着，与巨猿的笨拙形成了鲜明的对比——毛发蓬松的黑影旁擦身而过一个悠然自得的清晰轮廓。这个已经脱离大英公立学校的小伙子，仿佛又回到了当初在音乐厅时的那种兴奋状态，哼着小曲，神采飞扬。他盼望已久的那一刻就要来临了，自己正回到同伴身边。在这段时间里，回家的念头，由于缺乏条件和冒险活动一拖再拖，虽然反反复复地出现在脑海里，但已经不那么清晰了。过去的生活似乎更像是一场梦，美而不真，而到达海岸并返回伦敦的决心又时常畏缩不前，最终让归程遥遥无期，成了一场美好而无望的梦。

现在，所有与伦敦和文明世界有关的印象全都深深地埋在了他的大脑深处，仿佛不曾存在过一般。除了体型和智力发育之外，他已经和身侧这个高大凶猛的生物一样，彻底成了巨猿。

欣喜若狂之下，科拉克在同伴头上粗暴地拍了一掌。阿库特半怒半笑地转向他，露出闪闪发光的尖牙，伸出满是毛发的长臂抓向男孩，像以前无数次做过的那样，开始了一场模拟战斗。两人在草地上滚来滚去，互相出击，咆哮撕咬，但除了粗鲁地捏上一把，倒也没真咬伤对方。不过，这对于两人而言是一场极其美妙的体验。科拉克将在学校习得的摔跤技巧运用到搏斗中，常常使阿库特败下阵来，但巨猿往往也能据此学到新技能。当蕨类植物还是树木的样子，鳄鱼还是鸟类时，人类和巨猿共同的祖先已经在这丰富多彩的世界里游荡，并将生存技能一代代传了下来，有些传到了阿库特身上，现在通过一次次搏斗，这些技能又传给了科拉克。

但科拉克有种技能，阿库特始终无法完全掌握，那就是拳击，不过，作为一只巨猿，它也已经做得相当好了。每当科拉克想要抵抗巨猿公牛般的攻击时，便会对着巨猿鼻尖突然来上一记勾拳，或是对着肋骨猛击。这一套动作总是让阿库特感到惊讶，但同时也会激怒它，使得它那强劲的下颚更加不顾一切地冲向同伴柔软的肌肉，毕竟，阿库特仍然是一只巨猿，带着野兽特有的暴躁脾气和残忍本性。当它怒火中烧却一直无法捉住那个折磨者时，巨猿便会失去理智，疯狂地冲向科拉克，然后又会发现，科拉克的拳头总能准确无误地如冰雹般落在自己身上，引起剧烈疼痛，并最终成功地阻止自己进攻。这时候，巨猿便会恶狠狠地咆哮起来，龇牙咧嘴地走到一旁，一个小时左右都不吭一声。

但今晚他们没有开展拳击战，只是互相摔来摔去玩了半天，直到黑豹的气味飘到脚下，两人才警觉起来，小心翼翼地观察着四周。那只"大猫"正穿过眼前的丛林，有一会儿，它停了下来，似乎在听着周遭的动静。科拉克和巨猿齐声恶狠狠地咆哮起来，听到声音，那肉食性动物随后便走远了。

接着，科拉克和巨猿继续朝着"达姆达姆"声传来的方向走去。鼓声越来越大。最后，他们终于听到了跳着舞的猿群发出的吼声，鼻孔下方也飘来了强烈的同类气息。科拉克激动得颤抖，阿库特脊背上的毛发也瞬间僵硬竖起——这是巨猿快乐或愤怒时的表现。

两人悄悄穿过丛林，走近巨猿的聚会地点。现在科拉克和巨猿隐在树林中，一边匍匐前进，一边警惕着猿群里的哨兵。不久后，透过树叶的缝隙，科拉克两眼一亮，热切地注视着眼前的一幕。这场景对阿库特来说，再熟悉不过了；但对于科拉克而言却十分新奇，狂野的景象微微刺痛了他的神经。巨大的公猿们在月光下，围着平顶的鼓面跳着、打转着；三只老母猿坐在鼓旁用棍子敲打着，发出响亮的回音，由于常年使用，棍子已经磨得锃光发亮。

阿库特知道自己的同类是什么脾气，有什么习惯，并且聪明地知道应该在狂欢结束后再现身。到时鼓声安静下来，部落里的巨猿也填饱了肚子，它再出声打招呼，和猿群们商量一番，那么它和科拉克就能被这个团体接纳，成为它们中的一员。肯定会有反对的，但它和科拉克有足够的能力用暴力制服。也许需要几周、甚至几个月，猿群对他们的怀疑才会逐渐减少，但最终，他们一定会和这些陌生的巨猿们亲如手足。

阿库特希望它们恰巧是认识泰山的那些巨猿，这样有助于更好地介绍科拉克，同时圆满地达成自己最大的愿望——使科拉克成为巨猿之王。就在这时，科拉克急不可待地想要朝这群跳着舞的巨猿冲过去，所幸被阿库特及时阻止了，否则这种行为，很可能意味着两人对猿群的示好功亏一篑。巨猿们在进行这种奇怪的仪式时，往往本能地陷入一种歇斯底里的狂乱中，即便是最凶猛的肉食性动物此时也不敢随意打断。

在这一圆形露天剧场的地平线上，月亮慢慢地自高空滑落，轰鸣的鼓声逐渐平息，舞者们也缓缓停了下来，直到最后一个音符落下，巨兽们开始转向狂欢后的盛宴。

看完眼前的表演后，阿库特已然明白这场狂欢的缘由，它向科拉克解释说，这场仪式宣告了新猿王的诞生，并指了指那只毛发蓬松的新王。毫无疑问，与许多人类掌权者一样，新猿王通过杀掉前任才得以上位。

巨猿们填饱肚子后，它们中的大多数便会蜷缩到树根下，安然入睡。这时，阿库特扯了下科拉克的手臂。

"来吧，"它低声说，"动作慢些，跟我来，照着我的动作。"

阿库特慢慢地穿过森林，站到了圆形剧场一侧的树枝上，沉默了好一会儿，接着发出一声低沉的咆哮。顷刻间，一群巨猿一跃而起，小眼睛飞快地扫视着空地外围。猿王最先看到了站在树枝上的两个影子，它充满恶意地狂嗥了一声，然后朝着入侵者的方向慢慢地走了几步，头顶上毛发竖立，双腿僵硬，步态蹒跚，走走停停，身后还跟着许多公猿。

距两个人影还有段距离时，猿王停了下来——即便人影突然跳下，这段距离也足够安全。谨慎的猿王！它站在那儿，猿臂来回摇晃，咧着嘴露出尖牙，低吼着，声音越来越大，最后逐渐变成了咆哮。阿库特知道它在酝酿袭击，但老巨猿并不希望引起战争，它和科拉克一起来是为了跟部落交涉。

"我是阿库特，"它说，"这是科拉克，科拉克是另一个猿王泰山的儿子。我也是居住在大海另一头的巨猿之王。我们来是为了和你们并肩战斗，一起捕猎。我们是伟大的猎人、强大的战士，让我们和平相处吧。"

新猿王停止了摇摆，眉头一皱，打量着这对搭档，眼神野蛮而狡猾。它好不容易才登上梦寐以求的王位，正稀罕着，突然有两个奇怪的入侵者，这不得不让它担忧。尤其是这个光滑无毛的棕皮肤小子，浑身上下都写着他是"人"，而自己对人类是又怕又恨。

"走开！"它咆哮道，"走开，不然我就杀了你！"

站在阿库特身后的科拉克曾经热切激动、满怀期待，连脉搏中都跳动着幸福的因子。他甚至想要即刻跳到这群毛茸茸的野兽中去，向它们表明自己是朋友，是它们中的一员。他一直想象，巨猿们会张开双臂迎接自己，然而，猿王的话语却使他充满了愤怒和悲伤。黑人把他赶走了，他曾充满希望地投奔白人同类，得到的回应也只是一串串砰砰作响的子弹。巨猿一直是自己最后的希望，是自己一直在寻找的同伴。但现在，它们也拒绝了他！刹那间，滔天的怒火吞噬了他的身心。

此刻新猿王几乎就在科拉克正下方了，其他巨猿在猿王身后几码处形成了一个半圆，饶有兴趣地看着眼前的景象。阿库特没来得及猜出科拉克的意图并阻止他的行动，科拉克就已经直接跳到猿王所在的道上，成功地激起了周遭一阵狂怒。

"我是科拉克！"他喊道，"我是你们的朋友，是来和你们一起生活的。你们想赶我走，很好，那么我走，但在我走之前，我一定要让你们明白，泰山之子就是你们的主人，像我父亲以前一样——绝不会畏惧猿王以及你们所有人！"

有那么一会儿，猿王惊呆了，站在那儿一动不动。它不曾预料到这两个入侵者中竟有人如此胆大妄为。阿库特也震惊了，激动地大喊科拉克回来，它知道，在这神圣的舞台上，即便猿王不需要帮助，所有公猿也都会助猿王一臂之力，一并对付外来者。一旦那些强劲有力的下颚紧紧咬住科拉克柔软的脖子，那么结局不言而喻，一切很快就会结束。自己若是前去营救，那也难逃一死，但是，勇猛的阿库特不曾犹豫过一分，气冲冲地咆哮着便扑向草地，也对猿王发动了攻击。

猿王双爪一张，朝科拉克扑去，凶猛的口张得老大，准备将黄色的尖牙狠狠地埋进那棕色的皮肤中。科拉克也腾地一下跳起来迎接进攻，他屈膝一跃，跳到了伸展开的猿臂之下，在触碰到猿王的刹那，一脚借力，将全身的重量集中到健硕的肌肉上，攥紧拳头朝公猿的肚子大力一击。猿王"哼"的一声尖叫，抽了一口气，轰然倒地，而那身姿矫捷的赤裸生物一招过后，便灵巧地横跨一步避开所有抓捕。

瘫倒在地的猿王身后爆发出一阵狂怒和沮丧的吼声，公猿们燃起熊熊怒火，充满杀意地冲向科拉克和阿库特。阿库特十分清醒地意识到，在这种情况下万万不可硬碰硬，但劝服科拉克撤退更加机会渺茫，而此刻若再拖延一秒钟，两人都要葬身于此了。只有一个机会，阿库特抓住了这个机会，它一把抓住科拉克的腰，将他从地上直接抱起来，转身快速奔到另一棵树上，低垂的枝条在舞台上方猛烈地抖了抖。暴躁的猿群在身后紧追不舍。即便有些年纪了，阿库特依然紧紧抓住这个比追捕者更加灵活的科拉克，任凭其动来动去，不停挣扎，也毫不松手。

阿库特用力拽住科拉克的下肢，如猴一般敏捷地转移到一处安全的落脚之地。停顿了一小会儿后，又立刻马不停蹄地在黑夜的丛林里穿梭，带着科拉克找寻藏身之所。一时间，公猿们在后边穷追不舍。直到不久后，追在最前边的公猿发现同伴们都被远远地甩在后头，而自己也已经脱离大部队，便放弃了追赶，站在那儿尖叫咆哮，丛林里霎时间回荡着令人毛骨悚然的嘶吼。随后，公猿们才纷纷转身，沿着来时的痕迹回到圆形剧场去。

当阿库特确定后方没有追捕者后，便停下来放下了科拉克。

科拉克此时气急败坏，大叫："你为什么要把我拖走？我会教训它们！我会把所有人都狠狠地教训上一顿！现在它们会认为我怕它们！"

"管它们怎么想，想法不会造成实际伤害，"阿库特说，"你还活着。如果我没有把你带走，你就会死，我也会死。你知不知道，即便是狮子，在面对众多发疯的巨猿时，也得绕道走！"

Chapter 9
女孩逃离村庄

与猿群们不欢而散后,科拉克怅然若失地在丛林里漫无目的地游荡,巨大的失落使他心思沉重,渐渐地,胸中燃起一股复仇的火焰。他带着仇恨的眼神凝望着四周,露出凶狠的尖牙,对出现在自己感官范围内的丛林居住者肆意咆哮。

父亲早年生活的印记,在他身上表现得淋漓尽致。同时,经过数月与野兽的接触,年轻人的模仿能力使他染上了很多掠食野兽身上的小习性,并且这些特征还在不断强化。科拉克现在面对轻微挑衅时,就像黑豹一样,总会自然而然地露出尖牙,接着如同阿库特一般凶残地吼叫起来。若是突然碰到其他野兽,他也会快速蹲下,与猫遇到危险时拱起背的动作惊人地相似。

在科拉克的内心深处,他暗暗希望能够遇到那个将他从圆形剧场里赶出来的猿王。因此,科拉克坚持在附近晃悠,不过在丛林里,他们又得不停地寻找食物充饥,因此,仅仅是白天的时间,两人便走远了好几英里。

　　科拉克和阿库特正逆着风慢慢前进，小心谨慎。这样做的好处是，无论前方是何种野兽在觅食，微风都会吹来它们的气味。突然，两人同时停了下来，往同一个方向静静地听了一会儿。然后，科拉克小心翼翼地向前走了几码，敏捷地跳到一棵树上，阿库特紧随其后。人类的耳朵通常能察觉到十几步内的动静，但两人身轻如燕，悄无声息。

　　在蹑手蹑脚地穿过树林的过程中，科拉克和阿库特时常驻足倾听周围的动静。两人都感到很困惑，不约而同地互相看了一眼，试图从对方脸上寻找答案。最后，科拉克看到前方一百码处有道栅栏，里边还有一些山羊皮帐篷和茅草屋。他兴奋地发出一声野蛮的咆哮。黑人！是他憎恨的黑人！他要报仇，出口气！科拉克向阿库特打了个手势，示意它留在原地，自己前去勘察勘察。

　　科拉克穿过低矮的树枝，一个纵跃，便从一棵参天大树跳到一旁距离适中的另一棵树上，再用力荡到另一处的垂枝上，就这样，科拉克静悄悄地来到了这个村子。他在栅栏外听到了一个声音，于是便朝着声音传来的方向走去，声源处是一棵大树，密密麻麻的枝叶盖住了大片围栏。科拉克爬了进去，手里拿着长矛，敏锐的耳朵察觉到，有一个人离他很近。现在他只需要扫上一眼，找出目标，然后就可以闪电一般，将手中的长矛猛掷过去。他拿起长矛，轻手轻脚地走到树杈间，向下张望，寻找声音的主人。

　　终于，他看见了一个人的后背。他用力挥起手中的长矛，猛地向上一甩，集聚全部力量，准备用这个"铁钉导弹"刺穿那毫无知觉的猎物。但他又稍微顿了顿，向前倾了些，以便更好地瞄准目标。然后他看到了一个小小的身躯，柔美的线条，稚嫩的轮廓，竟奇迹般地抑制住了他血液里跳动的谋杀欲望。

科拉克停了下来，身体安静而舒适地蹲靠在一根粗壮的树枝上，眼睛睁得老大，惊奇地瞧着打算射杀的猎物——一个栗色皮肤的小女孩。咆哮从嘴唇上消失了，科拉克此刻满脸的兴趣盎然，他想知道女孩在做什么。突然，他的脸上露出了灿烂的笑容。女孩侧了侧身，露出了盖卡的象牙脑袋和鼠皮躯干——盖卡四肢松松垮垮，面容也极不体面。小女孩把小脸贴向娃娃，身体前后晃动，低声吟唱着阿拉伯摇篮曲。这温暖的一幕映入科拉克的眼帘。

一小时转瞬即逝，科拉克依旧目不转睛地盯着正在玩耍的小女孩，但他始终也没瞧见女孩的正脸，更多时候只能看到一团黑色的波浪卷发，胳膊下裹着一件单薄的衣袍，一侧裸露着棕色的小肩膀。女孩盘腿坐在地上，衣服下露出一对漂亮匀称的小膝盖。每当她向盖卡传达一些充满母爱的告诫时，小脑袋瓜便会微微侧向一旁，露出圆润的脸颊，或是调皮的小下巴。现在，她正伸出一根纤细的小手指，对着盖卡责备地说了些话，然后再次把娃娃搂到怀里。这个娃娃无疑是女孩情感的寄托，承载了无比珍贵的爱恋。

科拉克暂时忘记了自己血腥的使命，握着可怕武器的手指也松了松，略微滑到了长矛柄上，接着又往下滑了些，几乎要完全松开了——突然，他想起了自己是杀手，想起了自己是为了复仇，为了寻找声音的主人才悄然来此。他瞥了一眼手里的长矛，一端是几经磨损、但依旧凶残锋利的叉头。然后，他又看了眼这柔弱的小女孩，想象着，沉重的武器投过去，刺穿了她柔嫩的肉体，深深刺入娇弱的身躯，可笑的娃娃从主人臂膀上掉落，四脚朝天，无比可怜地躺在小女孩颤抖的身体旁。科拉克哆嗦了一下，恼怒地看了眼冰冷的武器，仿佛它已经被赋予了生命，霎时变得无比邪恶。

科拉克想知道若是自己突然从树上落到地面，小女孩会有什么反应？极有可能，她会尖叫着跑开。然后，村里的人便会拿着长矛大棍拥出，发动攻击，或是杀掉或是赶走自己。想到这，科拉克的喉咙哽住了，可能他自己都没有意识到，他有多么渴望能与同类建立深厚的友谊，他想溜到女孩身边，跟她说说话，尽管从方才听到的话语中他知道女孩说的语言自己并不熟悉。他们或许仅能用手势交流，但那总比没有好，而且，能看见女孩的脸，自己也十分欣喜。适才的匆匆几眼，使科拉克确信女孩一定相当漂亮，但最大的魅力在于她对那个奇怪娃娃母亲般的关怀，那是一种温柔的天性。

科拉克终于想出了一个计划：他可以站在稍远的地方，先引起小女孩的注意，然后微笑地打声招呼。于是，他悄悄地爬回到树上，打算从栅栏外问候女孩，这样能给她一些安全感。

科拉克还未离开树开始行动，便被村庄对面一阵惊天动地的巨响吸引了。他稍微挪动了一下，远远地看到许多男人、女人、小孩都一窝蜂地拥向街道尽头的大门处。

大门猛地开了，露出了一辆大篷车的车头，伴随着五花八门的人群：黑人奴隶、北部沙漠的黑皮肤阿拉伯人、恶意催促叫骂着骆驼的车夫，还有负载过重的驴子——耷拉着耳朵，一路忍受着主人的残忍暴躁，此外还有成群的山羊、绵羊和马匹。进入村庄后，所有人都成群结队地走在一个身材高大、面容刻薄的老头身后。老家伙骑着马，一路上没有招呼任何人，径直走到村子中央一个巨大的山羊帐篷里，与里边一个满脸皱纹的老巫婆说着话。

科拉克所处的位置极佳，一目了然。他看到老头向那黑人老妇问了几个问题，接着老巫婆便指了指村庄一个偏僻的角落，正好隐藏在阿拉伯人的帐篷和当地人的小屋之间，即便从主道上望去,也难以察觉。科拉克惊觉,那方向正是小女孩在树下玩耍的地方。科拉克立马联想到,酋长毫无疑问是女孩的父亲了,老人回来后第一个想到的便是他的小女儿。女孩见到父亲该多么高兴啊!她将如何奔跑着,投入父亲的怀抱,迎接亲吻!科拉克叹了口气,想起了自己远在伦敦的父母。

科拉克又回到了女孩上方的位置上,如果自己已经无法享受到这种亲情带来的快乐,那不妨沾点其他人的幸福。或许自己和老人打声招呼,说不定会被允许作为朋友偶尔来村里逛一逛。总之,这值得一试。因此,科拉克准备等到老阿拉伯人来拥抱女儿时,友好地出现在他们面前。

阿拉伯人正温柔地朝女孩大步走来,只要一会儿就能来到身边,那时女孩会多么惊喜呀!科拉克翘首以盼,双眼闪闪发光——现在,老人已经站到了小女孩后面了,严肃的老面孔依旧紧绷着。女孩什么都没有发觉,仍对着毫无反应的盖卡絮絮叨叨。老人咳嗽了一声。女孩一惊,飞快地瞥了一眼身后。科拉克现在可以看到她的全脸了,眉目如画,带着一丝天真甜美的孩子气,柔和可爱的轮廓,眼睛又大又亮。科拉克仔细地在女孩脸上寻找随之而来的"幸福之光",但是,什么也没有。相反的,只有恐惧——无处安放的恐惧侵袭了女孩的身心,眼睛、嘴巴、浑身上下无一不在颤抖。老阿拉伯人那瘦削而残酷的唇边,泛起一丝扭曲的冷笑。女孩试着爬开,但还没来得及动上几下,老头就狠狠地踢了她一脚,直踹得女孩滚到草地上,四脚朝天。然后,老头像往常一样抓着女孩,一阵猛打。

在他们头顶的那棵树上,科拉克像一头野兽蹲在那里,正愤怒地颤抖着。

科拉克跳到地面时,酋长正弯下腰准备再次抓向梅林。科拉

女孩逃离村庄 | 085

克的矛还在左手，但他似乎忘了，愤怒地举起攥紧的右拳。酋长后退了一步，惊讶地看着这个凭空冒出的奇怪幽灵，还没回过神来，便被科拉克一拳打在嘴巴上。这一拳承载了科拉克全身的重量，那异于常人的肌肉迸发出来的力量，威力无穷。

酋长鲜血直流，轰然倒地，不省人事。科拉克转向了梅林，她正缓缓站起，瞪大了眼睛。她先是看了看科拉克的脸，接着便一脸惊恐地看着倒地不起的酋长。科拉克伸出手臂环住梅林的肩膀，不自觉地将她拥入怀中，站在那里等阿拉伯人恢复知觉。

过了一会儿，梅林才开始说话。

"他要是醒了，我就死定了。"她用阿拉伯语说。

科拉克摇了摇头，无法理解她的话。他先是用英语回应，又用巨猿的语言说了几句，但梅林均是一脸茫然。她倾身向前，摸着阿拉伯人佩戴着的那把长刀柄，接着双手紧握，举过头顶，做出一个把刀插入心脏的动作。科拉克明白了，老人会杀了她。

梅林回到科拉克身边，站在那里战栗不止，但她一点儿也不畏惧科拉克。她有什么理由害怕呢？这个男孩刚把她从酋长的毒打下解救出来，在自己的记忆里，从来没有得到过这样的帮助。她抬头瞧了瞧，男孩有着一张英俊但有些稚气的面孔，还有和自己一样栗色的皮肤。她尤其羡慕那从肩膀裹到膝盖的斑点豹皮、金属脚镯和臂带装饰。梅林一直渴望得到这类衣物，但酋长只允许她穿着一件仅够蔽体的棉质衣裳。皮草、丝绸或珠宝，梅林想都不敢想。

科拉克也同样看着梅林。过去，他总是以一种轻蔑的态度对待女孩子，在他看来，那些和女孩在一起的男孩们都是懦夫。现在，他不知如何是好，将梅林单独留在这里，等着被邪恶的老阿拉伯人虐待，甚至杀害吗？不！但是，换个角度，他能带她到丛林里去吗？那他要如何不被一个弱小又容易受到惊吓的女孩所拖累？当月亮出现在丛林之夜，巨兽在黑暗中漫步，呻吟、咆哮时，她定会对着自己的影子惊慌失措地尖叫。科拉克一动不动地站了几分钟，陷入了沉思。

梅林看着他的脸，想知道他在想什么，她害怕留下来，害怕遭受酋长的报复。这个半裸的陌生人，奇迹般地从天上降落了下来，把自己从酋长的魔爪中解救出来，除了他，她不知道还可以向谁求助。这个新朋友会离开她吗？她若有所思地凝视着男孩的表情。接着，梅林朝科拉克走近了一点，棕色的纤纤手指搭在了他的胳膊上。

这一触碰，科拉克猛地从深思中醒过神来，他低头看着梅林，然后，胳膊再次绕过她的肩膀——他看到了梅林睫毛上的泪水。

"来吧，"他说，"丛林比人类更仁慈，你应该住到丛林里，而且科拉克和阿库特会保护你的。"

梅林听不懂他的话，但清楚地感受到，科拉克的胳膊拉着自己离开昏倒在地的阿拉伯酋长，离开那一顶顶帐篷。于是，她用一只小胳膊搂住了男孩的腰，两人一道走向栅栏。来到了科拉克曾注视着梅林玩耍的那棵大树下时，他抱起她，轻轻地甩到肩膀上，敏捷地跳到了低矮的树枝上。梅林的胳膊搂住他的脖子，一只小手抓着盖卡，娃娃便垂在年轻挺拔的后背上，微微晃荡。

就这样，梅林随着科拉克一起进入丛林，她带着孩童般的天真，毫无理由地信任这个救自己于水火的陌生人，也许是因为女性特有的直觉，科拉克让她感到信任。她不知道未来会怎样。她不知道、也不可能猜到科拉克过着怎样的生活。也许，她在脑海里描绘了一个遥远的村庄，类似于酋长的村庄，那里住着像科拉克一样的白人。梅林根本没想到，自己会被带进丛林，过上野兽般的原始生活。如果她能料到，那颗小小的心脏就会因为恐惧而颤抖。她一直希望逃离酋长和马布努的暴虐，但丛林的危险却总是让她望而却步。

当梅林看到巨硕无比的阿库特时，两人已经离开了村庄一小段距离了。她窒息地尖叫了一声，紧紧地贴在科拉克身上，害怕地指向那只巨猿。

阿库特以为科拉克带着一个囚犯回来了，凶狠地朝他们嘶吼——成年的公猿并不会对小女孩动上恻隐之心，更甭谈手下留情了。她是个陌生人，就得立即杀掉，所以当科拉克走近时，巨猿便露出黄色的尖牙，令它吃惊的是，科拉克也发出了同样的声音，却是对着阿库特，恶狠狠地咆哮着。

阿库特心想：科拉克找了一个伴侣！于是，它遵守自己的部落法则，留下两人独处，假装自己突然被一种肥美多汁的毛毛虫给吸引住了。吃掉了幼虫后，它又用余光瞥了一眼科拉克。科拉克正把那个累赘放置在一根粗壮的树枝上，而那东西紧紧地抓住他，唯恐掉下去。

"她会跟着我们，"科拉克对阿库特说，并指了指梅林，"不要伤害她。我们要保护她。"

阿库特耸了耸肩，看着惊慌失措的梅林待在树上，不时投向自己的眼神中也充满了恐惧，觉得她一点儿也不适合丛林！阿库特所经历过的训练，内里遗传的秉性，无一不在说明一个道理：不适者就要淘汰。所以，它一点儿也不想带个累赘前行，但如果科拉克希望带着她，那自己也无话可说，只能忍了。阿库特不想带着她的另一个原因是——科拉克太过热情了。她的皮肤太过光滑，没有一丝一毫的绒毛，她的脸像蛇一样，说实话，难看极了。在前一晚的圆形剧场里，自己还特别注意到有一群可爱的姑娘，啊！那才叫美：肥厚的大嘴唇，可爱的黄色獠牙，还有最俏美、最柔软的边须！阿库特叹了口气，站了起来，挺了挺大胸脯，在一根大树枝上炫耀般地走来走去，它想，像女孩这类小家伙，一定会对自己那上等的样貌、优雅的躯干，爱慕不已。

但是可怜的梅林只是朝科拉克又靠近了些，现在她反倒希望回到酋长的村子里去了，那儿虽然令人惊恐万分，但恐惧好歹是人造成的，多少有种熟悉感。而这可怕的巨猿，如此巨大，外表如此凶狠，几乎要让自己吓破了胆。它的种种行为在梅林看来，更像威胁，她怎么能猜到那是它在炫耀自己呢？她也不知道这头野兽和那个将自己从酋长手里救出的小伙子——那个神一般的小伙子之间有什么关系。

梅林度过了一个不折不扣的恐怖之夜。在搜寻食物的过程中，科拉克和阿库特带着她东奔西走，令她头晕目眩。有一次，他们把她藏在一根树枝上，然后悄悄地靠近一头雄鹿。独自留在丛林滋生的恐惧怎么也比不上眼前的一幕带来的惊悚。她看见科拉克和巨猿同时一跃，跳到了猎物身上，将它拽了好远；她看见自己的保护者那英俊的面孔，在一声狂野的咆哮中扭曲变形；她看见他那强壮洁白的牙齿深深地埋进猎物柔软的血肉中。

科拉克回来后，脸上、手上和胸前都沾满了鲜血。他给了梅林一大块热乎乎的生肉，但她退缩了。显然，科拉克对于她拒绝吃东西感到很不安，不一会儿，他又快速跑进森林，给她带回了些水果。梅林又一次改变了对科拉克的印象。这一次，她没有拒绝，而是微笑着接受了礼物。她知道，微笑对于渴望友情的科拉克而言，是无比珍贵的回报。

睡眠问题也困扰着科拉克。他知道，梅林在睡觉时，即便双腿分开勾着枝干，也无法时刻保持平衡，但自己也不能让她睡在地面上，那无疑是直接暴露在猛兽面前，等待被袭击。只有一个解决方案——他必须整晚抱着她，他确实这么做了。阿库特在一边撑着，而他在另一边护着，这样梅林同时处在他们温暖的怀抱之中。

虽然已经过了大半夜，梅林依旧无法入眠。最后，一波一波的睡意终于战胜了脚下漆黑的深渊和那一头野兽的身躯，她昏昏沉沉地睡着了，度过了漫漫黑夜。

当她睁开眼睛时，太阳已经升起来了。起初，她对于自己的处境，不敢置信，自己的脑袋瓜从科拉克肩膀上滑了下来，眼睛正对着那毛茸茸的巨猿后背，一看到它，她便有些畏缩。接着，梅林意识到有人正抱着自己，她转过头，便看到科拉克对着她微笑的眼神。当他微笑时，梅林怎么也害怕不起来，自然而然地贴近了些，躲开另一侧那令自己反感的粗鲁野兽。

科拉克用巨猿的语言跟梅林说话，但她摇了摇头，说了几句阿拉伯语，同样的，科拉克也一头雾水。阿库特坐了起来看着他们，它可以理解科拉克说的话，但这个女孩只会发出愚蠢的、难以理解又十分荒谬的噪音，自己也不明白她身上有什么东西可以吸引科拉克，它盯着梅林瞧了好长一段时间，仔细地打量，然后挠挠头，站起来，摇了摇头。

巨猿的这番动作又让梅林受到了小小的惊吓，有几分钟她本来已经忽略了阿库特，现在，她又缩回去了。阿库特看到女孩害怕自己，便起了几分玩弄的心思。作为一头野兽，阿库特自然乐意看到自己的猎物被吓得瑟瑟发抖。它蹲伏着，手掌偷偷地伸向梅林，好像要抓住她似的，梅林缩得更远了。阿库特正愉快地享受眼前有趣的一幕——它没有注意到，科拉克正眯起眼睛盯着自己，也没有看到他那宽大的肩膀正随时准备攻击。当巨猿的手指即将触碰到梅林的胳膊时，科拉克突然发出一声凶猛的咆哮，一只握紧的拳头从梅林的眼前挥过，狠狠地砸在震惊的阿库特鼻子上。随着一声惊天动地的嚎叫，巨猿向后一阵踉跄，从树上跌了下去。

科拉克站在树上，审视着底下的阿库特，突然灌木丛中有什么东西一闪而过，嗦嗦作响，引起了他的注意。梅林也往下看，但除了看到愤怒的巨猿爬起来之外，她什么也没瞧见。然后，一头黄皮黑斑的猛兽像从十字弓上射出的弩箭一般，猛地扑到阿库特背上。

是一头豹子！

Chapter 10
小梅林被掳

豹子扑到巨猿身上时，梅林惊讶地屏住了呼吸，心惊胆战——她不是为巨猿即将遭受的厄运惊讶，而是刚才科拉克竟愤怒地攻击了他那奇怪的同伴，而接着，豹子突然出现时，科拉克又瞬间抽刀一跃，当豹子几乎要将獠牙和尖爪刺入阿库特宽阔的后背时，科拉克已经稳稳地落在了豹子的肩膀上。

这只"大猫"只差毫厘便可抓住巨猿，却在半空中受阻，同时，后背上还传来骇人的嗥叫。豹子发狂地张牙舞爪，试图将缠绕在背上的敌人甩开，而科拉克此刻正撕咬着豹子的脖子，将刀用力地刺入野兽体内。

阿库特被后方的突袭吓了一跳，本能地跃到梅林旁边的树上，一头如此笨重的野兽，动作如此灵敏，简直不可思议。但是，当它转过身看到下方的场景时，又快速回到了地面。眼前的凶险威胁到了自己的人类伙伴，巨猿一下子忘了先前的小摩擦，它绝不能为了自己的安危将朋友独留于险境之中，何况科拉克方才还救了自己。

局势立刻转变了，豹子眼前出现了两头凶猛的野兽，随时准备将它撕成碎片。霎时，咆哮怒吼，震耳欲聋，三头猛兽在灌木丛中撕咬翻滚，而这场战斗唯一的观众正蜷缩在树上，瞪大眼睛，紧紧地搂抱着盖卡，战栗不止。

科拉克刀进刀出，很快便结束了这场战役，凶残的豹子一阵痉挛，颤抖着，滚到了一侧。科拉克和巨猿站在豹子的尸体旁，互相看着对方。接着，科拉克朝着树上梅林所在的方向努了努头。

"别靠近她，"他说，"她是我的人。"

阿库特哼了一声，眨了眨布满血丝的眼睛，朝豹子的尸体踩了上去，然后站直身子，挺起胸膛，面向天空，发出一声可怕的尖叫，梅林又吓得直打哆嗦，这是一只刚经历过杀戮的公猿发出的胜利之声。科拉克只是默默地看了一会儿，然后，又跳上树，来到梅林的身边。

阿库特也立刻重新加入队伍，有好几分钟，它都在忙着舔舐伤口，随后才出发前去寻找早餐。

往后数月，这个奇怪的组合生活中没有再发生任何不寻常的事情，至少对科拉克和巨猿来说，一切都稀松平常。但对梅林来说，这种生活更像是一场连续不断的噩梦，直到最后，她才渐渐习惯了凝视深不可测的死亡之眼，习惯了躲在裹尸布般的斗篷下感受刺骨的寒风，也慢慢地学会了同伴们唯一的交流工具——巨猿的语言。

梅林在丛林里快速地蜕变，不久就成了捕猎的重要力量，当同伴们入睡时，她便守夜，观察四周动静，或是帮助同伴们追踪猎物的行踪。当他们需要密切合作时，阿库特才会平等地接受梅

小梅林被掳 | 093

林，而更多时候，则是敬而远之。科拉克一如既往地对梅林极好，任何可能吓到她的场景，他都事先避开。发现夜晚的阴冷潮湿会让梅林感到不适，甚至痛苦时，科拉克便在一棵大树摇曳的枝干间高高地搭起一处狭小紧固的小窝。在这里，梅林可以更温暖舒适地安睡，而科拉克和阿库特则栖息在附近的树枝上。科拉克总是守在高高的小窝入口处，在那里，他能不遗余力地保护自己心爱的女孩，使她免受树上野兽的侵袭。他们的落脚处距离地面很高，完全不用担心豹子，但树上有让人恐惧到骨子里的蛇，还有住在附近的大狒狒——虽然从不主动攻击，但一旦三人经过靠近时，便会露出尖牙，凶狠地嚎叫。

建造了安身小窝后，三个人的活动便地区化了，缩小了觅食范围，以便在夜幕降临时能够回到藏身之处。附近流淌着一条小河，猎物、水果、鱼都十分丰富。生活已经安定下来了，每日先是寻找食物，饱餐一顿，然后酣然入睡，他们没有再往前看了，只是安然地活在了当下。

每当科拉克想起过去的生活，以及那些在遥远的大都市里思念着自己的人时，竟然有了一种无关痛痒的感觉，仿佛那是属于另一个人的生活，而不是他自己。他已经放弃回到文明世界了。他曾经走了很远很远，为了寻找自己渴望的友情，四处游荡，遭到了各种挫败，但也正是从那时起，他才意识到自己已经在这丛林迷宫中，完全迷失了。

接着，梅林来了。在她身上，科拉克发现了自己在野蛮丛林生活中最想念的东西——人类的友谊。他对她的友谊，十分纯粹，没有任何受性别影响的痕迹，他们是朋友、同伴——足矣。甚至可以将两人都看作男孩，只是一个较温柔些，另一个则明显地拥有更多保护的本能而已。

梅林十分崇拜科拉克，像崇拜一个溺爱自己的哥哥一样。当梅林精通三人的共同语言后，他们的友谊愈加深厚，也享受到了越来越多的乐趣。通过人类特有的思考能力，他们扩大了猿类的词汇，将谈话从一项任务变成了一种愉快的消遣，现在，所有人都能自由交流，互相帮助了。科拉克打猎时，梅林便安静地陪在一旁，她知道，沉默有时至关重要。现在，她可以像科拉克一样，敏捷而隐秘地在巨大的树枝间穿梭，高度也不足为惧了。她从一根树枝荡到另一根树枝，或是快速地跃过粗壮的枝条，脚步稳定、轻盈、无所畏惧。科拉克为她感到骄傲，早前总是发出轻蔑吼声的阿库特，现在也赞赏地哼了一声。

科拉克不允许梅林手无寸铁，但她又不懂如何使用自己偷来的武器，于是在一个遥远的黑人村庄里，科拉克为她弄来了一件动物皮和羽毛制成的斗篷，还有铜饰和武器。梅林肩上的皮带绑着盖卡，她的武器是一根轻矛和一把长刀。她的身体开始发育得丰满成熟，如同希腊女神的线条，不同之处在于，梅林的脸极美。

随着对丛林越来越熟悉，梅林对野蛮的丛林居住者也不再恐惧。时间一天天流逝，她甚至可以在科拉克和阿库特潜行远方时，独自打猎。有时附近猎物稀少，科拉克和阿库特便不得不到远一点的地方去狩猎，在这种情况下，梅林便把目标瞄准在小型动物身上，时不时，也会捉住一头鹿，甚至也能偶尔捕下公猪——这是一种巨大的掠食者，即便是豹子，在进攻之前都得仔细思索一番。

在三人经常出没的丛林地带，动物们都跟他们相熟了起来。小猴子们对他们最熟悉，经常靠过来叽叽喳喳，嬉闹个不停。当阿库特在的时候，小动物们会保持一些距离；但是和科拉克在一起，它们就不那么害羞了；而阿库特和科拉克都走了后，它们就会接近梅林，拉拉她的装饰品，或是和盖卡一起玩耍，乐此不疲。

梅林也会同它们一起玩乐，喂些食物，在科拉克回来前，这些小伙伴帮助她度过了漫长的数小时。

这群小动物们并非毫无价值的朋友。在狩猎中，它们通常会穿过树林，跑到梅林身边，告诉她附近有羚羊或长颈鹿出现，或是警告说豹子或狮子正在靠近。这些体型娇小、动作敏捷的盟友们还会跳到枝繁叶茂的树枝顶部，摘下被阳光滋润的甜美果实，送给梅林。有时，它们也会捉弄她，但任何时候梅林总是温柔以对，因此这些半开化的野生小动物跟她极为亲近。

它们的语言和猿语类似，不过由于词汇贫乏，它们的所有词汇都与眼前的生存有关——尤其是填饱肚子和抓虱子。对于一个即将步入成年的女孩，这些对话像是营养不良的食物，难以滋养她渴求的精神欲望。当她发现猴子只能做个偶尔的玩伴或宠物后，梅林再次将灵魂深处最甜蜜的念头向盖卡那象牙脑袋一一倾诉。跟盖卡说话时，梅林用的是阿拉伯语，她知道，盖卡不过是一个玩偶，不能理解科拉克和阿库特的语言。

自从这个小母亲离开了酋长的村庄后，盖卡经历了一次蜕变。它现在的穿着打扮就像一个小梅林，一小块豹皮覆盖住躯干，从肩膀裹到裂开的膝盖上，额头处有一圈编织的草环，上边插着几根从长尾小鹦鹉身上抽取的花哨羽毛，还有几个金属模样的饰品佩戴在手臂和腿上。盖卡也成了一个完美的小野人，但它的内心没有丝毫变化，依旧是往昔那个"杂食性听众"。

今天，它倚着一棵树干，整整一小时，一直全神贯注地听着梅林倾诉，而那年轻的女主人则轻盈地在摇曳的树枝上伸了伸腰，如猫一般，优雅高贵。

"小盖卡，"梅林说，"我们的科拉克今天已经离开很久了，真想念他，不是吗？小盖卡，科拉克不在的时候，这片丛林真是沉闷又寂寞。这次他会给我们带什么回来？会给梅林带来另外一串闪闪发光的金属脚镯吗？或者是一块从其他黑女人身上取来的柔软腰布？他告诉过我，要弄到这些女人身上的装饰品，那可难了，他不能像对待男人那样直接杀死，但是跳到身上直接抢走的话，这些女人便会疯了一样反扑过来。接着，她们的男人们就会拿着枪支和弓箭冲出来，到时科拉克就只能躲到树上。有时候，他会怕女人们爬到树上，抢走要带回来给梅林的东西。他说，黑人们现在都害怕他，一看到他，女人和孩子们就尖叫着跑回棚屋里去，但他还是会在后边跟着。而且，他经常在没有弓箭的情况下给自己和梅林准备礼物，科拉克是丛林里最厉害的人！盖卡，我们的科拉克——哦不，是我的科拉克！"

这时，一只激动的小猴子从旁边的树上跃了过来，跳到了梅林的肩膀上，打断了她的谈话。

"快爬！"它喊道，"巨猿要来了！"

梅林懒洋洋地转过身来，望着打破了平静的小猴子。

"你自己快爬吧，小猴子。"她说，"我们丛林里的巨猿就只有科拉克和阿库特。你看见的一定是正打猎回来的他们。小猴子，你这么胆小，总有一天，你连看到自己的影子都会被吓死。"

然而，小猴子只是更加猛烈地唧唧叫着，尖声警告后，迅速爬上更高更安全的树杈上，那儿即便是巨猿也够不着。很快，梅林听到有身体摆动穿过树林、逐渐靠近的声音。她聚精会神地听着，有两个声音，是两只巨猿——科拉克和阿库特。对她来说，科拉克也是一只巨猿，他们三人总是这样描述自己。人类是敌人，他们也不再认为自己属于人类。

梅林决定假装睡会儿觉，和科拉克开个玩笑。她静静地躺着，眼睛紧闭着。两个人越来越近了，他们已经停下来了，应该到了

小梅林被掳

邻近的树上了，那一定发现了自己。怎么如此安静？科拉克怎么还未像往常一样问候呢？气氛安静得有些诡异。

不久之后，一个非常隐秘的声音在耳边响起——其中一个正在悄悄逼近她。科拉克也打算开个玩笑吗？好吧，那自己先吓唬吓唬他。梅林小心翼翼地把眼睛睁开一条小缝，这一下，她的心一下子提到了嗓子眼。悄悄地向她爬过来的是一只从未见过的大公猿，后面跟着另外一只。

梅林像松鼠一样，敏捷地一蹦而下，一瞬间，大公猿也猛地朝她扑来。梅林飞速地在丛林间穿行，跃过一棵又一棵大树，两只巨猿在身后紧追不舍。头顶上方是一群放声尖叫、喋喋不休的猴子，一边辱骂来犯的巨猿，一边给梅林加油打气。

从一棵树到另一棵树，梅林不停地向上爬去，向无法承受追捕者重量的小枝丫上爬去。身后的公猿越来越快了，最前边的野兽伸长爪子，一次又一次就快够着她了，但是梅林要么突然加速，要么大胆地拐入令人头晕目眩的小道上，一次次避开了。

在一次极其大胆的跳跃之后，梅林抓住了一根摇摆的树枝，承受着女孩体重的树枝向下弯了弯，却并未像往常一样弹回原处，因此，梅林只能慢慢地爬上了高处的安全之地。然而，在咔嚓声还没响起时，梅林便知道自己高估了枝干的承受力度。先是慢慢地，紧接着，树干整个裂开了一条缝。梅林松开了手，下落到了略低些的树丛中，紧紧地抓住了另一根枝杈，此刻她正处在断枝下方12英尺处。梅林曾多次跌倒，对于掉落并无太大恐惧——最令她胆怯的是这一下的耽搁。悲剧果然发生了，当她爬到另一处安全之地时，那只巨大的巨猿已经落在一旁，毛茸茸的大胳膊搂住了她的腰。

几乎是同时，另一只巨猿也到达了同伴身边，扑向了梅林，但俘获梅林的巨猿立即将她甩到一边，露出凶恶的尖牙，恶狠狠地咆哮着。梅林努力挣扎着逃脱，对着毛茸茸的胸脯和络腮胡子各打了一拳，强壮洁白的牙齿紧紧地咬在一只长满毛发的前臂上。巨猿先是对着梅林的脸愤怒一击，接着不得不把注意力转向同伴，那家伙显然是想抢夺自己的战利品。

这头野兽站在摇曳的树枝上，无法取得战斗优势，尤其是怀里还抓着一个不停蠕动挣扎的俘虏，所以它迅速地跳到地面上。另一只公猿也跟着跳了下来，很快它们厮打起来，偶尔会停下来去追捕抓住一切机会逃跑的梅林。在它们全力火拼时，梅林便会伺机逃遁，但次次都被逮了回来，一会儿是第一只巨猿抓住了她，一会儿又落到了另一只手里，为了争夺女孩，两只巨猿撕红了眼。

梅林被再次抓回时，巨猿便会将原本针对同类的攻击转移到女孩身上，对她一阵拳打脚踢。等梅林倒下，躺在地上毫无知觉时，它们才继续全神贯注，在激烈和可怕的战斗中互相搏杀。

头顶上，小猴子们放声尖叫，狂乱地跳着、跑着。战场上，来回飞翔着无数羽毛华丽的鸟儿，大声嘶鸣，愤怒又轻蔑。远处，一头狮子咆哮如雷。

两头野兽在地上滚来滚去，疯狂撕咬，浴血奋战。它们直立起后腿，像人类摔跤手一样互相拉扯，巨大的毒牙毫不留情地扎进扎出，新鲜的血液沾满全身，染红了大地。

整个过程，梅林都毫无意识地躺在地上。终于，其中一只公猿狠狠地咬上另一只的颈脉，画面仿佛定格了，两头野兽缓缓地倒了下去，有好几分钟，一动不动，几乎没有挣扎，最后，体形较为硕大的公猿独自站了起来。它胜利了，毛茸茸的喉咙发出低沉的咕噜声，身体在梅林和落败的敌人之间来回摇摆，接着，它站到丑陋的对手面前，吐了吐舌头，发出一声震耳欲聋的嚎叫。

小梅林被掳 | 099

小猴子们尖叫着向四面八方散去，艳丽的飞鸟扑扇着翅膀逃开了，狮子又一次吼叫起来，这次是在更远的地方。

胜利的巨猿再次摇摇摆摆地走到梅林的身边，把她翻了过来，弯下腰，嗅了嗅脸庞和胸脯，她还活着。猴子们回来了，蜂拥而至，在树顶上又一次朝着那胜利者奚落和辱骂。

公猿露出牙齿，不满地朝它们发出几声咆哮，然后弯下腰，把梅林抱到肩膀上，跟跟跄跄地穿过丛林，身后跟着一群愤怒暴躁的丛林小居民们。

Chapter 11
为梅林而战

打猎回来的科拉克听到激动的猴子叽叽喳喳的叫声,发现有些不对劲,于是,加快了脚步。猴子是梅林的朋友,如果有需要,科拉克也会帮助它们。他沿着林中一根根树枝快速地穿梭着,到了梅林的小窝后,他把战利品存放到树上,紧接着大声呼唤梅林,无人回应。科拉克跳到了更低些的树丛里,心想梅林有可能藏起来跟他闹着玩呢。

在一棵梅林经常慵懒地躺着放松的树上,科拉克看见盖卡孤单地倚着大树干。这意味着什么?梅林从未将盖卡单独留下。科拉克捡起娃娃,塞在腰里,又喊了一声,声音更大了些,但依旧没有听到梅林的回应。远处,小猴子们叽叽喳喳的声音也越来越小。

小伙伴们反常的激动不安和梅林的失踪有什么关联吗?一有这想法,科拉克便立刻行动。没等身后的阿库特回来,科拉克便迅速朝远处那群叽叽喳喳的小动物们奔去,速度极快,几分钟便到了跟前。它们一看见科拉克，就尖叫起来，指着前面的野兽。下一刻，科拉克就看到了它们愤怒的原因。

科拉克看到梅林柔软的身体无力地瘫在一只巨猿毛茸茸的肩膀上，毫无疑问，她已经死了。在那一瞬间，科拉克心里涌起一阵不知名的情绪，还没来得及探究，整个人便僵住了。

科拉克知道，梅林就是他的全世界——他的太阳、月亮、星星，随着她的离去，所有的光亮、温暖和幸福全都消失了。一声呻吟从他唇边溢了出来，接着是一连串比野兽更残忍和可怕的吼声，科拉克疯狂地向狠毒的行凶者俯冲过去。

一听到传来的凶狠咆哮声，公猿立刻转过身来，这一下，科拉克愤怒和仇恨之情更甚了，因为他发现面前的巨猿正是那只将自己从猿群中驱逐而出的猿王，而当时自己也不过是为了寻求友情和庇护！

猿王将梅林扔到地上，准备为了这个昂贵的战利品开始新一轮的战斗，但这一次，它要速战速决、轻松麻利地征服对手。它也认出了科拉克，自己难道没有用獠牙和爪子逼他从圆形剧场跑得远远的吗？这个皮肤光滑的东西竟敢挑衅自己捕获猎物的权利！猿王低着头，鼓起肩膀，冲了过去！

一人一猿像两头公牛一般，头朝下地扑向对方，疯狂地撕咬和搏杀。科拉克甚至忘了自己还有把刀，只有撕咬牙齿间灼热的肉块，裸露皮肤上喷涌的鲜血，才能满足他暴怒和嗜血的欲望。尽管还没有意识到这一点，但是，科拉克正在为一种比愤怒和复仇更重要的东西而战斗——他是一个伟大的雄性战士，与另一只雄性为自己的同类雌性而战。

科拉克的进攻冲动鲁莽，很快猿王还没反应过来就已经被擒住了——科拉克猛地一抓，先是强有力的牙齿紧紧咬住对方跳动的颈脉,随后他闭上眼睛,手指紧紧掐住了那毛发蓬松的喉咙。

就在这时,梅林睁开了眼睛,望向不远处激烈的战争。

"科拉克!"她大喊,"科拉克!我的科拉克!我就知道你会来的。杀了它,科拉克!杀了它!"

梅林的眼睛闪闪发光,她站起身,跑到了科拉克身边呐喊助威。科拉克的长矛就在附近,当时他向猿王冲去,顺手就扔到了一旁。现在梅林看到了,便将它捡了起来,即便刚刚恢复意识,她的脸上也没有一丝虚弱。对她来说,虽然独自遭遇了公猿,神经极度紧张,但好在没有引起歇斯底里过激的反应,她有些激动,不过还算镇定,并且毫不畏惧。她的科拉克正与另一只掳走自己的巨猿战斗,但她不会像其他雌性巨猿一样,躲到悬垂的树杈上,远远安全地观战。相反,她把科拉克的长矛猛地向公猿掷去,锋利的矛尖狠狠刺入野兽的心脏。科拉克本不需要她的协助,因为那只大公猿已经死了,鲜血从撕裂的喉咙中涌出,但科拉克微笑着对他的助手表示了赞许。

梅林身材多么修长,面容多么精致啊!自己不在的这几个小时,她竟发生了如此大的变化?是与猿王决斗影响了自己的视觉吗?他仔细瞧着梅林,渐渐发现,梅林身上显露出越来越多令人赞叹的惊喜。自从在酋长的村庄里发现了她,到现在已经过去多久了?不知道,时间在丛林里毫无意义,他也从不追念过去的日子。但现在看着梅林,科拉克意识到,她已经不再是自己第一次见到的那个在栅栏里的树下和盖卡一起玩耍的小女孩了。改变的过程一定极其缓慢,否则不会现在才引起自己的注意。那又是什么使自己突然意识到这一点呢?他的目光从梅林身上游走到了那头死猿身上,他第一次明白了梅林被掳走的原因。科拉克睁大了眼睛,接着,又眯成了一条缝,怒不可遏地盯着脚下的畜生。当目光转到梅林的脸庞时,科拉克顿时有些脸红害羞。的确,他现在正用着一种新的眼神注视着她——男人注视女人的眼神。

在梅林向科拉克的对手扔出长矛时,阿库特刚到战场,它明显表现出了一丝喜悦之情。它趾高气扬,四肢僵硬,对倒下的敌人充满了敌意,先是雷鸣般咆哮,接着又向上抿了抿丰满的嘴唇,最后头顶上的毛发全都竖起来。它的注意力不在梅林和科拉克身上,在它脑海最深处,也有一种东西在翻腾搅动——由视觉和嗅觉激发出的情绪。野兽情感萌发的外在表现之一便是野蛮的嘶吼,但内心却涌动着令人愉悦的狂喜。那头大公猿的气味和庞大多毛的身影,在阿库特心中唤起了一种对同类友谊的渴望。

梅林呢?她是一个女人,爱是女人神圣的权利。她一直爱着科拉克,他是她的大哥哥,她仍然很高兴和科拉克在一起,仍然像一个妹妹爱着宠爱自己的哥哥一样,并且以他为傲。整片丛林里,没有别的动物像他那么强壮、那么英俊、那么勇敢。

科拉克走近梅林。当她抬头看向他时,科拉克的眼睛里亮起了一道新的光芒,但她没有明白。她没有意识到,两人已经发育成熟,快要步入成年了,也没有意识到生活习惯上的差异,在科拉克眼中可能意味着什么。

"梅林。"他低声说,声音沙哑,一只棕色的手搭在她赤裸的肩膀上,突然,他把女孩紧拥到身上。她抬头看了看他的脸,笑了起来,科拉克弯下腰,轻轻吻住了女孩,即使这样,梅林也不明白。她不记得是否曾经有人吻过自己,但这种感觉棒极了,梅林喜欢这个吻。她认为这是科拉克表达喜悦的方式,他一定是在为大公猿没有成功将自己捉走而高兴。梅林也很高兴,于是她搂着科拉克的脖子,一遍又一遍地亲吻他。然后,在科拉克的腰带里,她发现了自己的娃娃,便伸手拿了回来,吻了吻它,就像她亲吻科拉克一样。

科拉克希望梅林能说点什么,他想告诉她,自己有多么爱她,但是,他的爱太浓郁了,而猿类的词汇也太贫瘠了,竟让他不知如何吐露爱意。

突然,此刻的安逸被打断了,是阿库特的声音——突兀而低沉的咆哮,并不比先前对着死猿嘶吼时发出的声音大,实际上,连一半音量都没有,却直接影响了科拉克根深蒂固的感知能力,这是一个警告声。科拉克的眼神从胸前那张可爱的脸蛋上挪开,迅速抬头看了看四周,现在他其他感官也都恢复了,耳朵和鼻子均高度戒备。有情况!

科拉克来到阿库特身边,梅林就跟在后边。三个人雕像般地站在那里,凝视着藤蔓缠绕的丛林。喧闹声更大了,不久,一只巨大的巨猿冲了出来,距离他们站立的地方仅有几步远,野兽一看见三人就停住了,朝后边发出一声警告。过了一会儿,又出现了一只公猿,身后跟着其他野兽——年轻的雌雄巨猿。最后,一大群毛茸茸的怪物出现在这里,怒目而视。那是死去的猿王所属的部落。

阿库特指了指猿王的尸体,哼了一声,说道:"科拉克——强大的战士,杀了你们的王。整片丛林,再也找不到比泰山之子科拉克更厉害的野兽了,现在,科拉克就是你们的王。还有哪只公猿比科拉克更强呢?"

对科拉克为王仍心存质疑的巨猿,此刻还可选择与之一斗,但那将是一个巨大的挑战,巨猿们叽叽喳喳地说了一会儿。最后,一只年轻的公猿沙沙作响地迈着短腿,慢慢走了上来,咆哮如雷,可怕极了。

这是一只强壮的巨猿,正处在力量全盛时期,属于几乎已经灭绝的物种。白人长期以来闯入各种难以抵达的丛林深处，找寻土著居民，目的之一便是为了获取该物种的相关信息，但即使是当地人也很少看到这些巨猿。

科拉克上前迎接怪物，同样咆哮着。他心里盘算着，自己刚与另一只凶猛的巨猿奋力一战，此刻若再与这头精力充沛的强壮野兽一搏，毫无胜算。他必须找到更容易的方法来取胜。科拉克蜷伏着，准备迎接即将到来的袭击，他确实无需多等。敌人仅是稍作停顿，自满地向观众瞥了几眼，便扑了过来。

巨猿亮出锋利的尖爪，张开血盆大口，俯身冲向科拉克。科拉克纹丝不动，直到猿臂挥舞过来，他猛地跳到下方，侧着身子，对奔跑中的野兽颌侧来了一记漂亮的右勾拳。野兽趔趄地倒在了地上，而科拉克紧随其后，又"噼里啪啦"连续击了数拳。

令人惊奇的是，巨猿仍挣扎着爬起身，丑陋的嘴唇边满是白沫，双眼猩红，吼声伴着凝固的鲜血从胸膛震荡开来，但是，它爬不起来了。科拉克站在前方等着，当巨猿的下巴稍微抬起时，他便补上重重一击，直揍得巨猿倒地不起。

野兽一次次挣扎着站起来，但每一次，强大的科拉克都等在一旁，打桩似的落下一个个拳头，将它击倒在地。公猿的力量越来越弱，鲜血染红了面孔和胸脯，血水从鼻子和嘴里流淌而出。一开始，那些为它欢呼雀跃的猿群，此刻尽是嘲讽——它们认可了科拉克。

"你受够了吗？"又一次打趴公猿后，科拉克问道。

倔强的公猿又一次挣扎着站起来，科拉克再次狠狠地打了它一拳，重复了一遍问题："你受够了吗？"

公猿一动不动地躺了一会儿，然后，从被打烂的嘴唇间传来了一句话："受够了！"

"那么站起来，回到你同类那儿去，"科拉克说，"对于曾经赶走我的人，我不想成为它们的王。继续过你们的生活吧，我们也有自己的生活方式。再相遇时，我们可能是朋友，但我们不可能一起生活。"

一只老公猿慢慢地走向科拉克，说："您杀了我们的王，甚至打败了我们下一任的王，刚才您也有能力杀了它。现在我们能为王做些什么？"

科拉克转向了阿库特，说了一句："你的王在那儿。"阿库特十分渴望能与自己的同类生活在一起，但它并不想和科拉克分离，因此它希望科拉克也能留下来。

科拉克此刻正在为梅林考虑——什么地方对她而言又好又安全？如果阿库特和猿群走了，就只剩自己一人能够守护她了。另一方面，如果他们加入这个部落，那么外出狩猎时，自己永远不能放心地离开梅林，因为这些巨猿脾性暴躁，不好管控，即便是母猿也会对这个瘦弱的白人女孩产生一种疯狂的仇恨，然后趁科拉克不在时杀了她。

"我们可以住在你们附近。"他最后说，"如果你们变换了狩猎地，那我们也更换，梅林和我都会离你们很近，但我们不会住到你们中间去。"

阿库特反对这个提议，它不希望跟科拉克分离。起初，它一点儿也没想为了自己的同类离开人类小伙伴；但是，当看着猿族部落再次游荡着回归丛林，它的目光不由得落到了死去的猿王那年轻的伴侣身上——丰盈的身躯、崇拜的眼神，阿库特再也无法抑制住血液里跳动的欲望了，它最后朝着科拉克扫了几眼，便告别了，跟着母猿向迷宫般的树林里走去。

在科拉克带着最后一次的偷窃之物离开黑人村庄时，村里响起了女人和孩子们的阵阵惨叫，战士们快速地从森林和河边赶回。当得知那个白人恶魔再次进入家中，吓坏了女人和孩子，并偷走了箭、装饰品和食物时，他们情绪激动、愤怒不已。

这个奇怪的生物总是带着一只巨猿狩猎，使得他们对他充满了迷信的恐惧，但现在怒火甚至盖过了恐惧，他们想要报复他，将他彻底铲除，这样大家就不用再担惊受怕了。

于是，在科拉克偷窃打劫造成一片混乱后，几分钟内，部落里最敏捷、最强悍的战士们便被派去追捕科拉克和阿库特。

科拉克和巨猿走得很慢，没有任何防范措施，对黑人们也漠不关心，甚至有些轻蔑，一路上对于许多类似的突袭，他们毫不放在心上，也没有给予报复惩罚。很快，两人顺着风返程。

科拉克和巨猿完全不知道，那些不知疲倦的跟踪者，即便森林生活技能不如他们，却带着一股蛮劲，坚持不懈地紧跟在后。

这支追踪小队由首领科沃杜指挥，科沃杜是一个非常狡猾又勇敢的中年人。他们使出浑身解数，利用不可思议的观察力、直觉、甚至嗅觉，想出了一些神秘莫测的方法，连续追踪了数个小时后，终于见到了猎物。

在科拉克、阿库特和梅林杀了猿王之后，战争的厮杀声传到了追踪小队的耳朵里，他们径直朝声音方向走去，很快，科沃杜便遇到了猎物。但是当看到瘦弱的白人女孩梅林时，首领吃了一惊，没有立即下令士兵们冲向猎物，而是盯着三个人瞧了好一会儿。就在那时，猿群们来了，接着，黑人们便心生敬畏，他们见识到了科拉克和年轻的公猿那气势磅礴的战斗场景。

现在，猿群已经离开了，白人小伙和白人女孩独自站在丛林里。一个黑人凑到科沃杜耳旁，"看！"他指着女孩身边晃动的东西，低声说，"当我和我哥哥在酋长村里做奴隶时，我哥哥为酋长的小女儿做了那个小东西——她总是和它一起玩,还用了我哥哥的名字盖卡来称呼它。就在我们逃跑之前,有人来了,打倒了酋长,把他的女儿偷走了。如果她就是那个小女儿,酋长会给你报酬的。"

科拉克的胳膊又绕到梅林的肩膀上了,年轻的血管里奔腾着无限爱意,他又把她拉到身边,用热烈的吻覆盖在梅林柔软的唇上。紧接着,身后传来一阵战争般凶猛的嚎叫,一群黑人正对着他们尖叫。

科拉克转身准备战斗,梅林握着长矛,站在他的身旁。一大堆装有倒钩的箭矢如雨点般射向他们,一根刺穿了科拉克的肩膀,另一根射中了他的腿。科拉克倒下了。

黑人们有意放梅林一马,因此她毫发无损。现在他们正打算以最快的速度解决掉科拉克,以便活捉梅林;但是,当他们拼命冲上前去时,巨大的阿库特自丛林的另一角落出现了,身后跟随着它那新的巨猿王国。

当猿群们看见现场的一片狼藉时,一边愤怒地咆哮着,吼声震天,一边冲向这群黑武士。科沃杜立马意识到,与庞大的猿群正面对抗极其危险,他抓住梅林,号令战士们撤退。好一阵子,猿群在战士们身后穷追不舍,数十名还未成功逃跑的黑人惨遭攻击,受到重伤,甚至有一人死亡。但是,比起梅林的命运,阿库特显然更关心科拉克的伤势,因此,最终还是让这群黑人跑了。

当阿库特走到科拉克身边时,科拉克躺在地上,血流不止,不省人事。它将厚重的箭矢从科拉克身体中抽出,并舔了舔伤口,然后把他带到了曾为梅林高高搭建的避难小窝里。除此之外,这头野兽无能为力。它只能等着科拉克身体的机能自行恢复,肌肉自行增长,伤口自行康复,否则只有一死了。

不过,科拉克熬了过来。一连几天,他都躺在床上,发烧不

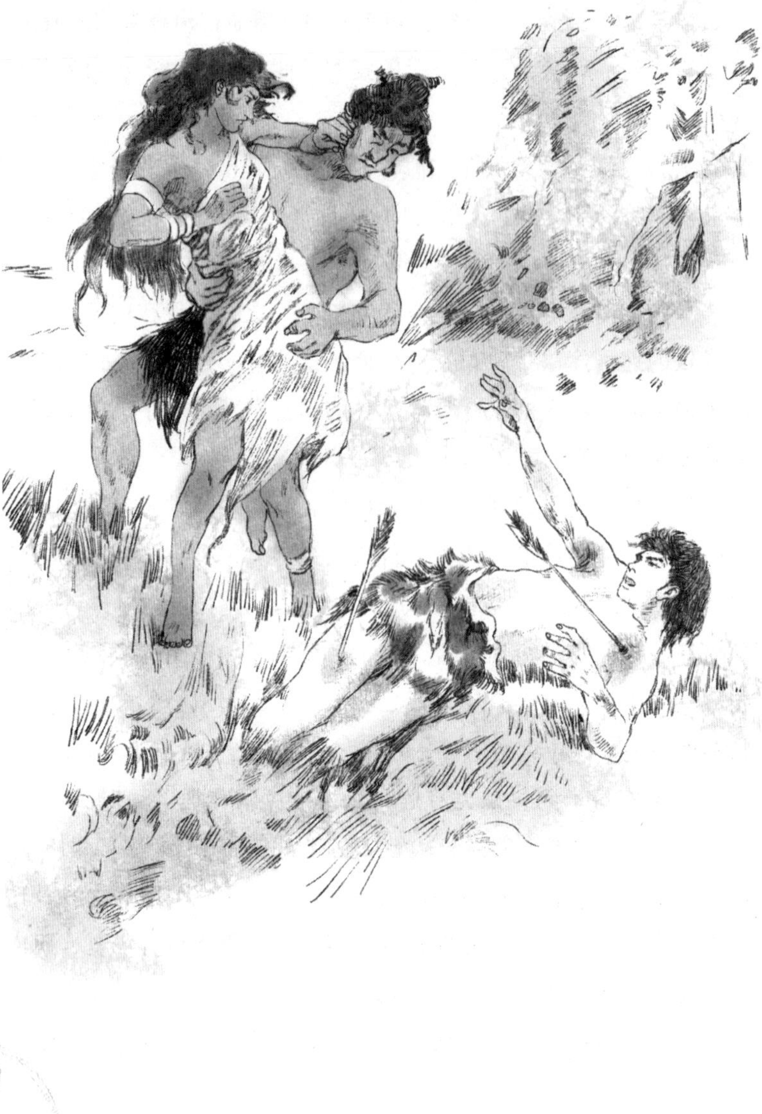

止,阿库特和其他巨猿则在附近捕猎,以免科拉克受到鸟类和野兽的侵扰。偶尔,阿库特会带来一些多汁的水果,帮他解渴、降温,渐渐地,科拉克健壮的体质开始发挥作用,伤口愈合了,他的力量恢复了。

当他头脑清醒地躺在梅林曾经的小窝里,他不停地担忧着她,这种恐惧比伤口发作时的痛苦更为强烈。为了她,他必须活下去,必须重新恢复力量,才能找寻她。黑人们会对她做什么?她还活着吗?还是他们为了自身折磨和嗜血的欲望杀了她?科拉克凭自己对科沃杜部落习俗的了解,想到了梅林可能面临的最残酷的命运,恐惧顿时浸满了全身每一个毛孔,他不住地颤抖。

日子漫长且煎熬,最后,科拉克终于完全恢复了力量,这段时间以来,他一直靠阿库特捕获的猎物过活。不过这些肉也让他的力量恢复得很快,现在科拉克觉得是时候前去黑人的村庄了。

Chapter 12

科沃杜村混战

一条宽阔的河流边，两个身材高大、留着胡须的白人从营地出发，小心翼翼地穿过丛林，他们便是卡尔·詹森和斯文·玛尔比恩。几年前，他们的旅行队曾遇到前来结交朋友的科拉克和阿库特，并因此受到了严重的惊吓。不过，自那天以来，他们两个的外表几乎没有变化。

每年，这两个白人都会到丛林里和当地人交易，偶尔直接抢劫，或设置陷阱、打打猎，或在熟悉的地盘指导其他白人。自从在酋长的村庄里经历了那惊心动魄的一幕后，他们一直在远离村庄的安全地域内活动。

与过去几年相比，现在他们离酋长村庄稍微近了些，不过也足够安全。这片无人居住的区域正好介于丛林与科沃杜的村庄之间。科沃杜的黑人们都对酋长怀有深刻的恐惧与敌意，过去，酋长曾带人袭击过村庄，差一点就消灭了整个部落。

今年，受欧洲动物园委托，这两个白人前来丛林捕捉活标本。今天他们正靠近一个陷阱，希望捕捉到附近经常出没的大型狒狒。离陷阱越来越近时，他们听到了一阵阵噪声，夹杂着一丝痛苦的哀嚎，他们知道捕猎成功了。成百上千的狒狒不停地嚎叫，这意味着至少有一只甚至多只狒狒已经上当受骗，落入陷阱。

根据以往的经验，对付这些聪明机智、像狗一般顽强忠实的动物，两人需要极度谨慎。曾经有不止一个捕猎者在与暴怒的狒狒的战斗中丧生。这群野兽一旦被激怒，便会毫不犹豫地发动攻击；不过，若是枪声响起，它们也会一哄而散。

在此之前，这两个瑞典人每次靠近陷阱时都小心提防，通常情况下，越强壮的雄性野兽越容易被捕获，它们凶猛贪婪，往往会赶走力量较弱的野兽，以便独占诱饵。若是落入纵横交错的树杈间那些粗糙的陷阱中，在外边同类的帮助下，它们也能够摧毁陷阱，逃之夭夭。但这次有所不同，捕猎者们采用了一个特殊的钢笼子，足以抵挡一只狒狒的全部力量和伎俩。因此，必要时他们才会赶走陷阱旁的其他野兽，否则的话，只需要耐心等待大狒狒的手下们，那些小喽啰极有可能跟着一起落入圈套。

当他们来到现场时，情况正如所料，一只雄性狒狒正在里边发狂地撞击着牢笼的铁丝。外面还有几百只狒狒帮着撕咬拉扯，所有野兽都撕心裂肺地咆哮着。

但是，无论是瑞典人还是狒狒们，都没有注意到附近的树荫里隐藏着一个半裸的小伙子。他几乎与詹森和玛尔比恩同一时间来到此地，此刻正饶有兴趣地注视着狒狒们的一举一动。

科拉克与狒狒们关系一向不怎么友好，偶尔碰面时，双方都会武装戒备，狒狒们和阿库特拖着僵硬的四肢，彼此咆哮，而科拉克则保持着龇牙咧嘴的神情站在一侧。所以，此刻面对狒狒们的窘境，他的心绪几乎毫无波澜，由于好奇才多停留了片刻，突然，他敏锐地捕捉到不远处的灌木丛里有两个人，衣着颜色与众不同。现在科拉克全身戒备：这些闯入者是谁？他们在这片丛林里有什么交易？科拉克不声不响地靠近了些，那里视线更清晰，也可以闻到他们身上的气味。几乎顷刻之间，他便认出了这两个白人——多年前向自己开枪的人。他的眼睛闪闪发亮，头顶的毛发兴奋地根根竖起，他注视着他们，像头豹子一样，准备扑向猎物。

科拉克看见他们站了起来，大声喊叫，试图吓跑那些靠近笼子的狒狒。其中一人举起步枪，朝着惊慌愤怒的兽群开了一枪。有一瞬间，科拉克以为狒狒们要疯狂应战了，但随即白人又来了两枪，野兽们"嗖"地四处散开，逃进丛林里去了。然后，两个欧洲人走到笼子前面。科拉克以为他们要杀了兽王，虽然他对那头狒狒不感兴趣，但兽王从未想过要杀他，而白人曾经痛下杀手；兽王居住在这片自己深爱的丛林里，而白人是闯入者。所以，此刻科拉克更偏向狒狒，他会说它们的语言——和猿语一样。此刻在那片空地的对面，一群野兽在丛林里叽叽喳喳地叫着。

科拉克提高了嗓门，朝着兽群喊了几声。瑞典人听到了这个新冒出来的声音，便转过了身，以为又有一只狒狒围了过来，但是瞪大眼睛仔细扫视了一番，并没有看到树叶中隐藏着的静默身影。

科拉克又喊了一声："我是科拉克，这些人是我的敌人，也是你们的敌人！我可以帮忙解救你们的王。当我行动的时候，你们就朝那些陌生人冲过去，然后我们一起把他们赶走，救下大王！"

狒狒中传来了一声："我们会照你说的做的，科拉克！"

科拉克从树上跳下，奔向瑞典人，同时，三百只狒狒也一齐冲了出来。一看到林中冒出了一个半裸的奇怪幽灵，举着长矛冲向自己，詹森和玛尔比恩立马举起步枪向科拉克开火；交火的刹那，双方都避开了攻击，但不久，瑞典人便被一大群狒狒包围了。现在，他们唯一的念头就是安全逃走，找一个藏身之地，将背上的野兽们一一射杀。很快，他们跑进了丛林，所幸的是，在笼子几百码开外遇到了前来援助的自己人，否则难逃一死。

看到白人男子转身逃跑了，科拉克也就不再关注他们了，转而观察被困住的狒狒。铁门紧闭，狒狒们绞尽脑汁也无计可施。然而，科拉克凭着人类的智慧，很快便发现了窍门。不久之后，狒狒王便自由了，它没有浪费力气向科拉克道谢，当然科拉克也不指望，但他知道，所有狒狒都不会忘记自己今天给予的帮助，事实上，他也并不在乎，自己所做的一切都是为了报复那两个白人。至于狒狒们，对自己而言，并无用处。现在，这群野兽又一窝蜂地拥向同伴们和瑞典人手下的激战中去了。随着战斗的喧闹声逐渐平息，科拉克转过身，继续向科沃杜的村庄进发。

路上，他看到一群大象站在一片开阔的林中空地上，在这里，树木之间相隔甚远，科拉克无法在树枝中穿梭。他更喜欢一根根枝杈搭成的树道，在树枝间穿行不仅可以避开底下浓密的灌木丛，自由自在，视线更加开阔，也让他对自己在树上生活的技能生出一股自豪感。从一棵树荡到另一棵树时总是令人极其振奋，同时也考验着肌肉的强大力量，现在，他已经品尝到刻苦锻炼带来的快乐了。科拉克会在森林里高耸的树枝间欢蹦乱跳，毫无阻碍，对着那些永远待在发软的土地上、永远待在黑暗之中的野兽们，发出一阵讥笑。

但在这里，在这片开阔的空地上，大象呼扇着巨大的耳朵，左右摇摆着硕大的身躯。科拉克变成了一个小矮子，他必须穿过一群巨人所在的地盘。一头大象卷起鼻子，嘎嘎地发出一声低沉

科沃杜村村混战 | 115

的警告,它察觉到有人入侵了,脆弱的眼睛四处晃动,最终靠着敏锐的嗅觉和犀利的听觉,找到了科拉克。象群不安地移动着,准备战斗,那头大象嗅到了人类的气味。

"安静!"科拉克喊道,"是我,科拉克!"

大象放低了鼻子,象群这才继续它们被打断的沉思。科拉克从大象的脚边经过,一根弯弯曲曲的象鼻轻轻地抖了过来,爱抚地蹭了蹭科拉克棕色的皮肤,科拉克也亲切地拍了拍象鼻。几年来,科拉克和大象以及它的子民们都和睦相处。在所有的丛林居民中,他最喜欢肥厚的大象——最温和、也是最令人害怕的动物。温顺的羚羊不恐惧它们,但丛林之王狮子却对它们避而远之。往前行走时,科拉克会绕过年轻的公象、母象以及一些幼崽,不时地总会有一只象鼻伸出来摸他。有一次,一头顽皮的小象卷住了他的腿,把他弄得烦恼不已。

当科拉克到达科沃杜的村庄时,天就快要黑了。许多土著人懒洋洋地躺在圆锥形的小屋旁,或是站在篱笆内的几棵树枝下乘凉。士兵们手上都带着武器,科拉克明白,现在不适合单打独斗地在村子里搜寻,他决定等到夜幕降临时再行动,自己可以凭借一己之力对抗多个敌人,却不能在没有任何帮助的情况下,攻克整个部落——甚至可能连心爱的梅林都救不出来。

科拉克藏匿在附近的树枝间,敏锐的目光不停地来回搜索着村子,然后,他绕着村子转了两圈,嗅着从各个角落吹来的微风。从土著村庄飘来的各种恶臭中,科拉克敏感地闻到了一丝微妙的香气,是自己正在追踪的气息!梅林就在那里的某个棚屋里!但是,他不知道是哪一个,只好带着猛兽捕食般的耐心等待着,直到夜幕降临。

黑人的营火为黑夜装饰了点点光亮,微弱的火苗晕散出串串光圈，投射到了那些赤身裸体地躺着或蹲着的士兵身上。就在这时，科拉克悄悄地从藏身的树上滑下来，轻轻地落在围栏里的地面上。

科拉克小心翼翼地隐匿在小屋的阴影中，并开始全面搜寻村庄——耳朵、眼睛和鼻子都时刻警惕着，他的行动小心谨慎，几乎悄无声息，即便是黑人们那群双耳灵敏的野狗，也没有察觉到有个陌生人从村庄门口溜了进来。科拉克知道，有好几次自己距离侦察兵太近了，险些就被发现了，这一点从那几个人焦躁不安的神情中就可以看出。

直到穿过村庄，来到一间小茅屋的后面，科拉克才再次追踪到梅林的气味。科拉克的鼻子紧贴着茅草屋顶，急切地闻着——像一只猎犬一样，紧张不安，激动不已。确定梅林就在里边后，他向前门走去。当他绕了一圈，找到入口时，却看到那里有一个身材魁梧的黑人守着，那人手里还拿着一支长矛，蹲在梅林被囚禁的小屋门口。那家伙正背对着他，身影映衬着街上炊烟的光亮。只有他一人，离他最近的同伴也有六七十英尺远。要进入小屋，科拉克必须想办法让哨兵闭嘴，不发出声响，或是完全不被他发现。前一种选择的风险在于，干掉哨兵时可能会惊动附近的士兵，最后引来整个村庄的士兵。而后一种方案，几乎不可能操作成功。

黑人宽阔的后背和门框之间有12英寸的空隙。科拉克能不被野蛮的勇士发现就穿过这个空隙吗？微弱的光洒在那黑黝黝的皮肤上，也落在了科拉克浅褐色的脸庞上。如果街上有人朝这个方向望上一眼，一定会注意到一个浅色的高大身影在移动；科拉克趁着他们不亦乐乎地闲聊，无暇顾及其他事物时，利用身在暗处的优势行进。

科拉克身体紧贴着茅屋一侧，没有发出任何摩擦的沙沙声，越来越靠近守门人了，已经到了对方的肩膀边了。现在，他就在士兵背后,靠着墙蠕动着,膝盖甚至能感觉到赤裸的身体散发出的热量,还有那一声声的呼吸。科拉克惊奇地发现,不久前刚有一声警哨传来,但这个愚蠢的家伙竟然毫无反应,呆呆地坐在那里,好像其他人都不存在似的。

科拉克一次只移动一英寸,然后就一动不动地站一会儿。小心缓慢地挪动了一段时间后,士兵突然挺直了身子,张开嘴巴打了个大大的哈欠,接着双臂绕过头顶,伸了个懒腰。科拉克像石头一样僵硬地站着,再走一步,他就能进屋了。黑人放下手臂,全身放松了下来,身后便是门框了,往常,黑人士兵会将昏昏欲睡的脑袋撑在门框上,所以现在他往后靠了靠,准备再偷偷打个盹儿。

但是,脑袋和肩膀没有靠到门上,反倒是碰到了一双带着体温的腿,惊叹还没来得及从嘴唇溢出,他的喉咙就被一双钢铁般的手以迅雷不及掩耳之势掐住了。黑人挣扎着站起身,不停地扭动,企图反击,但徒劳无用。很快,他仿佛被牢牢地钳在铁砧上,动弹不得,连尖叫都发不出了。而掐住他喉咙的手指越掐越紧,黑人的眼睛从眼窝里凸了出来,脸色变得苍白。不久,整个人松松垮垮地耷拉了下来——他得到了最后的解脱。

科拉克把尸体撑在门框上,摆好姿势,好像一个活人正在黑暗中守卫。接着,他转过身,溜进了昏暗的小屋。

"梅林!"他低声说。

"科拉克!我的科拉克!"梅林压低嗓音回答了一声,一方面害怕惊动村里的士兵,另一方面这突如其来的喜悦让她忍不住发出了呜咽。

科拉克跪下,割断了绑住梅林手腕和脚踝的绳索。过了一会儿,他把她扶起来,牵着手,领到门口。阴冷的哨兵尸体仍在外边尽职地守夜，一只满身污秽的土著野狗在一旁哀嚎。看到两个人从棚屋里出来时，野狗发出了一声骇人的咆哮，一刹那，它闻到了那个陌生白人的气味，又发出了一连串兴奋的尖叫。顷刻之间，营火旁士兵们的注意力全被吸引住了，他们把头转向狗叫的方向，清晰地看到了逃犯们白色的脸庞。

科拉克迅速拉着梅林溜进小屋旁的阴影里，但已经太迟了。已经有十几个黑人跑过来探查情况，那只狂吠的野狗紧紧尾随在科拉克脚后跟，将搜寻者准确无误地朝科拉克引了过来。科拉克手里的长矛恶狠狠地刺向那头畜生，但是，这个狡猾的家伙早已习惯了躲避攻击，成了最令人不安的隐患。

其他黑人对于同伴们的奔跑和叫喊也感到一阵惊恐，现在整个村子的人都聚集在街道上协助搜寻。他们首先发现了哨兵的尸体，过了一会儿，搜寻者中最勇敢的一个人走进了小屋，发现囚犯跑了。这使黑人充满了恐惧和愤怒；但是，由于还未了解对手是何方神圣，因此比起恐惧，他们更多的是愤怒。后边的领导者纷纷绕着小屋，沿着野狗吠叫的方向奔去，很快便发现了一个白人战士正带着他们的俘虏逃跑。黑人们立即认出了科拉克——正是多次突袭村子和羞辱自己的敌人，现在他们觉得，那白人一定被逼得走投无路了，于是毫不犹豫地朝着他发起猛烈的进攻。

科拉克发现暴露了之后，立即把梅林扛到肩膀上，奔向村庄出口处的大树。带着她，科拉克无法像往常一样急速飞驰。梅林的脚踝由于长时间的捆绑，血液循环不流通，四肢暂时瘫痪了，此刻连站都站不起来，更别说保持平常穿行的速度了。

若非如此，两人的逃离将会是个小小的壮举：梅林的身手只略逊色于科拉克，如果是在那棵筑有小窝的树上，两人的灵巧敏捷度有的一拼。但是，现在背着梅林的科拉克无法一边有力地奔跑一边战斗,甚至在他还未达到距离大树一半路程时便被追上了,一群土著野狗又引来它们的母狗伴侣,伴着主人们的尖叫呼喊,一窝蜂地全部拥向逃跑中的科拉克,最后成功地绊倒了科拉克。当科拉克跌倒时,这帮野狗凶猛地跳到他的身上,科拉克使劲甩了一下,挣扎着站起,此时,黑人们也到了他的脚边。

有几个黑人制服了手脚乱蹬、疯狂撕咬的梅林——狠狠地在她头上一击。至于科拉克,他们觉得必须采取更严厉的措施。

尽管被野狗和士兵们重重地压在身下,科拉克仍然挣扎着站起来,朝着对手左右脸各来了狠狠一拳——而那些野狗,他毫不放在眼里,出手直捣要害,手腕轻轻一挥,便拧断了它们的脖子。

一个黑人大力士一棍挥来,被科拉克扣住,反身将敌人又是一摔。这个奇怪的白巨人柔软的棕色皮肤下,隐藏着一块块光滑而结实的肌肉,很快,黑人们便体会到了这些肌肉强劲的力量带来的惩罚。科拉克冲到人群中间,气势汹汹、凶猛无比,犹如一头发狂的公象,将那些胆敢与他作对的人打倒在地,现在很明显的是,除非有机会将他打趴,否则他就会击溃整个村庄,夺回战利品。

但是,科沃杜可不会轻易放走梅林,他还等着拿她换回一大袋赎金呢,因此,看到局势变成了士兵们和白人战士的单打独斗,他唤来部落的男子,命他们对付梅林,而原来那两个监视她的人,则转而加入与科拉克的战斗之中。

科拉克一遍又一遍地冲向这些人类壁垒,长矛疯狂地刺去。然而,科拉克也一次又一次被击退,落下好几处严重的伤口,他必须更加小心谨慎了。从头到脚,鲜血几乎染红了全身,最后,随着血液的流失,力量逐渐变弱了,科拉克苦涩地意识到仅凭一己之力根本无法营救他的梅林。

不久，科拉克的脑子里闪过一个念头，他对着梅林大喊，她此刻已经恢复了知觉，能听到声音并做出回应。

"我先走了！"他喊道，"但我会回来的，带你离开这里。再见了，我的梅林，我会再回来找你的！"

"再见！"梅林大喊着回应，"我会一直等你回来！"

在黑人们尚未意识到科拉克的意图前，他如同一道闪电，迅速转身冲过村庄，纵身一跃，便消失在科沃杜村口的那棵大树上，那是他独特的通道。一排排长矛紧随其后，但留给他们的只是一阵从黑暗丛林里传来的嘲笑声。

Chapter 13

瑞典人的诡计

　　梅林再一次被关在科沃杜戒备森严的茅屋里，她看着黑夜过去，新的一天又来了，却一刻也没有等到科拉克归来。但她相信，他一定会回来的，到时他就能轻易地救出自己。对她来说，科拉克无所不能。在她生活的野蛮世界里，他代表了最俊美、最强大、最卓越的动物。她赞美他非凡的能力，爱慕其对自己的温柔体贴。在她的记忆中，没有一个人像科拉克那样，给予她爱和温暖。

　　科拉克童年早期的温和特征，早已被神秘的丛林法则磨平，遗失在激烈的生存斗争中。很多时候，比起温柔善良，他显得更野蛮、更嗜血。即便是对那些野蛮的伙伴们，也没有流露出温柔之情。他会和它们一起打猎，为它们战斗，但这已经足够了。当它们试图抢夺自己狩猎的果实时，他会咆哮，露出凶猛的牙齿，不过野兽同伴们对此也不会感到愤怒——只会更尊重，因为那意味着科拉克不仅能够杀死野兽，而且能够保护获取的猎物。

但是对待梅林，科拉克总是表现出人性温柔的一面。他狩猎主要是为了她，他会将劳动果实带到梅林的脚边，然后蹲在一旁，对着任何胆敢靠近的生物发出凶恶的咆哮，那是为梅林准备的食物，而不是为了自己。当他在阴雨的日子里感到寒冷，或者在长时间的干旱中感到口渴时，首先想到的是梅林的安乐——在她暖和或解渴之后，科拉克才转身解决自己的需求。

最柔软的皮毛散落在梅林优雅的肩膀上，最甜美的香草环绕在她乘凉的树荫下，最松软的毛皮制成了她那丛林中最舒适的睡榻。

是什么让梅林爱上了科拉克？是的，她爱他，可就像妹妹可能会爱上一个对她很好的哥哥一样，她还不知道女人对男人的爱是什么。

现在，梅林躺在那儿等待着，想着科拉克，想着他对自己做的一切，把他和酋长父亲相比较。一想到那个头发花白的老阿拉伯人，她便浑身战栗，即便是野蛮的黑人对她也没有酋长那么严厉。由于听不懂黑人们的语言，她猜不出他们的目的，不知道他们为什么要囚禁自己。她知道丛林里人吃人，也许自己会被吃掉；但是她已经和他们待在一起很长一段时间了，却没有受到任何伤害。她不知道一个信使已经被派往遥远的酋长村庄去索要赎金了。但她和科沃杜都不知道的是，这个信使从未到达目的地——而是落到了詹森和玛尔比恩的旅行队手中，通过土著人的相互交谈，这两个瑞典人的黑人随从得知了信使的任务。

他们很快将消息带给了主人，因此，当信使准备离开营地继续行程时，一把步枪射出的一颗子弹击中了他，他跌落下来，滚进灌木丛中，一命呜呼。

过了一会儿，玛尔比恩回到营地，费了好大劲才让大家相信，他只是对着一只活蹦乱跳的雄性野兽开了一枪，并且还没射中。玛尔比恩知道很多手下对他们心存憎恨，若是公然跟科沃杜的人作对，消息第一时间就会传到酋长的耳朵里。对付那狡猾的老酋长，他们现在不仅枪火不足，还缺乏忠实的追随者。

这段插曲过后，整个营地迎来了狒狒们和白人男孩。那个奇怪的野人，总是与野兽联合起来对抗人类。数个小时，他们的营地就被数百个咆哮尖叫的恶魔包围了，直到最后，凭借高超的技巧以及大量的火药，瑞典人才击退那些暴怒的野兽。

瑞典人手持步枪，击退了许多野兽的进攻。这些袭击由于缺乏有效的领导，如同一盘散沙，远不及凶狠的外表有震慑力。两人多次看见那个皮肤光滑的野蛮人穿行在森林里的狒狒群中，一想到他可能下一秒便会发动袭击，他们便忐忑不安。如果可以，他们会干脆利落地给那人几枪，谁叫他不仅让自己到手的狒狒标本飞了，还引来一大群盛怒的狒狒。

"这家伙肯定还和我们几年前开枪时一样，"玛尔比恩说，"那一次，有只大猩猩陪在旁边。你有好好看看他的样子吗，詹森？"

"有，"詹森回答，"当我向他开枪时，他离我不到五步远。他看上去像是一个聪明的欧洲人，只不过还是个男孩。在他的容貌或神情中，没有任何愚蠢或堕落的表现。在类似的情况下，一些疯子逃进树林里去生活，赤身裸体、满身污秽，往往会被附近的农夫冠以野人的称号。但这家伙完全与众不同——更让人感到害怕。尽管我很想向他开枪，但我更希望他能离开。如果他故意对我们发起进攻，而我们没能在第一时间活捉，那我就不会给他机会了，直接射杀。"

但是，这个白野人并没有再次出现，也没有再领着狒狒们攻击他们，最后，愤怒的野兽们自己游荡到丛林中，营地终于平静了下来。

第二天，玛尔比恩和詹森领着下属出发前往科沃杜的村庄，决心找到那个白人女孩。据信使所说，这名白人女孩被囚禁在科沃杜首领的村庄里。但具体怎么做才能实现目的，他们还不清楚，武力显然不可取，不过必要时他们也会毫不犹豫地暴力抢夺。过去的几年，在许多地区，尽管采用友好或外交手段可以获得更多好处，但他们的队伍总是一贯地横行霸道，以残暴的武力带来了诸多灾难，这导致了现在他们的处境很糟糕，几乎不敢抛头露面。最后当他们终于来到这个偏僻的村庄时，整个队伍人数所剩无几，士气低落。

科沃杜的情况与他们不同，虽然村庄距离北部人口稠密地区很远，但他的威慑力不容小觑。在村里，他保持着公认的主导地位，同时以零零散散的小村庄为牵引，他又与北方的野蛮贵族联系在一起。与他作对可能会让瑞典人得不偿失，难以再回到北方文明之地。西边，酋长的村庄就处在瑞典人的道路上，完全阻碍了前进的步伐。东边，全是陌生的小径；而南边，无路可走。

于是，两个瑞典人来到了科沃杜的村庄后，态度非常友好，每句话仿佛都是来自内心深处的真情实感。

他们计划得很好，一点儿也没有提到白人女孩——假装完全不知道科沃杜囚禁了一个白人女孩。他们和首领交换了些物品，还装模作样地讨价还价，争论谁的物品更有价值，就像一个没有其他心思的商人惯有的行径。毕竟，若是毫无理由地表现出慷慨大方，只会引来猜忌。

在接下来的闲聊中，瑞典人把途经村庄的一些小道消息卖给了科沃杜，作为交换，他们也获得了首领手中一些信息。这些土著人的繁文缛节就跟欧洲人一样，漫长而令人厌烦。科沃杜丝毫未提及村里的那个白人囚犯，只是大方地赠了点礼物，还做了些指引，似乎焦急地希望客人能尽快离开。玛尔比恩在谈话快结束时很随意地提到，酋长已经死了。对此，科沃杜表示非常惊讶，又饶有兴致。

"你不知道吗？"玛尔比恩说道，"真是太奇怪了，就发生在上个月。他的坐骑踩到了一个洞，他就从马上摔了下来，接着那马还压在了他身上，等手下们赶来查看时，酋长已经死了。"

科沃杜挠了挠头，非常失望。酋长死了就意味着白人女孩的赎金也泡汤了。现在她毫无价值了，除非把她当成野兽或伴侣。后一个想法让他眼前一亮，随口朝眼前一只爬来的小甲虫吐了口口水，他打量着玛尔比恩。这些白人很奇怪，他们远离自己的村庄，却没有带女人在身边。他知道这群人应该想要女人，但有多想要呢？——这是困扰科沃杜的一个问题。

"我知道哪里有白人女孩，"他意外地说，"如果你想买她，可以给你便宜些。"

玛尔比恩耸耸肩。"我们遇到的麻烦已经够多了，科沃杜，"他说，"没必要再给自己找个老鼍狗做累赘，而且还要付钱。"玛尔比恩咬着手指，语气嘲讽。

"她很年轻，"科沃杜说，"还很漂亮。"

"在丛林里，不会有漂亮的白人女人，科沃杜，"詹森笑着说，"你可不能这么取笑我这老朋友啊。"

科沃杜跳了起来："来吧，我带你去看看，她就跟我说的一模一样。"

玛尔比恩和詹森站起来，玛尔比恩狡黠地眨了眨眼，和詹森交换了下眼神，然后一起跟着科沃杜去了小屋。在昏暗的屋里，他们看到了一个女人躺在睡垫上的身影。

玛尔比恩瞥了一眼就转过身去。"她一定有一千岁了,科沃杜。"他离开小屋时说。

"她很年轻!"科沃杜喊道,"这里太暗了,你看不清。等会儿,我把她带出来,带到阳光下。"他命令两个看守的士兵将梅林脚踝上的绳子剪开,带她出来让人瞧瞧。

玛尔比恩和詹森不动声色,但是心里十分焦急——不是为了见到女孩,而是为了得到她。他们不关心她是否长了一张毛猴的脸,或是身材像科沃杜那样大腹便便。他们想知道的是,她是不是几年前被人从酋长那里偷走的女孩。如果确实是的话,他们能认出来,甚至如果科沃杜向酋长派遣的信使言辞属实的话,那么她就是他们曾经企图拐走的那个女孩。

当梅林从黑暗的小屋中出来时,这两个人都转过身来,露出一副不感兴趣的样子,望着她。玛尔比恩几乎用尽了力气,才忍住一声惊叫,女孩美得让他窒息;但他立刻恢复了镇静,转向了科沃杜。

"嗯?"他看着老首领。

"她是不是既年轻又漂亮?"科沃杜问道。

"她确实不老,"玛尔比恩回答,"但即便如此,她也会是个累赘。我们从北方来不是为了找妻子的,否则北方就有大把的女人等着挑呢。"

梅林站在那里,径直地望着白人。她没有任何期望——他们在她眼里,跟黑人一样是敌人,她憎恨并惧怕他们所有人。

玛尔比恩用阿拉伯语跟她说话。"我们是朋友,"他说,"你愿意让我们带你离开这里吗?"

梅林慢慢地、模模糊糊地回忆起这曾经熟悉的语言。

"我想要自由,"她说,"然后回到科拉克那里。"

瑞典人的诡计 | 127

128

"你愿意和我们一起走吗?"玛尔比恩坚持问。

"不。"梅林说。

玛尔比恩转向科沃杜:"她不愿意和我们一起走。"

"你是男人,"科沃杜回应,"你就不能强迫她吗?"

"这只会增加我们的麻烦,"玛尔比恩回答,"科沃杜,我们并不想要她;但如果你希望摆脱她,那么出于咱们之间的情谊,我们可以把她带走。"

现在科沃杜知道这笔交易有眉目了,他们想要她,于是他开始讨价还价。最后,瑞典人用六码美洲领土、三个空的黄铜弹壳和一把闪闪发亮的新泽西小刀,从黑人首领那儿换回了梅林。除了梅林以外,几乎所有人都对这笔交易感到满意。

科沃杜附加了一个条件,第二天一早,欧洲人就必须带着这个女孩离开他的村庄。买卖完成后,他才解释道,梅林的野蛮伴侣会竭尽全力来救她,因此,越早离开这片区域,才能把她留得越久。

梅林又被捆绑起来,但这次是在瑞典人的帐篷里。玛尔比恩与她交谈,试图说服她心甘情愿地陪着他们。他告诉她,他们会把她送回她自己的村庄;但是,当他发现梅林宁死也不愿回到老酋长身边时,他向她保证,他们不会把她带到那儿去,事实上,他们也确实没有这个打算。

在和梅林谈话时,玛尔比恩尽情地注视着她美丽的脸庞和轮廓。她身材修长,趋近成熟,曲线玲珑,距离在酋长的村子见到她的那天,已经过了很久很久。多年来,这个女孩对自己而言就相当于一笔巨款酬金,在他的思想里,她只不过是欢乐和奢侈品的化身,用许多法郎便可享受到。

但现在,当她站在他面前,整个人洋溢着青春与活力时,多么诱人啊。他忍不住走近女孩，把手放在了她身上。梅林吓得退缩了。玛尔比恩又一把抓住了她，正准备朝下吻去时，梅林本能地狠狠打了他一拳。恰巧，詹森走进了帐篷。

"玛尔比恩！"他几乎是咆哮着，"你个蠢货！"

玛尔比恩松开手，转向同伴，满脸涨红。

"你到底想干什么？"詹森怒吼，"你想白白扔了获赏的机会吗？如果我们虐待她，不仅连一个铜币都得不到，还会把我们送进监狱受尽折磨。玛尔比恩，你应该比我更明白！"

"我不是一个木讷的人！"玛尔比恩也咆哮道。

"你最好是，"詹森说，"而且必须忍到我们把她安全送达、得到所有奖赏之后。"

"哦，该死！"玛尔比恩叫道，"有什么关系？他们看到她回来会极度兴奋，等我们和她一起到那儿的时候，她也会很高兴，很识相地闭嘴。为什么不呢？"

"因为我说不行！"詹森大吼，"平常我总是让你做决定，但这次必须听我的——因为我是对的，而你错了，这点我们都知道！"

"你这该死的！"玛尔比恩再次咆哮道，"你以为我忘了那旅馆老板的女儿，还有小西莉拉，还有那个黑鬼——"

"闭嘴！"詹森厉声喝道，"这就不够意思了。我不想和你争吵，但是我的天啊，是不是要我杀了你，你才会决心不伤害这个女孩？在过去的九到十年里，我经历了百般折磨，各种苦力，甚至有四十余次差点死去，就只是为了完成落到脚边的任务。但现在，因为你禽兽般的行为，我成功的果实可能会就此失去。我再一次警告你——"他轻拍了一下臀部的枪套里微微晃动的左轮手枪。

玛尔比恩狠狠地瞪了詹森一眼，耸了耸肩，离开帐篷。

詹森转向梅林，说："如果他再来烦你，你就喊我，我一直在附近。"

梅林不明白两人刚才说了什么,因为他们说的是瑞典语;但是刚才詹森用阿拉伯语跟她说的话,她听懂了,并且捕捉到了一丝信息,推测出了两人方才谈话的大致意思。从他们的表情、手势,以及在玛尔比恩离开帐篷之前,詹森最后摸了摸左轮手枪的姿势,都能说明他们争吵的严重性。

现在,梅林想跟詹森结交朋友,她天真地希望他能善心大发,放了自己,让她回到科拉克身边,继续丛林生活。但她注定要失望了,詹森只是粗暴地嘲笑了一番,并告诉她,如果她试图逃走,将会受到方才的待遇,作为惩罚,他不会再救她。

整个晚上,梅林都躺在那里,仔细聆听,希望得到一点科拉克发出的信号。整片丛林都沉浸在黑暗之中。她灵敏的耳朵听到了一些声音,而营地里的其他人毫无察觉——那是黑人们在窃窃私语,但是没有任何一个声音表明科拉克即将出现。她知道他会来的,除非死亡,否则没有什么能够阻止她的科拉克回来找自己。是什么阻碍了他呢?

黑夜没有为她带来科拉克,然而当太阳再度升起时,梅林的信心和忠诚仍然没有动摇,却开始担心科拉克的安危了。可是,她那神通广大的科拉克,可以每日毫发无损地穿过危险丛林的科拉克,怎么可能遭遇巨大的灾难呢?听起来都让人难以置信。

新的一天来了,吃过早餐,撤了营地,两个瑞典人带着臭名昭著的旅行队开始北行,梅林期待的营救再次落空。

一整天,队伍都马不停蹄地行军。下一站,再下一站,在耐心的等候者眼前,科拉克一秒也没有出现过,梅林只能默默地、又一脸严肃地待在俘虏者旁边。

玛尔比恩仍然愁眉苦脸,十分生气,对于詹森的示好也只是简短地应了几声。

他也没有和梅林说话,但有好几次,梅林发现他半闭着眼帘悄悄地注视着自己——眼神贪婪。那副神情使她浑身战栗。她紧紧地搂着盖卡,十分遗憾当她被科沃杜抓走时,刀也被抢走了。

就在第四天,梅林放弃了。她知道,科拉克一定遇到了什么事。他现在不会来了,而这些人很快会把自己带到遥远的地方,也许不久后就会杀了自己。她再也见不到科拉克了。

这一天,瑞典人决定停下来休息,因为走得太快了,所有人都很疲惫。玛尔比恩和詹森从营地出发朝不同方向打猎去了。他们已经走了大约一个小时,这时梅林的帐篷门被掀开了,玛尔比恩走了进来,脸上带着禽兽般的神情。

Chapter 14

陌生人的拯救

梅林睁大眼睛注视着他，像一只被困住的动物，被一条大毒蛇催眠般的凝视吓坏了，呆呆地看着玛尔比恩越走越近。她身上捆着一根古老的奴隶链子，一端绕过脖子，另一端固定在一根深深扎进土里的长桩上，不过瑞典人没有系住她的双手。

慢慢地，梅林一寸一寸地缩到帐篷的另一头。玛尔比恩跟着她，手伸了出来，手指半张，像爪子一样，抓向了她，嘴唇略微分开，呼吸短暂而急促。

梅林想起了詹森说过，只要玛尔比恩骚扰自己就大声呼喊他，但是詹森去丛林打猎了。显然，玛尔比恩挑好了时间。然而，她还是大声尖叫了两次，第三次，玛尔比恩越过了帐篷，用手指残忍地掐住了梅林拼命叫嚷的喉咙。紧接着，像丛林里的战斗一样，梅林用牙齿和指甲与玛尔比恩扭打了起来。玛尔比恩发现这个猎物不容易被征服：那纤细的年轻身体里，圆润的曲线下，精致柔软的皮肤里,有着年轻母狮般的肌肉。但是,玛尔比恩也不是弱者,他的性格和外表一样残忍,肌肉也不例外,身材魁梧,充满力量。他慢慢地把梅林扯回到地上,感觉到她的牙齿或指甲落在自己身上,造成阵阵痛感时,更是狠狠地抽了她几个耳光。梅林不甘地打了回去,但是喉咙上掐着的手指让她呼吸越来越困难,身体也越来越虚弱。

丛林里,詹森捕获了两头雄鹿,他并没有走很远,事实也不允许自己到太远的地方打猎,因为他对玛尔比恩很不放心:玛尔比恩竟然拒绝与他一同打猎,而且选择了另一个方向单独行动。这很反常,让詹森隐隐地有几分不祥的预感,他十分熟悉玛尔比恩的品性,因此,猎到肉后,他立即打道回府,刚好手下们也带回了各自的猎物。

走到半路时,一声尖叫从营地方向隐约传来。他停了下来,凝神听了听,声音重复了两次,接着便是一片沉默。詹森咒骂了一句,快速地跑了起来。他不知道自己是否还来得及,玛尔比恩竟然蠢到跟财富过不去!

在离营地更远的地方,还有另一个人听到了梅林的尖叫,一个陌生男子——那是一名猎人,带着一群圆滑的黑人士兵。他也聚精会神地听了一会儿。毫无疑问,那是一个痛苦的女人发出的声音,因此他也加快了脚步,朝着恐惧声传来的方向跑去;但他比詹森离得更远,所以詹森先到了帐篷。

此刻,詹森那冷酷无情的心里没有丝毫怜悯,有的只是对无赖同伴的满心怒火。梅林还在疯狂地反抗着,玛尔比恩的拳头仍似阵雨般落下。詹森一边对这个昔日的朋友破口大骂,一边冲进了帐篷。玛尔比恩被突如其来的攻击打断了,扔下梅林,转身面对詹森愤怒的袭击,他从臀部抽出一把左轮手枪。几乎同时,詹森也闪电般抽出了手枪,两人同时开火。彼时,詹森正向玛尔比恩走去,被子弹射中后,他停了下来,左轮手枪无力地从手指上掉了下来,但他仍摇摇晃晃地走了一会儿。

玛尔比恩又故意近距离地打了两发子弹到詹森身上。即便是在激动不安、恐惧万分之中,梅林也对这个被击中的人那顽强不屈的生命力感到惊奇。他的眼睛闭着,头垂在胸前,手在面前无力地垂着。然而,他仍然站在那里,努力地蹒跚向前。直到第三颗子弹射入体内,他才脸朝地面直直地倒下去。

接着,玛尔比恩走向詹森,恶狠狠地踹了一脚,又唾骂了一句,然后再次走向梅林。他又一把抓住了她,此时,帐篷的帘子被悄悄掀起一角,一个高大的白人站在帐篷缝隙处。梅林和玛尔比恩都没有看到这个新来的人,玛尔比恩背对着门,身体刚好也挡住了梅林的视线。

陌生人迅速地穿过帐篷,跨过詹森的尸体。就在玛尔比恩以为自己终于可以无所顾忌地为所欲为时,一只手落在了他的肩膀上。玛尔比恩立即转过脸,却看到了一副全然陌生的面孔——一个高个子、黑头发、灰眼睛的陌生人,穿着卡其色军裤,戴着太阳帽。玛尔比恩再次伸手拿枪,但另一只手比他的手更快,一把将武器扔到了帐篷另一头。

"这是在干什么?"陌生人向梅林问道。梅林听不懂,摇摇头,回了几句阿拉伯语。陌生人立刻用阿拉伯语再问了一遍。

"这些人把我从科拉克身边带走了。"梅林解释说,"这个人想伤害我,另一个人刚刚试图阻止他,但是被杀死了。他们都很坏,但这个人最可恶。如果我的科拉克在这里,他会杀了这个恶人。我猜你和他们一样,所以你不会杀了他。"

陌生人笑了。"他该死吗?"他说,"毫无疑问,我应该杀了他,但不是现在。不过,我谅他也不敢再打扰你了。"

他牢牢抓着玛尔比恩,这个瑞典巨人拼命挣扎也无法摆脱。尽管玛尔比恩体形庞大、肌肉发达,但陌生人抓着他就像提着一个小孩一样无比轻松。玛尔比恩开始愤怒地诅咒起来,他拼命撞向来者,换来的是身体被麻花似的拧成一团,并被一只手臂紧紧钳住。玛尔比恩开始大喊,召唤手下们进来杀死这个陌生人。一打奇怪的黑人应声进了帐篷。这也是一群力量强大、干净利落的男人,一点儿也不像那群跟随瑞典人的腌臜下属。

"我们先前也是傻了,"陌生人对玛尔比恩说,"你确实该死,但我不是法律。我现在知道你是谁了,我以前听说过你,你和你的朋友在这里名声可真不好。我们不希望你继续待在我们的国家,这次我放你走,但如果你再敢回来,我就代表法律直接将你制裁。明白了吗?"

玛尔比恩不停地咆哮着,恶声恶气地威胁着,最后还给陌生人起了几个难听的绰号。结果,他得到了变本加厉的震颤,牙齿咯咯作响。那些有所了解的人说,对成年男子最痛苦的惩罚,除了直接伤害,还有一种老式的震颤,令人灵魂战栗。玛尔比恩就受到了这样的震颤。

"现在出去吧,"陌生人说,"下次见到我最好还记得我是谁。"他附在玛尔比恩耳旁说了一个名字——比起殴打,这个名字更有效地制服了那个恶棍。然后陌生人推了一把,瑞典人的身体就跟跟跄跄地穿过帐篷门口,扑在草地上。

"现在,"他转向梅林说,"谁有你脖子上这东西的钥匙?"

梅林指着詹森的尸体,说:"他总是带在身上。"

陌生人搜了尸体上的衣服,找到了钥匙。不一会儿,梅林便自由了。

"你能让我回到我的科拉克那里去吗?"她问。

"我会确保你回到自己的种族那儿,"他回答,"他们是谁,住在哪里?"

他好奇地打量着她那奇怪而野蛮的装束,从她的话中可以看出,她显然是一个阿拉伯女孩,但他从未见过阿拉伯人这般装扮。

"你的种族是什么人?科拉克又是谁?"他再次问道。

"科拉克!科拉克是一只巨猿。我没有什么种族,自从阿哈特当了巨猿之王后,科拉克和我就独自在丛林里生活。"她总是将阿库特叫成阿哈特,因为第一次遇见科拉克和巨猿时,她听到的就是那个发音。"科拉克本可以成为猿王,但他拒绝了。"

陌生人的眼里露出一丝迷惑的神情,他仔细地看着女孩。

"那么科拉克是只巨猿?"他说,"请问您是什么?"

"我是梅林,我也是一只巨猿。"

"嗯——"这是陌生人对这惊人言论的唯一回应,但透过那怜悯的眼光,不难猜出他在想些什么。他走近女孩,慢慢把手放在她的额头上。梅林低低地咆哮了一声,后退了一步。陌生人的嘴角掠过一丝微笑。

"你不用怕我,"他说,"我不会伤害你的。我只是想知道你有没有发烧——如果你确实完全正常的话,我们就可以出发去寻找科拉克了。"

梅林直视着那双锐利的灰色眼睛。她想,这确实是一个彬彬有礼、值得敬佩的人,于是,她允许他把手掌放在自己的额头上,但显然她没有发烧。

"你当猿有多久了?"男人问。

"很多年了,很多年以前,当我还是一个小女孩时,科拉克来了,把我从父亲身边带走了,当时我的父亲总是打骂我。从那时起,我就和科拉克,还有阿哈特一起住在丛林里。"

"科拉克住在丛林里的什么地方?"陌生人问。

梅林用手掌大大地画了一个圈,比画了半个非洲大陆。

"你能找到回他那里的路吗?"

"我不知道,"她回答说,"但他会找到我的。"

"我有一个提议,"陌生人说,"我就住在离这里几个营地远的地方,我先带你回家,让我妻子照顾你,直到我们找到科拉克或科拉克找到我们。如果他能在这儿找到你,那他也就能在我的村子里找到你。不是吗?"

梅林想想似乎有几分道理,但她更希望能够立即回去见到科拉克。而另一方面,陌生人可不想让这个精神错乱的可怜孩子独自在危险丛生的森林里晃荡。他猜不出她从哪里来,或者经历了什么,但所谓的科拉克,以及在猿群中的生活,无非是她那精神混乱的头脑虚构出来的故事罢了。他对丛林很熟悉,知道人可以赤身裸体,独自在野兽群中生活多年,但是一个脆弱而苗条的女孩?不,那完全是不可能的。

他们一起走到外面。玛尔比恩的手下们正在匆匆忙忙地撤营,准备离开。陌生人的黑人随从们正在和他们谈话。玛尔比恩站在远处,怒目而视。此时,陌生人向着自己的一个下属走去。

"看看他们是在哪里找到这个女孩的。"他下令。

黑人立即跑去询问玛尔比恩的一个手下,不久,他回到了主人身边。

"他们从科沃杜那儿买的女孩,"他说,"那家伙只说了这么多。他假装其他的什么都不知道,我想他应该也不知道。这两个白人非常坏,他们做的许多事,那帮手下们估计也不懂。我觉得把另外一个白人也杀了更好。"

"我也希望我能杀了他,但是这片丛林有了新的法律规定,跟过去不一样了,穆威利。"主人回答。

陌生人一直逗留着,直到玛尔比恩和他的旅行队向北部离去,消失在丛林里。梅林现在对这个陌生人有了些信任,站在他的一边,一只纤细的棕色小手紧紧抓着盖卡。两人此刻正在交谈,陌生人对梅林磕磕绊绊的阿拉伯语感到有些疑惑,最后只能把一切都归因于她那心智不全的状态。如果他知道,梅林在被瑞典人带走之前,不知多少年没有说过阿拉伯语了,那他就不难想到,她差不多已经忘了大半的话了。事实上,她如此排斥酋长的语言还有另外的原因,不过连她自己都没有意识到,陌生人就更不可能猜透真相了。

陌生人试图说服她和自己一起回到村庄,但梅林坚持要立即寻找科拉克。对此,陌生人只要使出最后的手段,用武力就可以把她带走,他绝不能让梅林继续处在一种疯疯癫癫的幻想之中;不过,作为一个聪明人,他决定先幽默一下,然后再试着引导她。最终,虽然他自己的庄园几乎是在东边,但整个队伍还是决定向南行军。

不过,途中陌生人慢慢地转变了方向,渐渐地离东边越来越近。他很高兴地注意到,梅林没有发现任何变化,她一点一点地变得更加信任自己了。起初,她是靠直觉来判定这个巨大的白人对自己没有危害,但是随着日子一天天过去,她发现他一如既往的善良体贴,于是梅林内心开始将他和科拉克对比起来,也变得越来越喜欢这个陌生人;不过,她对她的科拉克依旧十分忠诚,没有一丝一毫减弱。

到了第五天,他们突然来到一个大草原上,从森林的边缘,梅林望到了远处的篱笆和许多房子。看到这情景,她惊讶地退了几步。

"我们在哪儿?"她指了指。

"我们找不到科拉克,"那人回答说,"现在既然快到了我的村庄,那么就让我把你带到那儿,让我的妻子好好照顾你,我会派遣手下们去寻找你的科拉克,或者等到他来找你。这样比较好,小家伙。你和我们在一起会更安全,也会更快乐。"

"我害怕,"梅林说,"在你的村庄里,他们会像我的酋长父亲一样打我。让我回到丛林里去吧。科拉克会在那里找到我的,否则,他不会想到要到一个白人的村庄去找我。"

"没有人会打你的,孩子,"那人回答,"我也没有这样做过,不是吗?好啦,这里所有人都得听我的话,他们会善待你的,没人会打你。我的妻子会对你很好,最后科拉克也会来的,因为我会派人去找他。"

梅林摇了摇头:"你的人带不回科拉克,因为他会杀了他们,之前他遇到的人都想要杀他。我害怕,让我走吧。"

"你不知道回去的路,你会迷路的。豹子或狮子会在第一个晚上就抓到你,然后你就再也没法去找你的科拉克了。你和我们待在一起最好不过了,难道我没有把你从坏人手里救出来吗?所以,你就没有欠我点什么?好啦,我们先一起待上几个星期,再决定下一步怎么走对你最好。你还只是一个小女孩——让你独自一人进入丛林太罪恶了。"

梅林笑了:"丛林就是我的父母,比起人类,它对我更仁慈。我不害怕丛林,也不怕豹子或狮子。时间到了,我自然会死。也许会是一头豹子或一头狮子,也有可能是一只比我小拇指末端还要细微的小虫子杀死了我。当狮子向我扑来,或者小虫子叮我时,我会害怕——我会很害怕,我知道;但是,如果我总想着那些还没有发生的可怕事情,那我的生活将会非常悲惨。如果是狮子,那我恐惧一会儿很快就会解脱；但如果是小虫子，我可能会在死前受几天罪。所以我最不怕狮子，而且它又大又吵，我能在听到声音、或是看见它、或是闻到它的气味时，及时逃跑，然而，我随时都可能把手或脚放到一只小虫子上，毫无察觉，直到我感觉到那致命的刺痛。不，我不害怕丛林，我爱它，我宁愿死也不愿永远离开它。但是你的村庄就在丛林的旁边，而你也一直对我很好——嗯，那我决定先照你的意愿，在这里待上一段时间，等着我的科拉克。"

"太好了！"男人说完，便领着梅林朝着一座花盖平房走去，房后是一个井然有序的非洲农场谷仓和外屋。

两人走近时，有十几只狗朝着他们狂吠：一群骨瘦如柴的狼犬、一只巨型的大丹犬、一只敏捷的牧羊犬，还有一群叽叽喳喳的猎狐犬。起初，它们龇牙咧嘴，满脸凶猛，极不友好，但是，当认出了最前面的这一群黑人士兵以及他们背后的白人时，态度就发生了显著的变化。牧羊犬和猎狐犬欣喜若狂，而狼犬和大丹犬在主人归来时并不显得那么欢腾，它们的问候带着一种更高贵的天性。每只犬都嗅了嗅梅林，不过梅林没有一丝害怕。

在闻到梅林衣服上有其他野兽的气味时，狼犬浑身毛发竖立，狺狺狂吠，但是，当她把手放在它们头上，用温柔的声音爱抚般地低语时，狼犬们全都半闭上眼睛，心满意足地向上拱了拱。主人看着它们，笑了，这些野蛮的畜生很少对陌生人如此友好。梅林仿佛以一种微妙的方式，与它们野蛮的心灵产生了共鸣，显得无比亲近。

梅林纤瘦的手指抓着一只狼犬的项圈，轻轻将它拉到自己的一旁，继续朝着平房走去，在走廊上，一个身穿白色衣服的女人正朝着归来的男主人挥手致意。相比见到陌生男人或是野兽，梅林现在眼里的恐惧更甚,她犹豫了一下,转过头去看了男主人一眼。

"这是我的妻子,"他说,"她会很高兴地欢迎你的。"

女主人走到小路上来迎接他们。男主人吻了吻妻子,转向梅林,用阿拉伯语为两人介绍了一番。

"亲爱的,这是梅林。"男主人说完,把自己了解到的丛林流浪故事也告诉了妻子。

梅林看到女主人很漂亮,脸上那甜蜜和善良的神情从未消失过,她不再害怕了。当男主人讲完梅林的故事后,女主人走过来,抱住了她,吻了吻,还唤了一声"可怜的小宝贝"。梅林的小心脏里便泛起了点点涟漪,她把脸埋在这位新朋友的怀里,那多像母亲慈爱的声音啊,自己已经有太多年没有听过了,她甚至不记得那是怎样的一种声音了。她把脸埋在温暖的怀里,哭了起来,眼泪里,有着她自己也无法理解的安心和快乐。

从此,梅林走出了她心爱的丛林,来到了一个充满文化气息的高贵家园中,并唤男、女主人分别为"恩人"和"我亲爱的"。现在,这两个名字对她而言,已经代表了父亲和母亲。一旦消除了恐惧,她便满心都是信任和爱。现在她愿意在这里等着,直到他们找到科拉克,或者科拉克找到她。她一直没有放弃回到科拉克身边的念头——她的科拉克在心里始终排在第一位。

Chapter 15

科拉克与狒狒群

遥远的丛林那头，科拉克满身伤口，鲜血凝固成块，四肢僵硬。此刻他正带着满腔怒火和悲伤，沿着狒狒们的踪迹又转了回来。无论是在上次遇见的地点，还是它们经常出没的区域，他都没有见到那群野兽的踪影，但是，顺着遗留下的一串串惹眼的印迹，他最后还是追上了兽群。当他一眼瞧见狒狒们时，它们正缓慢而坚定地朝南移动，这是一次定期迁徙，缘由可能也只有狒狒们自己清楚。有只狒狒一看到白人战士从狂风中扑来，警告地发出了一声咆哮，整个兽群便停了下来，咕咕哝哝，低声嘶吼，各种声音混杂在一起，许多雄性狒狒拖着脚，绕着圈，围了起来。母狒狒们紧张不安，提高音量，把小崽子们喊到身边，然后一起挪到了雄性领主身后的安全之地。

科拉克朝狒狒王大声呼了起来。那头野兽听到熟悉的声音，开始慢慢地、小心翼翼地拖着脚往前走，它必须得用鼻子好好嗅嗅，才能证实眼睛看到的景象、耳朵听到的声音。科拉克站着，一动不动。贸然前进的话可能会立即引来攻击，或者，狒狒直接就被吓跑了。野生动物往往神经高度紧绷，容易变得歇斯底里，或是疯狂地残杀其他生命，或是胆小地四处逃散。

狒狒王走近科拉克，绕着他转了一圈，越靠越近，一边咕噜咕噜地叫着，一边不停地嗅着。

科拉克开始跟它说起话："我是科拉克，我曾经打开了困住你的铁笼，把你从白人手里救了出来。我是科拉克，是你的朋友。"

"嗯，"狒狒王咕噜了一声，"是的，你是科拉克。我的耳朵和眼睛告诉我你是科拉克，现在我的鼻子又告诉我，你是科拉克。我的嗅觉从来不会出错，那么，我也是你的朋友了，来吧，我们一起打猎。"

"科拉克现在不能去打猎，"科拉克回答，"黑人偷走了梅林，把她拴在他们村子里，不放她走。科拉克独自一人救不出她。之前，科拉克帮你重获自由，现在你能带着你的子民一起营救梅林吗？"

"黑人会扔出很多锋利的棍子，刺穿我的子民，杀了我们。黑人是坏人，如果我们进入他们的村子，他们就会把我们都杀了。"

"白人也有一根棍子，能发出很大的声音，并且能在很远的地方杀人，"科拉克回答，"当科拉克把你从他们的陷阱中救出来时，他们手上就握着那些东西，如果当时科拉克跑开了，那你现在就是白人的俘虏了。"

狒狒王摇摇头。现在狒狒群正将狒狒王和科拉克粗略地围成一圈，蹲坐着，眨巴着眼睛，互相推搡，想找些更有利的位置，偶尔在朽烂的草木堆里抓只美味的小虫子，或是干脆呆呆地望着狒狒王和科拉克。他自称巨猿，但看起来却更像讨人厌的白人。狒狒王看了看它的一些老臣民，似乎在征求意见。

"我们数量太少了。"一只狒狒咕哝。

"山里另一头还有好多狒狒,"另一只建议说,"就跟森林里的树叶一样多。它们也讨厌黑人,而且又喜欢战斗,非常凶猛。我们请它们一起来吧,这样就能杀掉丛林里所有的黑人了。"说完,这只狒狒站了起来,发出可怕的吼声,僵硬的毛发也竖了起来。

"这样说才对。"科拉克大声说,"但我们不需要山里的狒狒。我们自己就够了。把它们叫过来还要花很长时间,梅林可能等不到营救就死了,被吃了!我们得立即动身前往黑人的村庄。如果我们速度快些,不用很久就能到了。然后,我们所有人同时冲进村子里,大声咆哮,那么黑人就会很害怕地逃走。他们走了以后,我们就可以找到梅林,把她带走。我们不需要杀人,也不会被杀死——我只是想救出梅林。"

"我们还是太少了。"老狒狒再次沙哑地说。

"是的,我们太少了。"其他野兽也附和着。

科拉克无法说服它们。狒狒们确实乐意帮助自己,但必须按照它们的方式,寻求山里的野兽亲属或盟友们帮助。最后,科拉克被迫妥协了,他现在所能做的就是催促它们赶快动身。于是,狒狒王带着十几只强大的雄性狒狒与科拉克一同进山,留下狒狒群在后方看守。

确定行程后,狒狒们就变得非常热情,即刻便出发了。野兽们速度极快,不过科拉克毫不费劲地跟上了。当它们穿过树林时,总会故意发出沙沙巨响,试图向前方的敌人表明,有一群狒狒正在靠近。通常情况下,当狒狒们成群结队地游走时,没有哪只丛林动物敢独自前来骚扰。要去往山的另一头,找寻那些狒狒亲属们,路途更为遥远。当树木之间距离甚远时,狒狒们便十分安静地移动,因为这种情况下,狮子和豹子容易窥见丛林间的狒狒群,清晰地

科拉克与狒狒群 | 145

发现只有为数不多的狒狒在行进,因此不会被沙沙作响的噪声所迷惑。

两天内,队伍穿过危机重重的地区,越过茂密的丛林,掠过一片开阔的平原,来到了枝繁叶茂的山坡上。科拉克从未来过这里。对他来说,这是一个全新的国度,眼前的景象不同于以往活动范围内的那片丛林,别有一番风味,令人愉悦。不过,他并不想在这个时候欣赏大自然的美景,因为梅林——他的梅林正处于危险之中。除非女孩成功获救回到他身边,否则科拉克没有心思做其他任何事。

一靠近那片覆盖着山坡的森林,狒狒们走得更慢了,不断地发出一些哀嚎声作为信号,然后又安静地侧耳聆听。最后,从远处隐约传来一个回音。

狒狒们继续沿着森林中声音传来的方向前进,在间歇的寂静中,声音陆陆续续飘了过来。就这样,一边嚎叫,一边倾听,狒狒群离野兽亲戚们越来越近了。科拉克也清晰地感觉到有一大群狒狒们过来了,但是,当科拉克瞧见这个山头的狒狒时,眼前的景象让他大吃一惊。

一只只巨型狒狒穿过丛林里藤蔓缠绕的树枝,像一堵坚实的厚墙,冒了出来,稳稳地爬上最高的山坡,接着,慢慢靠近,并发出奇怪的哀嚎。在它们身后,科拉克目光所及之处,还有一座座庞大的兽墙,掩映在苍翠欲滴的树林中,那是狒狒的同伴们,此刻正紧紧跟随在后边,数目成百上千。科拉克不由自主地想到,若是此时发生点意外,激起这兽群中哪怕一只狒狒的愤怒,他们整个队伍的命运就都不好说了,好在一切安好。

两只兽王按照它们的习性,互相靠近地嗅着,毛发直立。确认完对方的身份后,狒狒王互相挠了挠背,过了一会儿,便交谈了起来。在科拉克的这群狒狒盟友介绍了来意后,科拉克才首次露面,方才则一直藏在树丛后面。看到科拉克,山上的狒狒们激动不已。有一瞬间,科拉克担心自己会被撕成碎片,但他更担心梅林。如果他死了,就不会有人去救她了。

然而,两只狒狒王倒是示意子民们安静下来,并准许科拉克走向前来。慢慢地,山丘上的狒狒们也不断靠近科拉克,在他身上各处嗅来嗅去。当科拉克用狒狒们的语言开口说话时,兽群一下子沸腾了,既惊奇又喜悦,叽叽喳喳地说个不停;在他说话时,又安静地听着。科拉克讲述了关于梅林、关于他们在丛林里生活的故事,在那片森林里,从小猴子到所有的巨猿都是他们的朋友。

"将梅林从我身边抢走的黑人,就不是朋友了,"他说,"他们杀了你们许多同类,但住在低地的狒狒们太少了,不足以对抗那群敌人。不过它们说,你们数量庞大,又勇敢无畏——你们就跟平原上的草丛、森林里的树叶一样多;你们的勇敢就连大象都感到害怕。它们还说,你们一定会乐意随我们一同前去黑人的村庄,惩罚那帮坏人,并帮助我科拉克,救回我的梅林。"

狒狒王挺起胸膛,昂首阔步地走来走去。许多雄性大狒狒也跟着兽王,拖着脚晃来晃去。它们对这个陌生的白人所讲的一番话感到十分受用、内心愉悦。这个人不仅称自己为巨猿,而且会说猿类的语言。

"没错,"一只狒狒说道,"在这片山区,我们是最强大的战士,大象害怕我们,狮子害怕我们,就连豹子也害怕我们。山里的黑人从我们身旁经过时,也得安安分分。我可以跟你们去那片地势较低的黑人村庄。我是大王的第一个孩子,一只雄性狒狒,我一个人就可以将低地的黑人全部杀死。"说完,它骄傲地挺起胸膛,大步流星地来回走动,直到另一只挠着背的同伴发出了声音。

科拉克与狒狒群 | 147

"我是古布，"另一只说，"我的尖牙又长又锋利，曾经埋入不知多少黑人柔软的鲜肉中，我还独自杀死过豹子的姐妹。古布也愿意跟着你们一同前去，将黑人都杀死，连一个收尸的人都不留。"然后，它也一样，在一群母狒狒和小狒狒们钦慕的眼神下，昂首挺胸地走来走去。

科拉克看了一眼狒狒王，带着一丝询问的意味。

"您的子民们都很勇敢，"他说，"但最勇敢的一定是大王。"

这头毛发蓬松的雄性狒狒尚处在力量的鼎盛时期，否则也不可能称王——它凶猛地咆哮了一声，森林里回荡着此起彼伏的嘶吼声。小狒狒们害怕地抓着母亲毛茸茸的脖子。雄性狒狒们情绪激昂，腾空而起，发出一阵阵咆哮，回应着狒狒王。整个场面，气势恢宏。

科拉克走近狒狒王，在它耳边喊道："来吧。"

很快，狒狒王同意了，科拉克立即出发，穿过森林向平原走去。漫漫旅途，这片平原是必经之地，随后才能返回科沃杜村庄。狒狒王跟在身后，依旧不停地咆哮着、尖叫着。一段时间后，它们遇见了那群来自低地的狒狒们，和那成百上千的山地部族一样，野蛮、瘦弱、像狼狗一样渴望着鲜血。

第二天，他们来到了科沃杜的村庄。已经过了晌午，这个赤道边上的村庄暴露在灼热的烈日下，寂静无声。此刻，凶猛强悍的兽群也悄无声息地移动着，除了穿过绿叶成荫的树枝时带起的微风哗啦作响，丛林里一片静谧。

科拉克和两只狒狒王走在前头。在村庄附近，他们停了下来，等着掉队的狒狒们跟上来。现在，万籁俱寂。科拉克悄悄溜到了悬在栅栏上方的大树上，朝身后瞥了一眼，狒狒群紧随其后。时机到了。在漫长的路途中，他一直在警告兽群，不可伤害村子里那个白人囚犯，而其他所有人都是它们的猎物。然后，他仰起头望向天空，发出一声嚎叫。这是信号。

一声令下，三千多头毛发蓬松的雄性狒狒一蹦而起，疯狂地尖叫着冲进村庄，黑人们全都大惊失色，士兵们从各个棚屋里奔出来。母亲们把孩子抱在怀里，朝大门跑去，这时他们看到一群可怕的野兽正如潮水般涌向村里的街道。科沃杜赶紧将手下的士兵们集结起来，连蹦带跳地大喊大叫，鼓舞士气，接着带上锋利的弓箭率先冲向进攻中的兽群。

科拉克率领兽群，带头冲锋。看到这个白皮肤的小伙子指挥着一群凶神恶煞的狒狒，黑人们惊慌失措，恐惧不已，立马坚守阵地，准备用力地把弓箭朝前进的狒狒群射去，但他们甚至还没来得及把箭放到弓上，便浑身一颤，屈服了，开始四处逃散。整个队伍哀嚎不断，黑人士兵们的背上匍匐着一只只狒狒，尖锐的獠牙深深地扎进脖颈儿上柔弱的肌肉中，而兽群中，最凶猛、最嗜血、最令人恐惧的便是科拉克。

一群群黑人惊慌失措地拥到村庄的大门边上，科拉克将这群人留给了自己的狒狒盟友们。他们是死是活，只能仰仗野兽们的怜悯之心了。他急切地向那间屋子走去，那里曾经关着梅林。但此时屋内空无一人！科拉克又在逃亡者中间仔细地观察了一番，确信她也没有被逃亡的黑人带走。

在科拉克的脑海里，现在只有一个解释了——梅林被杀死并被吃掉了，他越来越确信梅林已经死在那里了。于是，科拉克的大脑里涌起了一股血腥的怒火，虎视眈眈地怒视着这群凶手。此刻，他可以听到远处传来了狒狒们的咆哮，混杂着猎物们的各种尖叫，他朝着那个方向走去。当他来到他们身边时，兽群已经开始有些倦怠了，有一撮黑人甚至开始重新抵抗，手中的一节节弓箭，招

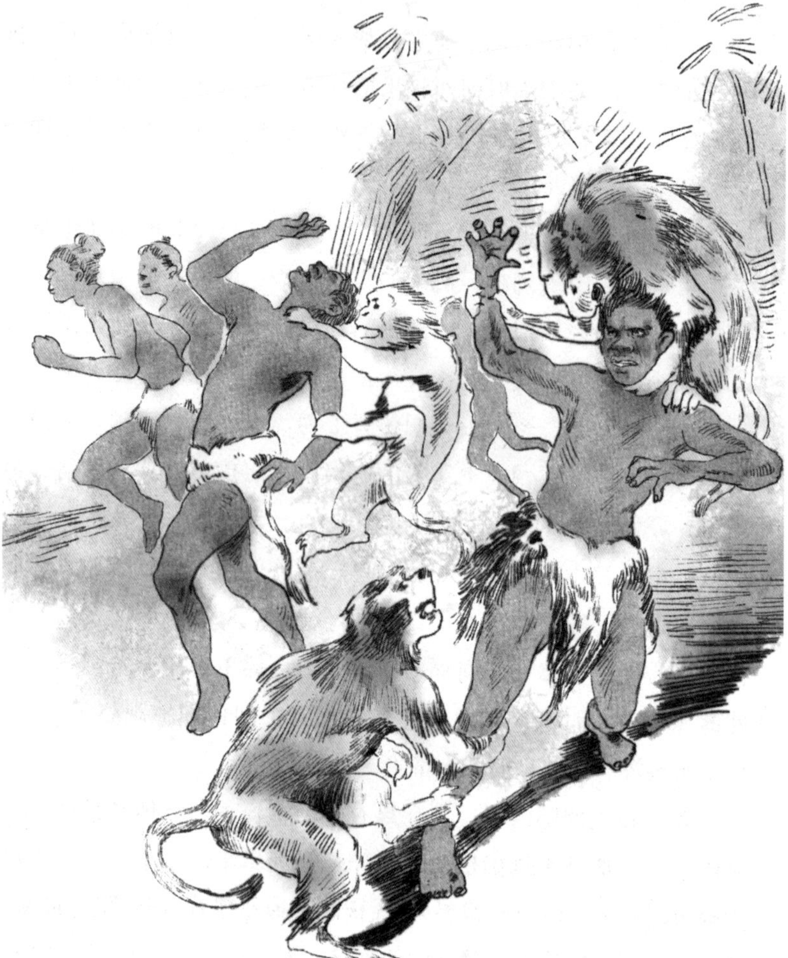

无虚发地落到了那些仍在坚持攻击的雄性狒狒身上。

科拉克从顶上的一棵大树直接跃入人群中——敏捷、冷酷、又令人充满畏惧,他径直扑向科沃杜的野蛮士兵。愤怒已经蒙蔽了他的双眼,但这股凶狠的爆发力也为他提供了保护罩。科拉克像一头受伤的狮子,发疯地四处乱撞,一逮住训练有素的战士,便狠狠砸下钢铁般的拳头,又快又准。一次又一次,他的尖牙不断地埋进敌人的血肉中,他穿行在士兵人潮之中,身手干脆利落,没有任何敌人能成功反击。强悍的战斗力很快就能终结这场战役,而他也在敌人那简单而又迷信的头脑中,留下了不可磨灭的恐惧。

对黑人士兵们来说,这个白人战士总是和巨猿以及凶猛的狒狒们一起行动,总是像野兽一样咆哮怒吼,他根本不是人类。他是森林里的魔鬼——他们得罪了一个可怕又邪恶的上帝,他从森林深处蹦出来,就是为了惩罚他们。带着这种信念,许多士兵放弃了抵抗,因为自己渺小的力量在如此神力面前根本不值一提,所有的反抗都是徒劳。

本可以逃走的人也瘫软了,不管多么无辜,都不得不接受这一场残酷的洗礼,直到最后,科拉克浑身染血,气喘吁吁。他稍微停了一下,准备继续屠杀,而狒狒们聚集在他的周围,有些厌倦了鲜血和厮杀,此刻正筋疲力尽地倒在地上。

远处,科沃杜正在召集零散的部落成员,检查伤亡和损失。仅剩的村民们全都惊魂未定,已经没有任何理由能够说服他们留在这个村子里了,他们甚至连财产也不要了,只想逃跑,远远地逃离那个狠狠攻击他们的恶魔,远远地逃离那被恶魔践踏过的土地。至此,科拉克将那唯一能够帮助他寻找梅林的人赶走了,也切断了自己和她之间仅存的联系。而居住在遥远庄园里的梅林,那个庄园主人眼里的丛林小甜心,也无法再循着这些村民的踪迹回来寻找科拉克了。

第二天早上，哀伤的野人科拉克和他的狒狒盟友们告别了。尽管狒狒们希望科拉克能陪着它们，但他现在对任何群体生活都提不起兴趣了。多年的丛林生活早已使他变得沉默寡言，而现在悲伤又使他更加阴郁深沉，甚至连与脾性暴躁的狒狒们一同生活也无法容忍。

科拉克独自一人，闷闷不乐地走到丛林最深处。当发现狮子饥肠辘辘地待在森林外边时，他转了头，开始沿着地面移动，不久后便来到了黑豹休憩的大树。现在，他有一百个方法、一百种形式可以让自己死去。他脑子里满满的都是关于梅林的回忆，关于那些他们一起度过的快乐时光。他现在全然明白了她对自己而言意味着什么。那张甜美的脸蛋、小麦色的肌肤、柔软的身体，一看到自己回来便露出的灿烂笑容，全都萦绕在心头。

但是，迟钝懒散的生活很快让他感到抓狂。他必须忙起来，必须用劳动和激情来充实日子，这样他就能忘记——这样一到夜晚，他便会疲惫地睡去，忘记所有的痛楚，直到新的一天再次降临。

如果科拉克能猜到梅林可能还活着，那至少他还会抱有希望，可以日日夜夜找寻她，但现在，他潜意识里认为她已经死了。

在漫长的一年里，科拉克过着孤独的流浪生活。偶尔遇见阿库特和它的部落，便会和它们一起打一两天猎；或者去狒狒们居住的山丘，在那里，狒狒们已经自然而然地接纳了他；但最值得一提的是，科拉克与大象的生活——那些丛林里巨大的灰色战舰，是他野蛮世界里的超级无畏战舰。

体形庞大的公象们那温顺平和的性情，母象们谨慎的关怀，小象们笨拙的嬉闹，这一切都逗乐了科拉克，使他饶有兴趣、精力充沛，并暂时忘却了自己的悲伤。他像爱恋巨猿一样，爱上了象群，尤其是一只巨型长牙象——象群之王，一旦有任何挑衅，即便是最轻微的挑衅，这头野兽都会毫不犹豫地对陌生人发动袭击。但对科拉克来说，这头破坏力极大的野兽温和顺从，并且对自己充满了感情。

每当科拉克一呼喊，象王便会出现，摇摆着象鼻来到他身旁，将他高高地卷到脖子上。接着，科拉克便能整个人躺在象背上，用脚指头亲切地踢踢大象厚实的外皮，或是接过大象从附近树上摘来的树枝，然后用上面茂密的叶子，为这个壮硕的朋友将苍蝇从大耳朵里扫走。

而梅林，还远在千里之外。

Chapter 16
女孩的新生活

对梅林来说,在新家的日子过得飞快。一开始,她焦急地想要返回丛林去寻找她的科拉克。为了安抚女孩,她的恩人当即派遣了一队黑人手下前往科沃杜的村庄。当然,这支小队还肩负额外的使命,调查那个黑人首领如何抓到梅林,以及除此之外,梅林还经历过些什么。不过,他特别嘱咐领头人,一定要向科沃杜详细询问关于梅林口中的科拉克,只要有一丝蛛丝马迹证明那只奇怪的人猿真的存在,立马展开搜寻。

但他几乎认定,所谓的科拉克不过是梅林胡思乱想虚构出来的东西。他确信,梅林在黑人们手中历尽折磨,受到万般惊吓,又在瑞典人那里遭受了令人毛骨悚然的事儿,这一切使得她精神紊乱。但随着日子一天天过去,他对梅林越来越了解,在自己安静的非洲庄园里,他仔细地观察了她的各种自然行为,不得不承认,他对她所说的故事越来越困惑了,因为梅林的一切表现都说明,她是一个正常人。

　　主人的妻子，梅林称她为"我亲爱的"，那是缘于第一次见面时听到"恩人"如此称呼她。这位"我亲爱的"一想到梅林曾经凄凉无助、孤苦无依，便对这个丛林小流浪儿极为关心，但是渐渐地，她越来越喜爱梅林，梅林性情开朗，举手投足中充满了自然魅力。而梅林同样被这个温文尔雅的女人的关心所打动，她毫不吝啬地回报了自己的感情。

　　因此，当梅林等待着那支派遣的小队从科沃杜的村庄归来时，日子就这样飞快地溜走了。她整日和孤单落寞的"我亲爱的"做伴，不知不觉，那不识字的小脑袋瓜接纳了许多女主人潜移默化传授的知识，日子对她来说，稍纵即逝。很快，女主人开始教她英语，循循善诱，丝毫不像一项强加于生活的任务。"我亲爱的"还改变了缝纫和礼仪的授课方式，让梅林完全以为两人只是在玩耍，这样做并非难事，因为梅林本身也对这些新东西充满热情。接着，"我亲爱的"又准备了许多漂亮衣裳，准备将梅林身上那套单一的豹皮换下，她发现这孩子跟其他受过文明教育的姑娘们一样，对新衣服兴趣浓厚。

　　在出行小队返回前，又一个月过去了。一个月来，这个半裸又野蛮的小白人已经变成了一位举止优雅的小姑娘，可以说，身上弥漫着一丝文明气息。此外，梅林的"恩人"和"我亲爱的"在梅林进入庄园一两天后，便决定让她学习英语，于是，两人不再跟她用阿拉伯语交谈，因此即便是复杂的英语，梅林也进步神速。

　　探寻小队回来了，但领头人的报告却让梅林闷闷不乐了好长时间，沮丧不已。他们发现科沃杜的村庄早已荒废了，即便竭尽全力搜寻，也没有在附近任何地区发现一个土著人的踪迹。甚至他一度在村庄附近扎营，花费数日在近郊全面打探，仍旧没有科

女孩的新生活 | 155

拉克的任何消息。他没有看见人猿,也没有瞧见任何巨猿。一开始,梅林坚持要亲自去寻找科拉克,不过梅林的"恩人"说服了她,让她耐心等待,他向她保证,只要自己一得空,立刻亲自出发前去寻找科拉克。最后,梅林同意满足"恩人"的愿望,继续留下,但往后的数日,她几乎每时每刻都在思念着科拉克,黯然神伤。

看着郁郁寡欢的女孩,"我亲爱的"也心疼不已,她尽心尽力地鼓励并安慰她说,如果科拉克还活着,一定会找到梅林。不过,她心里一直认为,科拉克从来不曾真实存在过,他只是女孩的一个梦。最后,"我亲爱的"决定策划一些娱乐活动,分散梅林的注意,好转移那些悲伤的情绪。她精心举办了一场活动,促使梅林开始对文明世界里的各种生活习俗充满兴趣。"我亲爱的"很快便发现,这一点儿都不是难事,在梅林表现出的野性之下,明显隐藏着一颗天生精致的心——高雅细腻的品位和爱好,一点儿也不输自己。

"我亲爱的"喜笑颜开,她一直孤孤单单,因此,对这个陌生的小女孩,她几乎倾注了全部的母爱。弹指之间,一年就要过去了,这时已经没有人能够猜到,梅林曾经生活在文化繁荣的世界之外。

时光飞逝,梅林现在十六岁了,再一眨眼,说不定就十九岁了。她的容貌极其动人,黑色的头发、小麦色的皮肤,浑身洋溢着健康活力,纯洁无瑕。然而,虽然梅林不曾再向"我亲爱的"说起,但她心里仍然埋藏着一个悲伤的秘密。她还是无时无刻不在回忆着科拉克,那叫嚣着想再见到他的渴望,多么热切啊!

梅林现在不仅能够流利地使用英语交谈,读和写也不在话下。有一天,"我亲爱的"想开个玩笑,便用法语和她交流,出人意料的是,梅林竟然也用法语回应——尽管语速缓慢,断断续续;但那无论如何,确实是法语,像小孩子们会说的一些法语。从此以后,他们每天都讲一点法语,"我亲爱的"时常惊奇地发现,梅林学习法语的天赋极高,甚至有些不可思议。起初,梅林总会皱起小眉头,似乎在努力地回忆新单词的意思,然后在怎么也想不起来时,却突然使用了课程外的其他法语单词——用得恰到好处,发音甚至比英国妇女"我亲爱的"还要完美,这不仅使她的老师震惊万分,连梅林自己也不得其解。但是,虽然她的法语口语极好,但阅读和写作却一窍不通。因此,"我亲爱的"认为梅林最重要的是先掌握好标准的英语,而法语口语等稍后再学习。

"毫无疑问,你一定曾经在你父亲的村庄里听到过法语。""我亲爱的"推测,这是最合理的解释了。

梅林摇了摇头:"这也有可能,但是,我不记得有在父亲的村庄里见到过法国人——他极其讨厌法国人,不会与他们有任何交集。而且,我非常肯定,我从来没有听过这些话,但同时我又对它们很熟悉。我也不知道这是怎么一回事。"

"我也不明白。""我亲爱的"说。

就在这个时候,一名送信者带来了一封信。当梅林读完信时,整个人变得兴高采烈,有客人要来了!一些英国女士和先生们已经接受了"我亲爱的"的邀请,将在接下来的一个月里和他们一起打猎。梅林开始翘首以盼:这些陌生人会是什么样子呢?他们会像"恩人"和"我亲爱的"那样对她好吗?还是他们会像她所知道的其他白人一样残酷无情呢?

"我亲爱的"向梅林保证,这些人都温文尔雅,她会发现他们善良、体贴、可亲可敬。令"我亲爱的"惊讶的是,梅林虽然对陌生人进行了各种设想,但整个人却毫无一丝胆怯。

梅林充满好奇地期待着客人们的到来,当她确信他们不会咬自己时,更是满心喜悦。事实上,她的表现和其他年轻的漂亮姑娘没什么不同,对于即将到的来同伴们,总会心生期待。

科拉克的形象仍然时常在梅林的脑海中出现,但现在,那种丧失亲人的痛感对她而言,不那么清晰了。虽然每当梅林想起他时,仍旧弥漫着一股悲伤的气息,不过,梅林年少时品尝的那种鲜明的丧亲之痛,并未让她就此绝望。她依旧对科拉克一片赤诚,仍然希望着,有一天他能找到自己,她完全相信,只要科拉克还活着,就一定在不停地寻找自己。但也正是最后这个念头,激起了她内心深处最大的不安——科拉克可能死了。可是,一个能力非凡、能够应付丛林中各种险境的人,怎么可能如此年轻就消亡了呢?这几乎不可能。然而,她最后一次见到科拉克时,他正被一群全副武装的士兵所包围,如果他再次回到村子里——他一定回去了,那么他可能已经被杀死了。即便是她的科拉克也不能单枪匹马地消灭整个部落。

最后,客人们来了,有三个男人和两个女人——两个较为年长的男人和他们的妻子,最年轻的一名成员是莫里森·贝恩斯阁下,一个相当富有的年轻人。他几乎体验了欧洲各国首都所能提供的一切乐趣,现在更是极为兴奋地抓住机会,来到另一片大陆寻求刺激和冒险。

这个年轻人看不起欧洲以外的所有东西,但也不反对享受这些奇怪地区带来的新奇感。在这里,他将大部分的陌生人都看作土著。若是在欧洲,这些人简直让他难以启齿,但在这里,莫里森举止文雅,对所有人都彬彬有礼——甚至,相较于为数不多他在精神上承认平等的人,他对于自己所认为的卑贱之人,更多了几分小心谨慎。

上天赋予了他一副健美的体格、一张英俊的面孔以及足够的判断力。他知道大众对自己完美的外貌充满迷恋,他极为享受这种优越感,但同时又清醒理智,不会轻易被别人的外表所蛊惑。

因此，他很容易维护了自己的名声，一个"最民主、最受人喜爱的人"，而他也确实讨人喜欢。偶尔，自尊自大的迹象也会显露无遗——但并不足以成为负担。简而言之，这就是莫里森·贝恩斯阁下，生活在繁荣的欧洲文明之中。而此刻，生活在非洲中部的他又将是怎样一个人，实在令人难以猜测。

起初，梅林见到这群陌生人时，显得十分害羞和矜持。而她的"恩人"，又显然认为女孩那奇怪的遭遇无须提及，于是，在主人们有意规避之下，客人们并未询问梅林过去的经历。很快，他们便发现梅林甜美谦逊、活泼可爱，还能源源不断地讲述许多离奇古怪的丛林故事。

在那段与"恩人"和"我亲爱的"共同生活的时光里，梅林也曾到过许多地方。她知道河边水牛们最爱的每一丛芦苇；她知道十几处狮子的巢穴，以及大河25英里开外、那座干旱村庄里的每一个饮水孔；她能准确无误、甚至极为不可思议地追踪到最凶猛或最弱小野兽的藏身之处。但是，最让"恩人"他们感到困惑的是，一有食肉性动物出现，她立马便能察觉，而其他人，即便竭尽全力，调动所有感官，都听不见或瞧不着一丝一毫。

莫里森·贝恩斯阁下开始觉得梅林堪称最美丽、最迷人的伙伴，从见到她的第一眼起，便心生好感。这种感觉如此真切，而此前，他从未想过，自己能在伦敦朋友的非洲庄园里有这般美丽的邂逅。两人是目前所有年轻人中尚未成婚的，所以他们在一起很开心。梅林甚少接触到如莫里森这般的人物，很快便被他迷住了。莫里森讲述了许多宏伟绚丽的城市故事，这些他早已了如指掌，却让梅林啧啧称奇。无论何时，莫里森阁下总在故事中炫耀自己非凡的能力，梅林很快就发现了一个现象，男人出现在故事中总会自然而然带来一种局面——无论在哪个故事里，莫里森都是一

女孩的新生活 | 159

个英雄，梅林也开始这样认为。

年轻的英国人真真切切的陪伴相处，使得梅林记忆中科拉克的身影渐渐模糊起来，她开始意识到，科拉克似乎只存在于自己的记忆之中。虽然对于那段记忆，她依旧忠贞不渝，但是，一段记忆又有什么分量影响这精彩纷呈的现实世界？

自从宾客们来了以后，梅林就不再跟男人们一起出去打猎了，也不再热衷于杀戮。她喜欢追踪动物们留下的足迹，但纯粹地为了杀戮而杀戮，再也无法令她感受到一丝乐趣——可当初的小野人多么乐在其中啊！曾经，当主人出去打猎时，她便满腔热情地陪在一旁，但是随着伦敦客人们的到来，狩猎已经演变成了纯粹的杀戮。主人们虽然尚未进行屠杀，但打猎不再是为了食物，而是为了动物们的头颅和毛皮。

于是，梅林选择留在庄园，与"我亲爱的"在阴凉的走廊上一起度过闲暇时光，偶尔，她也骑着自己最喜欢的小马驹，穿过平原，来到森林边缘。在这里，她会放任小马驹自由地奔跑，然后顺从自己的本性爬到树上，去感受那一刻回归丛林的纯真快乐，去感受丛林生活的自由自在。

接着，科拉克的影子又会再次冒出来。她不停地在树林之间游来荡去，奔跑跳跃，累了时就找根粗壮的树枝，舒舒服服地躺下去，伸个懒腰，再安然入梦。不久，她梦见科拉克慢慢溶化了，融入了另一个人的身体里；一个皮肤小麦色、浑身半裸的白人变成了一个穿着卡其色军裤的英国人，骑着一匹狩猎的小马。

正当梅林酣睡时，远处隐约传来了阵阵声响，那是一只小山羊发出的惊叫。梅林立刻警觉，她知道是有肉食性动物正在接近反刍动物，而后者已经逃无可逃了，只剩下恐惧。

无论什么时候，只要有可能，科拉克便会去抢夺狮子的猎物，那既是一种乐趣,也是一种运动,而梅林也常常喜欢从野兽之王的嘴里抢来一些美味佳肴。现在,听着小山羊的哭嚎,所有曾经铭刻的记忆都重新浮现,她立刻兴奋起来,再次玩起了躲猫猫的游戏。

梅林快速地解开了骑马裙,扔到一旁——那是在树林间快速穿梭的一大障碍。靴子和长筒袜也丢在裙子一侧,靴子的硬皮革踩在干燥或是潮湿的树皮上时,容易打滑,而人类赤脚便不会。她本想将马裤也一并扔掉,但"我亲爱的"那母亲般的训诫已经使梅林确信,赤身裸体地在世上游走并不可取。

梅林臀部还挂着一把猎刀,步枪还在小马驹的鬐甲上,而左轮手枪并没有带出门来。

当梅林快速地朝着小山羊的方向前进时,它仍在不停地咩咩哀鸣,梅林知道自己正径直奔向一个水洞,那个水洞曾经是出名的狮子聚集地。近来,这个水洞附近已经许久没有出现肉食性动物的踪迹了,但梅林确信,小山羊的"咩咩"声一定是由于狮子或豹子的出现造成的。

梅林正在快速接近那只吓坏了的小动物,很快就能知道发生了什么事。她一边加速前进,一边困惑不解,声音总是从同一个地方传来。为什么小山羊没有跑掉?紧接着,她看见了那只小动物,便明白了,小山羊被拴在水坑旁边的桩子上了。

梅林停在一棵附近的树枝上,用锐利的目光扫视周围的空地。猎人在什么地方?"恩人"和他的人不会采用这种方式打猎。谁会把这只可怜的小畜生拴在这里,引诱狮子?在"恩人"的国度,他从不支持这样的行为,他的话对庄园方圆几英里内的猎人而言,就相当于法律。

梅林心想,毫无疑问,这定是一些游荡的野人干的,但他们

女孩的新生活 | 161

在哪儿？连她那双敏锐的眼睛也没有发现踪影。狮子又在哪儿？为什么它没有立刻扑上来吃掉这可口美味、又毫无反抗的小点心呢？它一定就在附近，否则小山羊不会如此哀号。啊！现在，她瞧见了，它正躺在离她右边几码远的灌木丛中。小山羊处在顺风方向，微风将狮子那令人恐惧的气息一股脑儿全吹了过去，因此，梅林没有嗅到一丝气味。

如果绕到空地的另一边，到达小山羊身旁的那棵大树上，然后迅速跳到小动物一侧，割断拴住它的绳子，整个过程可能只需几秒钟。但在那一刻，狮子可能会发动攻击，那么重新撤回树上的时间就非常紧迫了，但仍然可以做到。而且与以往相比，梅林现在能够从距离更近的地点蹿出。

但是梅林犹豫了一下，并不是因为害怕狮子，而是顾忌到那些看不见的猎人。如果他们是陌生的黑人，那么原本准备好对付狮子的弓箭，将会毫不留情地射到胆敢释放诱饵的人身上。小山羊又继续挣扎了起来，再一次，它那可怜的哀嚎触动了梅林柔软的心弦，她把谨慎抛到一边，开始绕着空地打转，小心翼翼地隐藏自己的行踪，只防备狮子一个敌人，最后，她终于到达了对面的树林。顿了一下，梅林朝那头大狮子看了一眼，就在这时，她看到那头巨兽正慢慢地站了起来，发出一声低沉的吼叫。它已经摩拳擦掌，准备就绪了。

梅林抽出猎刀，跳到了地上，疾步如飞地奔到小山羊身边。这时，狮子看见了她，它猛地甩了一下茶色尾巴，发出一声令人心惊肉跳的怒吼，但是，下一秒，野兽却依旧待在原地——毫无疑问，它因为这个毫无预兆从森林里冒出来的奇怪精灵而惊呆了。

另外一双惊讶万分的眼睛也在注视着梅林，程度丝毫不亚于这头野兽。一名白人男子躲在一棵荆棘树中，当看到梅林跳到空地上,朝小山羊冲去时,他不由自主地半站了起来。瞧见狮子犹豫了几秒,他立即将步枪瞄准野兽的胸脯。

梅林已经到达小山羊一侧了,猎刀一闪,绳索断裂,小俘虏自由了。它轻轻地咩叫了一声作为告别,便冲进丛林。随后,梅林转身,迅速朝大树撤退。她正是从那棵树一跃而下,突如其来地进入狮子、小山羊和陌生男人惊异的视线之中。

当梅林转过身时,脸庞完全朝向了猎人。看到梅林的容貌,猎人睁大了眼睛,呼吸微微有些急促,但现在必须先集中精力对付狮子——那头愤怒的野兽,此刻正开始疯狂地进击。猎人的步枪仍然一动不动地瞄准野兽的胸口,他本可以立即开火,遏止野兽的袭击,但不知为何,看到了梅林的脸,他犹豫了。难道他不愿意救她吗?或者,是否有可能,他更不愿意被梅林看见?一定是后面这个原因,才使得那稳稳扣住扳机的手指,不能再施加哪怕一点点力道,否则的话,巨兽至少会被迫暂时停滞下来。

这个男人就像一只鹰,观看了梅林创造的一场生命竞赛。一秒、两秒,从狮子发起冲锋的那一刻起,整个激动人心的时刻就开始了。步枪依旧时刻瞄准野兽的胸部,并随之移动,现在狮子略微向男人的左侧靠近了一些。在最后一刻,看见梅林似乎已经难以躲闪,猎人扣在扳机上的手指一点点收紧,就在电光石火之间,她纵身一跳,紧紧抓住一根悬垂的树枝,狮子也紧跟着一跃而起。然而,梅林敏捷地一荡,晃到了野兽的触及范围之外,时间距离正正好,多一秒太多,少一寸太少。

猎人放下步枪,松了一口气。接着,他看见梅林朝那头咬牙切齿、愤怒咆哮的吃人野兽抛了个鬼脸,笑着跑到森林里去了。随后,狮子在水洞边又逗留了整整一小时,而猎人也有一百次机会能将猎物捕获。为什么他没有那样做?他是不是担心枪声会将

女孩的新生活 | 163

梅林再度引来?

最后,狮子一边愤怒地咆哮,一边威风凛凛地大步走进丛林。这时,猎人才从防护地里爬了出来,半小时后,回到一个隐蔽在森林里的小营地。屈指可数的几个黑人手下阴沉着脸,他冷漠地向手下打了声招呼。身量高大、满脸黄色络腮胡子的猎人进入帐篷,半小时后,剃光了胡须,脸面光滑。

黑人们惊讶地看着他。

"你们还认识我吗?"猎人问。

"只有那讨你烦的鬣狗才不认得你,先生。"一个人回答。

猎人立刻朝这个黑人脸上重重挥了一拳,不过黑人闪身躲开了,显然这个冒失鬼常常躲避这类突然的攻击。

Chapter 17
莫里森的心思

梅林欢快地唱着歌，慢慢回到了那棵扔着裙子、鞋子和袜子的树上。但是，当梅林看到树上的景象时，歌声戛然而止，在那里，有一群狒狒正拉扯着自己的衣裳玩耍，玩得淋漓尽致。野兽们看到梅林，一点儿也不害怕，反而露出獠牙，朝着她嘶吼咆哮。那么独自一人的梅林，是否会胆怯退缩呢？不会，绝对不会。

森林之外的开阔平原上，猎人们结束了一天的行程后，正集合返回。先前为了引诱草原上一头漫步返回巢穴的狮子，所有人都分开行动。莫里森骑着马，奔到森林最外缘，眼睛四下扫视着地面上参差不齐的灌木丛，突然瞧见了平原边际，一只动物身形一闪，跃进了浓密的丛林之中。

朝着这一动静的方向，莫里森勒住缰绳，但他那从未受过训练的眼睛实在难以看清远处的野兽，于是，他往前靠近了些。那是一匹小马驹，背上还套着一块马鞍，正准备沿着自己来时的路径奔驰回去。莫里森又骑得近了些。是的,这只动物竟然被人装上了马鞍。再一次地,他骑得更近了,眼里不自觉地流露出了兴奋又期待的神色,那是梅林最喜欢的小马驹!

他立刻纵马飞奔到动物身边,梅林一定在树林里。一想到柔弱的女孩,没有受到任何保护,孤身一人地待在丛林里,莫里森便吓得浑身哆嗦,对他来说,这是一处可怕之地,处处潜伏着死亡。他下了马,把马匹与梅林的小马驹留在一起,走进了丛林。他知道,梅林应该还很安全,于是打算出其不意地出现,给她个惊喜。

莫里森走了一小段路,来到树林里,忽然附近一棵树上传来叽叽喳喳的声音,他走近了些,是一群狒狒在对什么东西嗥叫。莫里森目不转睛地看着,有一只抓着一个女人的骑马裙,其他野兽纷纷拧着、扯着靴子和长筒袜。他的心跳几乎骤然停息,自然而然地对眼前一幕做了最可怕的设想——狒狒们杀死了梅林,并从她身上剥去了这些衣服。莫里森颤抖不已。

他正要大声叫喊,希望梅林还活着,突然看见另一棵树上出现了梅林的身影,与狒狒们盘踞的大树离得很近,现在莫里森更明晰了,野兽是在对着梅林叽叽喳喳地吼叫。令他吃惊的是,梅林像巨猿一样,纵身一跃,跳到巨兽们下方的树枝上,最后停在一处枝杈上,距最近的狒狒仅有几英尺远。莫里森正要举起步枪,射穿这些即将扑向女孩的丑陋怪物,突然,他听到了梅林开口说话。一下子,他惊得差点丢了步枪,从梅林的嘴里发出了一阵奇怪的叽叽喳喳,和巨猿的叫声一模一样。

狒狒们停止了咆哮,侧耳听着。显然,它们和莫里森一样惊讶万分,开始慢慢地、一个一个地走近梅林。梅林面不改色,一点儿也不畏惧这群野兽。现在,狒狒们全部围住了她,莫里森不敢贸然开枪了,否则很可能误伤梅林,不过他也确实不打算开火了,而是满心好奇地看着眼前这一幕。

梅林不停地在跟狒狒们交谈,一直说了好几分钟,接着,野兽们便欣然地将手中的衣物全部还给了她。在梅林穿好衣裳、套上靴子后,狒狒们仍然热情地围在她身边,叽叽喳喳地与她说个不停。莫里森坐在一棵树下,擦着额头渗出的冷汗,又站起身,回到了坐骑上。

几分钟后,梅林从森林里走了出来,发现了外边的莫里森。此刻莫里森正睁大了眼睛注视着她,带着一丝惊奇和恐惧。

"我看见你的马在这儿,"他解释道,"我想着等你一起回家——你不介意吧?"

"当然不会,"她回答,"挺好的。"

当两人骑着马穿过平原时,莫里森不时地看着梅林熟悉的轮廓,想知道眼睛是否欺骗了自己,如此天真可爱的女孩怎会和稀奇古怪的野兽结伴,甚至与它们交谈时就像和自己说话一样流利顺畅。这实在太不可思议了——根本不可能!可是他却亲眼看见了。

同时,另一个念头一直萦绕在他的脑海里:她看起来美丽动人,令人向往,但是,他还了解她什么呢?也许那对她而言,并非完全不可能?他刚才看到的那一幕,就足以证明她能够做到。一个女人能够爬上树和丛林中的狒狒交谈!真令人不寒而栗!

莫里森又擦了擦额头,梅林朝他瞥了一眼。

"你很热,"她说,"现在太阳落山了,我觉得很凉爽,你为什么倒出汗了?"

莫里森并不想让梅林知道自己看到她和狒狒们在一起攀谈,但突然间,他甚至还没意识到自己说了什么,话已经脱口而出。

"我出汗是因为激动,"他说,"当我发现你的小马驹时,便走进了丛林,想给你个惊喜,没想到看见你和狒狒们一起待在树上,这太令我惊讶了。"

"是吗?"她面容平静,仿佛一个年轻的女孩和丛林野兽亲密接触不过是件无关紧要的小事。

"这太可怕了!"莫里森脱口而出。

"可怕?"梅林皱着眉,迷惑不解,"这有什么可怕的?它们是我的朋友。和朋友聊天很可怕吗?"

"那么,你真的是在和它们说话?"莫里森惊呼,"你理解它们,而它们也听得懂你的话?"

"当然。"

"但它们是可怕的生物——低级的野兽。你怎么会说野兽的语言?"

"它们不可怕,也不低级,"梅林回答,"朋友从不可怕,更谈不上低级。我和它们一起生活了很多年,直到'恩人'找到了我,带我回庄园。那时,除了猿语,我几乎不会说其他话。难道就因为我现在与人类生活在一起,就要拒绝它们吗?"

"你看看现在的生活!"莫里森脱口而出,"你的意思不会是想再回去与它们一起过日子吧?好吧,看看,我们到底在胡说些什么呀!竟然有这种想法!你在骗我呢,梅林小姐。你对这些狒狒很好,它们认识你,也不会攻击你,你曾经还和它们一起生活过——不,那太荒谬了。"

"但我真的那样生活过。"梅林坚持。她看见莫里森听到这一说法时,言语举止间透露出无所遁形的恐惧,突然更想再来一剂猛料,"是的,我几乎赤身裸体地与各种巨猿生活在一起,住在树林里,逮住机会捕食弱小的猎物,然后吃了它——生吃。我和科拉克,还有阿哈特一起追捕羚羊和野猪,有时,我会坐在树杈上,对着狮子做鬼脸，故意扔些棍子激怒它，看着狮子愤怒地吼叫起来，直吼得大地都颤动了几下。"

"科拉克在一根粗壮的大树枝杈之间，为我高高地搭了一个小窝。他还会给我找来水果和肉，为我而战，对我非常好——在我遇见'恩人'和'我亲爱的'之前，没有人比科拉克对我更好。"梅林的声音充满感伤，甚至忘了自己正在逗弄莫里森，她想起了科拉克，为什么他还迟迟不来？

一时间，两人都沉浸在自己的思绪中，默默地朝着主人们的平房走去。梅林在想着一个天神一般的人——一块豹皮半掩着那光滑的棕色皮肤，他敏捷地跳跃着穿过树林，一次又一次成功狩猎归来，将食物带到自己面前。在他身后，摇摇晃晃地跟着一只蓬松健壮的巨猿，而她，总会笑着等在阴凉的小窝入口处，大声地欢迎他们回来。她每次回忆起来，这一切就像一幅优美的画卷。而另外一些场景却甚少出现在记忆中：漫长、寒冷、可怕的丛林之夜，冰冷、潮湿、难熬的阴雨季节；还有阴郁的黑暗中，野蛮的肉食性动物潜行徘徊，露出一张张丑恶的嘴脸；黑豹、大蛇无止境的威吓，还有蜇人的昆虫、令人憎恶的害虫。事实上，所有这些令人不悦的画面都抵不过阳光灿烂的幸福时光，抵不过自由自在的日子，最重要的是，抵不过科拉克的陪伴。

而莫里森此刻头脑十分混乱，他想到自己对梅林一见钟情，甚至想要让她冠上自己光荣无比的姓氏了。但除了方才她主动透露的一小部分过往，他对她一无所知。他一直觉得，能得到他的爱就意味着无上荣耀啊——他的姓氏会自然而然地冠在女孩身上，将带她进入自己高贵的社会阶层。

可一个曾经和猿类密切接触过的女孩，据其所言，几乎是赤身裸体地生活在野兽之间的女孩，可能无法理解自己的美好品质，也未必明白什么叫爱情，所以卑鄙地占有她，不仅不会冒犯她，甚至可能会给予她所希望或期待的一切。

莫里森越是这样想，越觉得自己的行为是充满骑士风度的。他相信，在伦敦的豪华公寓里，梅林一定会过得更幸福，而自己的爱情与银行账户更是她幸福快乐的坚强后盾。然而，有一个问题，他希望在自己的计划尚未真正实行前，得到一个准确的答复。

"科拉克和阿哈特是谁？"他问。

"阿哈特是一只巨猿，"梅林回答说，"而科拉克是一个白人。"

"那他是，嗯——你的？"他停顿了一下，发现梅林那清澈美丽的眼睛直视着自己，他真的难以继续追问下去。

"我的什么？"梅林还太天真了，心思纯净，根本无法猜到莫里森想表达的意思。

"嗯——你的哥哥？"莫里森有些闪烁其词。

"不，科拉克不是我的哥哥。"梅林答道。

"那，他是你的丈夫？"他终于脱口而出。

梅林非但没有生气，反而咯咯咯地放声大笑起来。

"我的丈夫！"她笑着喊道，"为什么？你觉得我几岁了？我太年轻了，不可能有丈夫。我从来没有想过这样的事。科拉克是——怎么会？"突然，梅林也有些犹疑，她从来没有试图分析过自己和科拉克之间的关系——"怎么会？科拉克就是科拉克。"紧接着，她忽然意识到自己的描述真是太有趣了，又一次爆发出一阵快乐的笑声。

一旁的莫里森看着梅林，听着她的话，无法相信这样天真纯洁的女孩，怎么可能会堕落到和野兽在一起？但此时，他真希望梅林并不如表面那般清纯，否则他的计划就显得心机不纯了——莫里森并不是完全没有良心。

几天来,莫里森的计划并没有取得什么可喜的进展,甚至有时,他几乎差点就放弃了。他发现自己三番两次地感受到,若是再更深入地爱上梅林一点,那么任何一丝微弱的刺激,都会诱使自己迫不及待地向梅林真诚地求婚,是的,每日相见却要忍住不爱上她,真的太难了。莫里森不知道,梅林身上有一种气质,使得他的计划极其困难——那是一种天生善良、纯洁无瑕的品质,是一个好女孩最坚强的堡垒——那是一种坚不可摧的屏障,只有堕落的品性才会厚颜无耻地对其侵犯。而莫里森永远不会允许自己被认为是一个堕落的人。

一天晚上,所有人都已回房休息后,莫里森和梅林一起坐在阳台边。早些时候,他们一直在打网球——那是一场比赛,比赛中莫里森大放光芒。事实上,对于大部分男子运动,他都能够表现得很出色。而现在,他正向梅林讲述发生在伦敦和巴黎的故事——各种各样的舞会和宴会、优美的女人和美妙的礼服以及有权有势的人们享受的乐趣和消遣。莫里森堪称一位艺术大师,精通不动声色的自卖自夸。他自负,但永远不会明目张胆地展示出来令人生厌,他更不是一个简单粗暴的人,简单粗暴即意味着粗俗,这一点,莫里森一直刻意避免。但是,莫里森此刻的听众,那小脑袋瓜里可没有任何关于一丝贝恩斯家族荣耀的概念,更甭谈家族成员了。

梅林听得入了迷。这些故事对这个丛林小女孩来说,就像童话传说一样美妙。在她眼里,莫里森的形象渐渐变得高大有趣,并让自己十分着迷。短暂的沉默之后,莫里森向她靠近了些,握住了梅林的手。像被天神触碰到了一般,梅林激动得发抖——那是一种极其兴奋的颤抖,没有夹杂任何一丝恐惧。他把嘴唇凑近了她的耳朵。

"梅林！"他低声说，"我的小梅林！我能叫你'我的小梅林'吗？"

梅林睁大眼睛望着他的脸，但那张面孔隐藏在一片阴影之中。她的身体轻微地抖了抖，但没有抽开手。莫里森伸出一只胳膊搂住她，又将她拉近了些。

"我爱你！"他在耳边低语。

梅林没有回答，她不知道说什么好。她对爱情一无所知，也从未想过，但她知道，无论被爱意味着什么，都是一件很美好的事，能让一个人对另一个人十分友好。但她对友好和爱情知道得太少了。

"告诉我，"他说，"你也爱我。"

莫里森的嘴唇离梅林越来越近，直到快要触碰到她的嘴唇时，梅林的眼前突然奇迹般地出现了科拉克的脸庞。她看见科拉克的面孔越来越近，唇上传来一阵火热的触感，在梅林的生命中，她第一次猜起了爱情的含义。梅林轻轻地侧开了身子。

"我不确定我是否爱你，"她说，"再等等吧，时间还很多，我也还年轻，不能结婚。我不知道在伦敦或巴黎我是否会感到快乐——甚至可能还会让我感到害怕。"

她那么容易，那么自然地就把自己表露的爱意和婚姻联系了起来！莫里森非常肯定自己并未提及婚姻——他一直小心翼翼，避免操之过急。但是，她不确定是否爱他！这也使男人的虚荣心受到了打击。更令人难以置信的是，这个小野人竟然对莫里森的祈盼产生了一丝质疑。

第一次的热情冷却后，莫里森恢复了理智，开始冷静地思考。事情从一开始就错了，现在最好等一等，让梅林慢慢理解，接受只有他那崇高的社会地位所能带来的荣华富贵，他会慢慢来。莫里森瞥了一眼女孩，她完美的侧颜正沐浴在热带月亮的银光中。但莫里森又想到，真的那么容易，能够"慢慢来"吗？毕竟，梅林实在太诱人了！

梅林挺直了身子，科拉克的影子依旧萦绕在眼前。

"月亮太美了，让人不忍离开。"她望着星月交辉的天空、平原上的月色、庄园里的树影沉没了片刻，又说道，"晚安吧！我多么爱这样的丛林夜景啊！"

"你会更喜欢伦敦的，"他恳切地说，"伦敦也会欢迎你的。在欧洲任何一个首都，你都将是一个著名的美人。你会看到，全世界都会为你倾倒的，梅林。"

"晚安！"她重复道，转身离开了。

莫里森从锦盒里挑了支烟，点燃，向着月亮吹了一缕青烟，笑了。

Chapter 18

森林里的幽会

第二天,梅林与"恩人"坐在走廊上闲谈,远处有位骑手正穿过平原,朝庄园款款而来。"恩人"将手挡在额前,凝视着迎面而来的骑手,十分困惑。在中非,很少见到陌生人。方圆数英里,他甚至对每个黑人都了如指掌。百里之内一旦有陌生白人出现,消息就会立马传到他的耳朵里,一举一动都会被据实报告——陌生人捕猎的动物种类、数量,甚至猎杀方式——他不允许使用氢氰酸或是马钱子碱,此外还包括陌生人如何对待自己的下属都会一一传来。

有几个欧洲冒险家擅自虐待他的黑人下属,已被英国人下令遣送回海岸,其中有一个人,曾是文明世界里名扬四海的伟大冒险家,却被发现,他那一袋子猎物——十四头狮子,皆是使用了精心制作的毒饵才得以捕获,于是,那人也被驱逐出境,并且终生不得再踏上非洲一步。

这样的做法收效明显，所有优秀的冒险家以及全部的土著居民，都尊敬并爱戴"恩人"。他的话成了法律，而当地此前从未有过法律。从一个海岸到另一个海岸，没有一个领头人不听从他的命令，甚至连雇佣他们的猎人所下达的指令也得屈居第二，因此，驱逐令人讨厌的陌生人极其容易——他只需命令自己的手下们孤立陌生人，造成威胁即可达到目的。

但是现在，很明显，有一个人暗中溜进了这个国家。"恩人"无法想象这个逐步靠近的骑手是何人。根据世界各地的边境接待方式，他在门口会见了这个陌生人，甚至在人尚未下马时便表示了欢迎。这是一个体形高大、身材匀称的男人，30岁左右，头发金黄，胡子刮得干干净净，身上带着一股熟悉感。"恩人"觉得自己应当直呼对方的名字，但一时间又记不起来这人是谁。从外貌和口音可以得出，访客明显是斯堪的纳维亚人，行为有些粗暴但十分坦率。在这个野蛮的国度，"恩人"总是按照自己的评价来决定是否接受一个陌生人，现在来者给他留下了一个好印象，因为陌生人既没有贸然询问，又举止自若，值得热情而友好的款待。

"一个白人不请自来，这可真是少见。""恩人"一边说着，一边往田野走去，他建议访客将马匹拴到田野边的马厩里。"我的朋友们和土著居民们关系很好，一直都保持着联络。"

"可能是由于我从南方来，"陌生人解释说，"所以你没听说我来的消息，我已经许久不曾见到过其他村庄了。"

"确实，南边数英里内荒无人烟，""恩人"回答，"自从科沃杜遗弃了自己的村庄后，我怀疑周围两三百英里内都见不到一个当地人了。"

"恩人"暗忖着，一个白人，如何穿过荒凉颓败的南部地区，孤身一人来此？仿佛猜出了对方的意思，陌生人做出了一个解释。

"我从北部到南部，做点交易也打打猎，"他说，"走的都是些偏僻的小道。我的领头人曾经也在这个国家待过，但已经病死了。所以我们找不到当地人来做向导，于是我就直接朝北走。我们已经靠枪支捕猎生活了一个多月了。昨晚在平原边缘的一个水洞里扎营时，我们根本不知道有一个白人就在几里之外。今天早晨，我出发打猎时，看到您的烟囱里冒出缕缕青烟，于是我派了个人将这一个好消息送回营地，自己就骑着马过来了。当然，我早就听说过您了——每个进入中非的人都知道您——不知我能否荣幸地在这儿逗留几周，捕食打猎，休息一番？"

"当然，""恩人"回答，"你可以将营地挪到河边，就在我的下属后方，别客气。"

现在，两人已经到达游廊，而梅林和"我亲爱的"也刚好从屋内走了出来，于是"恩人"向她们介绍了这个陌生人。

"这是汉森先生，"他说，陌生人方才告知了名字，"他是商人，在丛林中迷了路。"

"我亲爱的"和梅林鞠了鞠躬，表示欢迎，但汉森此刻倒有些不自在。对此，"恩人"心想，他的这位客人可能不习惯面对如此富有教养的女性，于是很快地找了个借口，将汉森从略显窘态的处境中解救了出来。他领着客人去了书房，喝了些白兰地和苏打水，这对汉森来说显然没那么尴尬了。

而在两人离开时，梅林转向了"我亲爱的"。

"真奇怪，"她说，"我几乎可以发誓，我过去认识汉森先生。但那又很奇怪，完全不可能。"

汉森并未按照"恩人"的提议将营地搬到离平房更近的地方。他解释说自己手头那帮家伙动辄嘈杂，在远处驻营比较好，而他自己也差不多，并且总是尽量避免和女士们接触——这一下子让人忍不住发笑,这个粗鲁的商人还真羞怯呢!随后,汉森和"恩人"的队伍一起狩猎了数次,他们渐渐发现这个商人的表现非常完美,而且精通狩猎的所有细节。一到晚上,他便经常和农场的白人工头待在一起,显然,比起"恩人"庄园里其他优雅高贵的客人,汉森发现,自己和这群简单粗暴的人更有共同的兴趣。因此,他成了农场里夜间的常客,只要方便适宜,便来此小憩,再离开。他也经常在花园里漫步,那是"我亲爱的"和梅林得意的小天地。汉森第一次在花园里遇见她们时,神情十分惊讶,急急忙忙道歉,又生硬地解释说,自己一直喜欢北欧一些古老的花朵,未曾想女主人竟然成功移植到了非洲土地上。

然而,是那些美丽的蜀葵和夹竹桃,将他吸引到芬芳的花园里?还是另一枝美丽的花儿,那经常游荡在银色月光下的花儿——黑头发、小麦色的梅林吸引了他?

三个星期以来,汉森一直没有离开。他声称,自己那帮家伙正在休养生息、恢复体力,去往南部地区的那段丛林之行,艰难曲折,饱经风雨,但实际上,他并没有像看上去那样懒散。他把自己的小团体分成两队,并将每队的领导权交托给值得信任之人。汉森向手下们阐述了自己的计划,并承诺,只要他们成功按计划行事,就能得到丰厚的回报。其中一支小队将向北慢慢挺进,沿着一条从南部进入撒哈拉沙漠的旅行路线。另一队人马则径直向西,到大河边上停下,并加入那儿的常驻营地,那条河是这个国家的自然疆界,而这一国度,毋庸置疑,"恩人"理所当然地认为是他的领土。

接着,汉森向"恩人"解释说,他的旅行队正在慢慢向北移动——但并未提及西行的队伍。然后,突然有一天,他声称自己的另一半手下也先行离开了。汉森有些心虚,因为有支从平房出发的狩猎队偶然遇见了他北方营地的下属们，他担心他们会注意到那里的人数减少了。

时间就这样过去了。一天晚上，天气酷热难耐，梅林心绪混乱，迟迟无法入眠，便起身走到花园里。而那天晚上，莫里森也匆匆套上外衣，出了房门。

广袤的天空对梅林而言，似乎预示着更大的自由，远离了任何疑虑和质询。莫里森一直催促女孩表明心意，说她爱他。有十几次梅林觉得自己应该可以真诚地给出答案了。至于科拉克，很快就只能是回忆了。她已经相信，科拉克已经死了，否则他会找到她的。但梅林不知道的是，科拉克也深信不疑她已经遇害，带着这种笃定的信念，他在袭击了科沃杜的村庄后，才并未找寻她。

在一丛开花的巨大灌木后面，汉森躺在草丛里，凝望着星空等待着。过去的许多夜晚，他便如此躺着。他在等待着什么？或者在等谁？缓缓地，周围传来了梅林走近的声音，他用手肘撑着，微微挺直了背。他的那匹小马，就在十几步远的地方立着，脖颈上的缰绳悬挂在栅栏的柱子上方。

梅林慢慢走着，越来越靠近汉森卧着等候的灌木。汉森从口袋里掏出一大块印花手帕，悄悄站了起来。畜栏里，一匹小马嘶鸣着；远处，一头狮子怒吼着。汉森变换了一下姿势，双腿蹲下，随时准备快速站起。

小马又嘶嘶地叫了一声——声音更近了。汉森听到了马身蹭着灌木丛发出的动静。显然，马儿已经跑到了花园，它怎么从畜栏里出来了？他思索着，转头朝这小野兽的方向望去。一下子，他惊得差点跌倒，赶忙挤作一团躲在灌木丛里——有个人来了，带着两匹小马。

梅林也注意到了，停下来看了看，又侧耳听了听。过了一会儿，莫里森牵着两匹装了鞍的小马驹走近了。

梅林惊讶地抬起头看着他,莫里森羞怯地笑了笑。

"我睡不着,"他解释道,"正要去兜兜风,碰巧在这儿见到了你,我想,你也会乐意和我一起去吧。你知道的,晚上骑马简直太美妙了。来吧。"

梅林笑了,夜游激起了她的兴趣。

"好吧。"她说。

汉森低声咒骂了几句。梅林和莫里森两人牵着马走过花园,出了大门。他们在门外发现了汉森的坐骑。

"商人的小马怎么会在这儿?"莫里森疑惑道。

"他可能去拜访工头了。"梅林说。

"这可真晚,不是吗?"莫里森评价道,"我可不愿意大晚上骑着马穿过丛林,最后回到自己的营地。"

远处的狮子又吼了起来。莫里森浑身颤了一下,瞥了一眼梅林,想看看她听到这令人战栗的声响时有什么反应,但她似乎什么也没注意到。

过了一会儿,两个人都骑上了马,慢慢穿过沐浴着月光的平原。接着,梅林将小马儿转向了丛林,径直地沿着那头饥肠辘辘的狮子嘶吼的方向而去。

"我们不避开那家伙吗?"莫里森建议,"你刚才可能没听到它的咆哮声。"

"不,我听见了,"梅林笑着说,"所以我们骑马过去拜访拜访它吧。"

莫里森尴尬地笑了笑,他不想让梅林看出自己有任何胆怯,但也不愿在夜晚接近一头饥饿的狮子。此刻,虽然鞍形靴子里放着他的步枪,不过在月光下,射击的准确度难以保证,而且他从

森林里的幽会 | 179

来没有独自面对过狮子——即使白天也没有。一想到那场景，他便有些晕眩恶心。野兽不再咆哮了，什么声音都听不到了，莫里森又恢复了勇气。现在，他们正乘着风前往丛林。那头狮子就躺在他们右边的小水坑里，年纪已经很大，并且有两个晚上没有进食了。它不能再像壮年时期那样，攻击迅速，弹跳有力，能够震慑住入侵自己领域的其他野兽。整整两天两夜，它没有任何食物，甚至在那之前好长一段时间内，只能以动物腐肉为食。虽然它老了，但仍是一头可怕的猛兽。

在森林的边缘，莫里森勒住缰绳，一点儿也不想继续往前走。狮子踏着结实的肉垫，悄声爬进两人身后的丛林。现在，微风在它和目标猎物之间轻轻地吹着。狮子也好久没遇到人了，年轻时它尝过人肉，那滋味虽然不如羚羊和斑马，但猎杀人类总归容易得多。狮子忖度着，人类是一种反应迟钝、速度缓慢的生物，对他们无须客气，除非鼻尖传来一阵刺激的气味，并混杂着步枪一闪而过的炫光和巨大的声响，那样的话才需要小心谨慎。

今晚空气中弥漫着一丝危险的气味，然而，空空如也的腹部又传来一阵阵饥饿感，这感觉已经快将狮子逼疯了。为了饱餐一顿，必要时，可能就得面对十几支步枪的威胁了。狮子在森林里转来转去，微风顺着猎物朝它吹来，一旦风向转变，自己的气味传到人类那里，那就毫无捕杀他们的希望了。狮子即便已经饿坏了，依旧狡猾。

在丛林深处，还有另一个人隐隐约约闻到了人类和狮子的气味。他抬起头，闻了闻，又侧了侧身子，竖起耳朵。

"来吧，"梅林说，"我们往这儿走走吧——夜晚的丛林可美了，又开阔又通畅，我们可以肆意逛逛。"

莫里森犹豫了，他不想在梅林面前暴露自己的恐惧。一个勇敢的男人在这种处境下，应该大胆果断地保护女孩，避免她暴露在危险之中，而自己的生死，则应置之度外。但是，莫里森自视甚高的性格总是使他凡事首先想到自己，他本已经策划好让梅林离开平房，单独和她谈谈，并且离庄园远些，这样一来，即便是梅林对他的提议感到生气，自己也有足够的时间，可以在返回平房的过程中好好地纠正错误，扭转形象。当然，他相信自己一定会成功，虽然也有几分极其轻微的不确定。

"你不必害怕狮子，"梅林注意到莫里森有点迟疑，"'恩人'说，这里两年来都没有出现过吃人的野兽了，这里野味充足，狮子没必要吃人肉。而且，狮子常常被人类追踪捕杀，所以它们往往躲着人。"

"哦，我不怕狮子，"莫里森回答，"我只是在想，在森林里骑马，并不会让人感到舒服，你知道的，这里到处是灌木丛和低矮的树枝，怎么都不适合骑马。"

"那我们下来走走吧。"梅林说着便开始下马。

"哦，不！"莫里森大喊，他被这个建议吓呆了，"我们还是骑马吧。"说完，"驾"的一声，勒紧缰绳，策马奔进了幽暗的森林里。梅林跟在他身后，而前方狮子正小心翼翼地潜伏着，耐心等待一个绝佳的捕猎时机。

森林外的平原上，一个人骑着马匹，看着远处消失的两个人影，咒骂了一声，一并进入幽暗的森林里。这个孤独的身影便是汉森，从平房到森林，他一路尾随着梅林和莫里森。这两人行走的方向正与自己的营地一致，这样正好，即便被发现了，他也有充分的借口为自己辩解一番。

此刻，汉森径直走向方才两人踏入丛林的地方。他不再担心自己是否被发现了，这种漠然置之的心态出于两个原因：其一，他看出了莫里森的行动与自己的计划异曲同工，皆是诱拐梅林，在某种程度上，他可以将那人的行动纳入自己的计划之中，先与他们取得联系，确保莫里森还未得到梅林。另外一个考虑是，前一晚在他的营地内发生了一件事——不过汉森不曾在庄园内提及那事，担心引来不必要的关注，他不想暴露自己的一举一动，也不希望"恩人"的黑人手下们与自己的下属们进行太过密切的交流。他担心若是两方的下属们交往甚密，那么自己队伍人数的不对劲很快就会被发现。

　　那件尚未提及的事，发生在前一晚上，他不在场，但光想想那场景，汉森便有些急不可耐地想赶上梅林及她那护花使者。当时，自己那帮家伙正围着篝火坐着，周围全是高高的荆棘，突然之间，没有一丝警告地，一头巨大的狮子蹿入人群中，咬住了一个伙伴。所幸的是，大家齐心协力，勇敢无畏地与那头饥饿难耐的野兽进行了一场战斗，最终用一些燃烧的木棍、长矛和步枪才将它赶走，救了同伴的性命。

　　因此汉森知道，有一头吃人野兽溜进了这片区域，或者那本就是森林中众多狮子里的一头，恰好在夜间穿过平原和山林前来觅食，而白天时，则在森林凉爽处休憩。还不到半小时前，他就听到了一头狮子愤怒的吼叫，毫无疑问，这野兽正在悄悄逼近梅林和莫里森。他忍不住又咒骂了一声："英国佬这个蠢货！"没有任何迟疑，汉森立刻策马狂奔，尽力赶上他们。

　　梅林和莫里森到了一处小型天然空地，停了下来。一百码外，狮子躺在矮树丛里，黄绿色的眼睛紧盯着猎物，蜷曲的尾尖一抽一抽地甩动着。它正在衡量自己和猎物之间的距离，究竟应该冒险出击，还是再稍等一会儿，说不定猎物就直接撞入自己口中了。狮子饿极了，但依然十分狡诈，它不会未加思量就草率行动，那只会弄丢到嘴的肥肉。如果前一天晚上，它等到黑人都睡着了再发动袭击，那么就不会再被迫挨饿24小时了。

后方有一只动物也闻到了狮子的气味，与它一道而来的还有一个人，此刻正靠着一根大树枝，闭目养神。在他底下有一个笨重的灰色巨人，硕大的身躯在黑暗中来回摇摆。突然，树上的人发出一声低沉的吼声，跳到了灰巨人的背上，对大象的一只大耳朵低声说了句话。随后，大象便高高地举起鼻子，又低低抛下，上下挥舞着，警惕地捕捉着可疑的气味。这头粗重的野兽笨拙但无声地挪动了一下，向着狮子以及陌生白人的方向嗅了嗅。

一人一象朝前走去，狮子和它那猎物的气味越来越强烈。狮子已经开始不耐烦了，还要等多长时间才能吃到肉呢？它凶恶地摇着尾巴，几乎快咆哮出声了。然而，莫里森和梅林完全没有意识到危险，此刻正坐在小空地上聊天。

两人的马儿并排依偎在一起。莫里森对着梅林的耳朵，细细倾露着爱意，指尖摸索着找到了梅林的手掌，轻轻地摩挲着。此刻，梅林正认真地听着他说话。

"和我一起去伦敦吧，"莫里森催促道，"我可以组建一支狩猎队，然后我们可以借此花上一整天的时间到达海岸，别人甚至猜不到我们已经离开了。"

"我们为什么一定要那么做呢？"梅林问，"'恩人'和'我亲爱的'都不会反对我们的婚姻。"

"我现在还不能和你结婚，"莫里森解释道，"有一些手续必须先办——你不懂。不过，很快就会好的。我们先去伦敦，我真的等不及了，你如果爱我，就会答应的。曾经和你一起生活的那些猿类，会为婚姻操心吗？它们跟我们一样，拥有爱的本能。但如果你待在它们中间，就会和它们一样，只是寻找配偶，然后交配。

森林里的幽会 | 183

这是自然法则——没有人可以废除。而如果我们彼此相爱，却会有所不同，除了自己，世界上会多一个值得对方去关心的人。为了你，我甚至愿意献出生命——而你什么也不愿为我做吗？"

"你爱我吗？"梅林问，"我们到伦敦以后，你会娶我吗？"

"我发誓！"莫里森大声说。

"那我和你一起去。"她低声说，"虽然我不懂为什么一定得这样做。"说完，梅林轻轻靠向莫里森，莫里森将她抱在怀里，低头吻住了梅林的唇瓣。

就在这时，丛林中冒出了一头大象的头部，粗长的象鼻悄悄将空地围了起来。莫里森和梅林正互相注视着，倾听彼此的心跳声，看不见也听不清周遭的一切，但狮子注意到了。大象宽阔的脑袋上，有双眼睛也看见了男人怀里的女孩，他就是科拉克，然而，此时的梅林身材苗条，衣着整洁，他并没有认出这是自己的梅林。科拉克只看到了一个白人和他的雌性伴侣在一起，紧接着，狮子便发动了攻击。

随着一声令人毛骨悚然的怒吼，狮子从藏身之地跳了出来，它担心大象会先行一步吓跑猎物。咆哮声如雷贯耳，大地也为之震颤了几分。一瞬间，小马驹吓得一动不动；莫里森脸色煞白。狮子全身沐浴着银白的月光，朝两人猛扑过去。莫里森全身的肌肉都不听使唤了，它们突然间爆发出了强大的力量——自然界原始的求生力量，他迅速踏上小马驹的两侧胁腹，用缰绳勒紧了那小畜生的脖颈儿，动作迅疾地朝平原安全之地飞奔而去。

梅林的小马驹惊恐地放声尖叫，后腿直立，跟在同伴后边猛然跃起。狮子正在逼近，然而，只有梅林和那个半裸的野蛮人，镇定自若。科拉克高踞在灰巨人结实的脖颈儿上咧嘴笑着，这激动人心的一幕彻底逗乐了他。

对科拉克来说，眼前不过是两个陌生的白人被一头饥肠辘辘的狮子追赶着。狮子当然有权利捕食，只不过其中一只猎物是个雌性罢了。但科拉克却本能地想要冲过去保护这个雌性，为什么？他也不知道。照理说，现在所有的白人都是敌人。他已经过着野兽的生活太久了，几乎感受不到体内与生俱来的那股人性的冲动了——但现在他感受到了，至少，女孩让他再次体会了这种冲动。

科拉克催促着大象朝前走，手里的长矛也快速举起，对着狮子飞跃的身影猛掷过去。梅林的小马驹已经奔到了空地对面的大树边了，但在那里，它更容易落入狮子的口中。显然，这头被激怒的狮子，更想捕杀马背上的女孩，它冒险出击，瞄准的目标正是这个雌性人类。

当狮子一口咬向马臀时，科拉克发出了一声惊呼，带着几缕赞许；因为在那一瞬间，女孩从坐骑上一蹦而起，跃到了头顶上方的一根树枝上。

科拉克的长矛刺中了狮子的肩膀，狮身一歪，松开了口中疯狂挣扎的小马驹。一下子没了女孩和狮子的双重束缚，小马驹飞速奔向远处的安全之地。狮子用力撕扯着肩膀上的长矛，无法取出，不过它还是继续追赶。科拉克引着大象走向丛林里僻静幽深的角落，他不希望被人看见，也确实没有人看到他。

听到狮子可怕的吼声时，汉森几乎已经冲到了森林里了，他知道狮子已经发动了攻击。另一边，莫里森拼命地朝前奔去，他直直地趴在小马驹的背上，手臂紧紧地抱着马脖子，靴后跟上的马刺也死死地踩着。过了一会儿，第二匹小马出现了——坐骑上空无一人。

猜测到丛林里可能发生了什么事情之后，汉森痛苦地呻吟了一声，又咒骂了几句，继续策马疾驰，希望能稍微将狮子从猎物

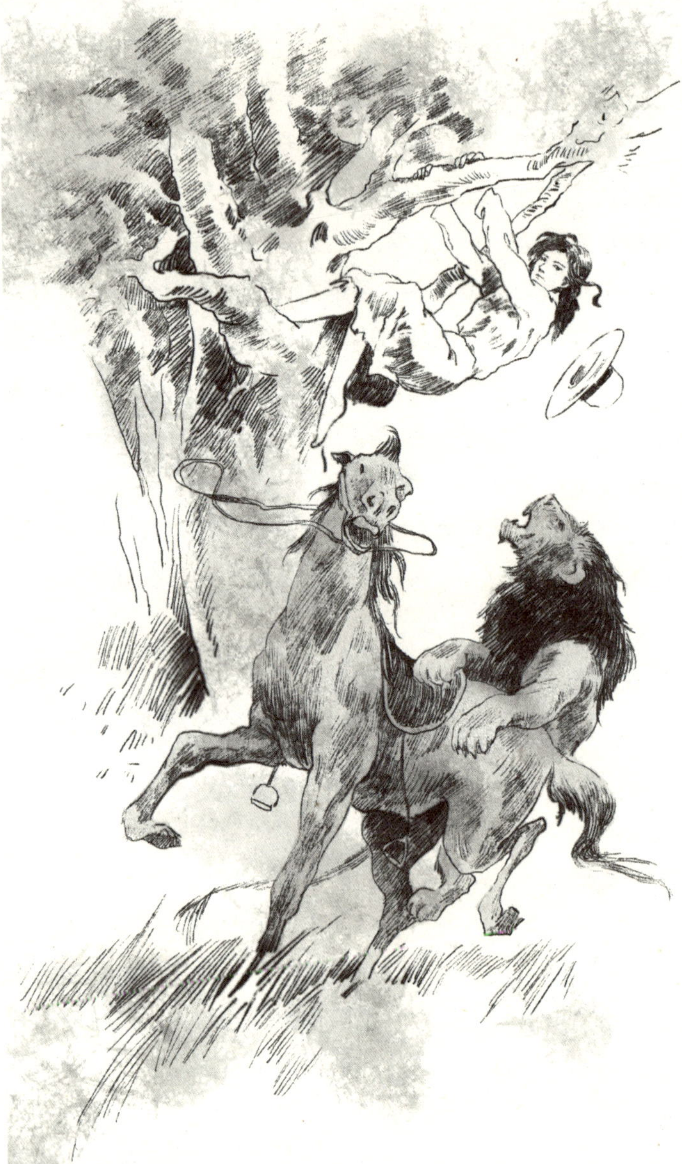

身上引开——步枪也已经悄然在手。接着,梅林的小马驹背后出现了狮子的身影。汉森无法理解这是怎么一回事,他知道,如果狮子已经成功捉住女孩,那它就不会再继续追捕其他猎物了。

汉森坐在马背上,迅速地瞄准目标开火。狮子登时顿住了身形,倒向一侧,在地上滚了几下,死了。汉森骑着马回到森林,大声呼唤着梅林。

"我在这里,"正上方浓密的树叶里迅速传来一个回应,"你朝它开枪了吗?"

"是的,"汉森回答,"你在哪里?你刚才可真是死里逃生啊。这件事告诉你,在夜间不要靠近丛林。"

两人一起回到平原,在那里,莫里森正骑着马缓缓向他们而来。他解释说,自己的小马疯了般四处逃窜,没法控制住。汉森咧嘴一笑,记起了方才看到的场景——莫里森用力一踩,将锋利的马刺扎进马匹胁腹,但是他什么也没说。

汉森将梅林带上马,坐在自己背后,随后,三人默默地骑着马向平房走去。

Chapter 19

汉森的大阴谋

三人离开后，科拉克从森林中走出，来到狮子的身旁取回自己的长矛。此刻，他依旧眉开眼笑，回味着方才的奇观，但有件事令人极其困惑——女孩为何能如此敏捷地从小马背上一跃而起，纵身跳到头顶上方的树枝上？那更像是他失去的梅林。

科拉克叹了口气，他失去了梅林！他的小梅林已经死了！这个奇怪的女人和梅林还会有其他相似之处吗？一想到这，科拉克便按捺不住地想再见到她。瞧着那三个身影平稳地穿过平原，他想知道这群人的目的地在哪儿，想跟着他们，不过最终只是站在原地，看着人影消失在远方。富有教养的女孩、衣冠楚楚的男人、身着卡其色衣装的英国人，这一幕激起了科拉克脑海中深埋已久的记忆。

他曾梦想着回到这样的世界，但随着梅林的逝去，希望和追求似乎全都烟消云散了。他现在只想孤独地度过余生，远离人类。

科拉克又叹了口气,慢慢地回到了丛林中。

大象生性紧张,接近三个陌生的白人使它感到很不安,汉森的枪声更是让它立马掉头,摇晃着庞大的身躯,一步一步地走远了。当科拉克回来找它时,大象已经不见踪影了。

不过他对此倒是不甚在意,大象常常出人意料地独自漫游他处。有时,他们一个月都见不到彼此,科拉克不会煞费苦心地追踪这个大块头,在这种情况下更不会,反而是在一棵大树上找了个枝头,舒舒服服地躺下,很快就睡着了。

庄园里,"恩人"在走廊上遇见了归来的冒险家们。在睡意褪去、头脑稍微有点清醒的刹那,他听见了从平原传来了汉森的枪声,头脑便不停地思索着那意味着什么。一开始,他以为是府上的客人——汉森在返营的途中发生了意外。这个想法迫使"恩人"立即起身,来到工头处询问了一番,却得知汉森晚间早些时候确实待在那里,但已经离开数个小时了。从工头的住处回来后,"恩人"注意到畜栏大开,再仔细一查看,梅林的小马驹不见了,还有另外一匹莫里森常用的马儿也不知所踪。顷刻间,他便猜测那一枪是莫里森射出的。"恩人"再次唤醒了工头,准备出发前去调查调查,这时,他看到了从平原上走过来的三人。

毫无疑问,莫里森的解释遭到了主人家的冷眼相待。梅林则一言不发,她知道"恩人"在生自己的气。这是她第一次体会到心慌的感觉。

"梅林,回房。"他说,"莫里森,到我书房去吧,我现在想和你说几句话。"

在所有人都听从安排后,他向汉森走去。"恩人"的性格里隐藏着一股强势,即便是心情最好的时候,他也不容许有一丝反抗。

"你怎么和他们在一起,汉森?"他问。

"离开了杰维斯的住处后,我一直坐在花园里,"汉森回答说,"您的夫人应该知道我这个习惯。今天晚上,我在灌木丛后睡着了,后来被他俩的声音弄醒了。我听不清他们在说什么,但随后我看见莫里森带了两匹小马,两人一起骑马走了。我不喜欢多管闲事,这也不关我的事,但我知道那个时间已经不适合出行了,至少不适合女孩子出门——那样不合规矩,也不安全。所以我跟着他们,幸好我跟了。当时,我看见莫里森飞快地从狮子身边跑开了,留下梅林一个人,还好我开了枪,幸运地击中了那野兽的肩膀,制服了它。"

汉森顿了一下,一时间两人都沉默着。不久,他尴尬地咳嗽了一声,似乎心里藏着一些事,他觉得有责任说,但又不愿意说。

"怎么了,汉森?""恩人"问道,"你好像有什么话要说?"

"嗯,您看是这样的,"汉森试探着说,"我待了大半个晚上,也看了他们两人相处的许多场景,嗯,先生,请原谅,我认为,对梅林来说,莫里森先生一点儿都不合适。就我无意中听到的话,我觉得,他是想让梅林跟他私奔。"

汉森为了自己的目的说出的这一番话,很凑巧地逼近了真相。他担心莫里森会干涉自己的计划,于是便借此机会想出一个办法,既利用了那个年轻的英国人,又可以把他撵走。

"我想,"汉森接着说,"我很快就要离开了,您不妨建议莫里森同我一道离开。我愿意帮您的忙,带他北去与我的旅行队汇合。"

"恩人"沉思了一会儿,接着,抬起头。

"汉森,莫里森先生是我的客人。"他说道,同时,眼里闪着异样的光芒,"就目前的证据而言,我不能指控他企图诱拐梅林,而且他是客人,我不愿意如此无礼地要求他离开,但是如果我没记错的话,他曾经说过要回家了,所以我敢肯定,没有什么比跟你去北方更让他高兴的了——你说你明日启程？我想他会和你一同前去的。如果你愿意的话，请在早上过来，现在，晚安。谢谢你留心梅林的举动。"

汉森转身去寻找马匹时，不由露齿一笑。"恩人"从走廊走进了书房，在那儿，莫里森正来回踱步，显然很不自在。

"莫里森，""恩人"开门见山，"汉森明天就要动身去北方了。他很喜欢你，并且让我转达，如果你一同前往，他将十分欢迎。晚安，莫里森。"

按照"恩人"的要求，第二天早上，梅林一直待在房间里，直到莫里森离开庄园。汉森一早就来了——事实上，他整晚都和工头杰维斯待在一起，以便早点动身。

莫里森和主人家的告别会是最为正式的一种。当客人最终离开后，"恩人"忽地松了一口气。这并不是一项令人愉快的安排，所幸的是已经结束了，他并不后悔自己这一决定。莫里森对梅林的迷恋，他一直看在眼里，但那人出身高贵，"恩人"不相信他会允许这个毫不知名的阿拉伯女孩冠上自己的姓氏，即便梅林肤色白皙，但她仍旧是一个彻彻底底的阿拉伯人。"恩人"一直这样认为。

他没有对梅林提起这个话题，这是一个错误。梅林在体会到了"恩人"和"我亲爱的"对自己的关怀后一直充满感激、骄傲，又夹杂着一丝敏感，可是当"恩人"擅自做主送走莫里森，让她没有机会解释或为他辩护时，梅林又觉得受到了伤害和屈辱。这也使得莫里森在她眼中变成了一名烈士，梅林的胸中涌起一股对他的忠诚。

先前，梅林就对爱情误解了一半，现在更是完全误解了爱情。"恩人"和"我亲爱的"可能曾经告诉过她许多社会阻碍，因为他们太了解莫里森坚信不疑、横亘在两人之间的那些障碍了，所以

汉森的大阴谋 | 191

不愿看到梅林受伤。只是,如果他们能采取更缓和的方式,使得整件事不那么悲伤,那就更好了,也能够避免梅林由于无知所带来的痛苦。

当汉森和莫里森一同前往营地时,莫里森闷闷不乐,沉默不语。而汉森则是试图寻找一个良机,水到渠成地开始实施自己的计划。他稍稍落后了几步,注意到这位贵族同伴脸上阴沉的愁容时,不禁咧嘴笑了。

"他对你很粗暴,不是吗?"汉森终于试探性地打破了沉默,当莫里森将目光转向他时,汉森又猛地将望向平房的头扭了回来。"他很为梅林着想,"他继续说,"不希望是一个无名小卒娶了她,带走了她。不过,在我看来,把你赶走,对梅林伤害会更大。她总归是要结婚的,而她可能再也找不到像你这样英俊和优秀的年轻绅士了。"

起初,莫里森对这个普通平民提及自己的私事感到十分恼火,但最后的那句话取悦了他。霎时,莫里森开始将汉森看作是一个值得公平对待的人了。

"他这个该死的无赖,"莫里森哼哼唧唧地抱怨着,"我会跟他算账的。他在非洲是个大人物,但我在伦敦可不比他逊色,这一点等他回英国后自然会发现。"

"如果我是你,"汉森说,"我不会让任何人将我和我的女孩分开。不过,相较而言我也是有点用处的,所以只要我能帮你,尽管喊我。"

"你可真是太好了,汉森,"莫里森回应道,情绪稍微高涨了些,"但是在这片被上帝抛弃的土地上,一个普通的家伙又能做什么呢?"

"我知道怎么做,"汉森说,"我们可以带着梅林一起走。如果她爱你,就会跟我们走的,如何?"

"这不可能,"莫里森说,"这一大片国度,方圆数里都受他统治,我们一定会被抓住的。"

"不,他抓不住的,尤其是当我没和大部队走在一起时。"汉森说,"我在这里做生意和狩猎已经有十年了,几乎和他一样了解这个国家。如果你想带走梅林,我可以帮你,而且我能保证,在我们到达海岸前,那些小喽啰休想抓住我们。我说说怎么做吧,你给梅林写个便条,我让我的领头人带给她,告诉她来见见你,说声再见——她不会拒绝的。与此同时,我们向北方前行的速度可以放缓些,这样你就可以做好一切准备,定个晚上和她见面。你还要告诉她,你在营地等着的时候,我会先和她见面,因为我很了解这个国家,动作会比你更快。你可以继续慢慢向北走,替我照看一下旅行队,我们很快就会追上你们。"

"但假如她不来呢?"莫里森问道。

"那就再定个日子,最后道个别,"汉森说,"不过不是你去,而是我,我到那儿后,会想尽办法带走她。等到她迫不得已来了,一切都成定局后,就不会难过了——尤其是随着我们向海岸前行,她还会和你一起生活两个月呢。"

震惊而愤怒的抗议已经溢到了莫里森的嘴边,但并没有说出来,因为他几乎同时意识到这实际上正是自己一直在计划的事情。现在从这个粗鄙的商人嘴里说出,听起来既残忍又凶狠,但是无论如何,他知道,自己对非洲地域所知甚少,想单枪匹马地带走梅林,谈何容易?而有了汉森的帮忙,成功的概率会更大。于是,他沉着脸点了点头。

前往汉森北方营地的跋涉旅途漫长而又沉闷,这两个男人都打着各自的算盘,而且大部分心思与彼此毫不对头。他们穿过树林时，漫不经心的脚步声传到了另一个丛林旅行者的耳朵里。

科拉克已经下定决心，要再次回到曾经遇见白人女孩的地方，那女孩能身姿矫捷地跃上大树，像是经过了长期训练。一想起那个女孩，就好像有什么东西在吸引着自己，忍不住想接近她。他希望能在日光下见到她，看看她的容貌，还有眼睛和头发的颜色。他已经认定了女孩和自己失去的梅林一定有诸多相似之处，虽然理智告诉自己，事实可能与此相反。

当时，月光下的匆匆一瞥，科拉克看见了她从疾奔中的小马驹背上一跃而起，跳到了上方的树枝上，那身高就和自己的梅林相差无几，但这个人更丰满，全身都散发着女性气质。

现在他正懒洋洋地朝着与女孩相遇的地方走去，突然，灵敏的耳朵里传来了一阵声响，有人骑着马过来了。他偷偷地穿过树枝，看见了骑手们。科拉克立马就认出了那个年轻的男人，当时，在狮子发动攻击前，那人正将女孩揽在怀中，两人共同沐浴在月光中。而另一个，他便不认得了，不过身形却十分熟悉，这一点倒让人有点困惑。

科拉克认为，要再次找到女孩，就必须掌握这个年轻英国人的行踪，于是他悄悄跟在两人后面，去了汉森的营地。在那里，莫里森写了张简短的便条，随后汉森将它交给了自己的一个手下，那人即刻朝南出发了。

科拉克继续留在营地附近，仔细观察着英国人。本来他就仅抱有一半的希望，想在两个骑手的营地内找到女孩，但现在一丝踪影也没瞧见，整个人十分失望。

莫里森本应该为即将到来的逃亡养精蓄锐，现在却焦躁不安地在树下走来走去。汉森则是躺在吊床上吸着烟。两人几乎没有说话。而科拉克就躺在他们上头枝繁叶茂的树枝中。很快，一个下午过去了。科拉克又饿又渴,他觉得这两人在明日早晨前都不会离开营地了,于是便先行往南走去了,女孩似乎更可能在那个方向。

平房一侧的花园里,梅林若有所思地在月光下徘徊着。"恩人"对莫里森不公平的待遇仍然让她痛心。而"恩人"和"我亲爱的"对此没有作任何解释,他们不希望梅林知道莫里森的提议背后隐藏的含义,那无疑会让她倍感屈辱和悲伤。他们知道,那个男人没有打算娶梅林,否则就会直接来找"恩人",毕竟莫里森心里也清楚,如果梅林真的喜欢他,根本没有人会反对。可是梅林依旧蒙在鼓里。

梅林深深爱着"恩人"和"我亲爱的",并感激他们为自己所做的一切,但是,在那颗小小的心脏里,却涌起对自由的狂热,那些丛林里自由自在的岁月,早已成了生命中的一部分。自从来到这里以后,梅林此刻第一次觉得自己像个囚犯,困在"恩人"和"我亲爱的"的平房里。

梅林像笼子里的老虎一般,在围栏边上踱步。偶然地,她在靠近外边的栅栏处停了下来,头靠在一旁听着。她听到了什么?花园外响起了人类赤脚踩在地上的声音。她听了一会儿,声音没有了。于是她继续心神不定地溜达着,到了花园的另一头,她转过身,又朝另一头走去。几处篱笆隐没在灌木丛里,邻近的草地沐浴着月光的清辉。然而,几乎就在梅林转过身的一刹那间,草地上出现了一个白色的信封。

梅林立即停下脚步,又仔细地听了听,嗅了嗅——比老虎更加警惕,随时准备就绪。在灌木丛外,一个浑身赤裸的黑人信使正蹲着,并透过树叶张望着,他看见梅林朝信封走去,确定她已经注意到之后,黑人信使静静地站了起来,沿着灌木丛的阴影处跑向畜栏，很快便消失不见了。

梅林训练有素的耳朵早就听见了来人的一举一动，不过她没有费神去确认身份。她已经猜到了，那人是莫里森的信使。她弯腰拾起信封，撕了开来，就着月光很容易便看清了信上的内容。不出所料，果然是莫里森的来信。

"没再见你一面，我不忍心就此离开，"她继续读道，"明日一早到曾经的那块空地上来吧，来和我说声'再见'吧，你一人便好。"

信里还有一些话——让她读完心跳加快，脸颊泛红。

Chapter 20

梅林入陷阱

莫里森赶赴幽会地点时,天依旧很黑。他坚持要带个向导,说是不确定自己能否找到通向空地的道路,然而事实是,莫里森渴望有个伴,毕竟在太阳升起之前,一个人穿越漆黑的丛林太令人恐惧了。很快,一个黑人便同他一道出发了,走在前头引路,而在两人后方的头顶上还跟着一个人——科拉克,营地的喧闹声惊醒了他。

晚上 9 点了,莫里森在空地上勒住马,此时,梅林还没有到。黑人躺了下来,稍作休息,莫里森懒洋洋地坐在马鞍上。科拉克也伸展着、舒服地躺在一棵高耸的大枝干上,在这里,他可以清楚地瞧见底下所有人的行动,同时又能很好地隐藏自己。

一个小时过去了,莫里森开始忐忑不安。科拉克已经猜到这个年轻的英国人来这儿是为了见另一个人,而那个人显然自己也知道是谁。科拉克非常满意,他很快又可以见到那个动作敏捷的女孩了,她总是使自己联想到梅林。

不久,科拉克的耳朵里传来了"哒哒哒"的马蹄声。她来了!梅林几乎已经到达了空地,莫里森才有所察觉,他抬起头,看见浓密的树叶间露出了梅林的脑袋、肩膀和坐骑,接着整个人进入视野,莫里森立即策马迎向她。科拉克也仔细地朝下打量着,心里诅咒着她那顶宽边帽,遮住了视线,让人看不清五官。现在,女孩和英国人并肩走在一起了。科拉克看见男人握住了女孩的手,将她拉到胸前;他看见男人低下头,脸庞隐在女孩的宽帽檐下;他甚至可以想象到两人唇瓣相触的场景,一阵悲伤伴着甜蜜的回忆奔涌袭来,科拉克不自觉地合上眼帘,试图摆脱眼底痛苦的倒影。

科拉克再度睁开眼时,他们的唇瓣已经分开了,此刻正在认真地谈话。他瞧见那男人似乎在催促着什么。但很明显的是,女孩退缩了。她的许多姿态——抬起头歪向右侧,下巴微微翘起,一举一动都像极了梅林。接着,交谈似乎结束了,男人又抱起女孩,吻了她一下,作为告别。女孩转过身,沿着原路驾马返回,男人坐在马背上看着她离去。到达森林边缘时,她转身向男人挥手告别。

"今夜!"隔着这一小段距离,她一边大声地喊着,一边把头往后甩了一下——脸庞往上一扬,树上的科拉克第一次看清了女孩的全貌。刹那间,仿佛一支利箭刺穿了心脏,他颤抖着,浑身像一片树叶一样不停地颤抖。科拉克闭上眼睛,用手掌压了压,再次睁开,女孩已经不见了,只有林边晃动的树叶,还在无声地述说女孩离去的踪迹。这不可能!这不可能是真的!然而,眼睛真真切切地看到了自己的梅林——长大了些,身材更加丰满,更加成熟,其他方面也有些微妙的变化,整个人比以往任何时候都更加美丽迷人,但那确实是他的小梅林。是的,科拉克看到死人复活了,他亲眼见到了梅林。还活着!没有死!他看见她了——

他真的看见她了——在另一个男人的怀里！而现在，那个人就坐在他的下方，触手可及。

科拉克抚摸着自己的长矛，把弄着身上那块"遮羞布"边上垂下的草绳，轻轻敲了敲臀上的猎刀。底下的男人叫醒了昏昏欲睡的黑人向导，紧了紧马颈上的缰绳，动身朝北而去。科拉克依然独自一人待在树林里，双手懒懒地垂在身侧，武器以及方才想做的事都被暂时抛到了一边，他在思考。科拉克注意到梅林有了些微妙的变化，最后一次见到她时，她还是小小的半裸的充满野性的。那时候，在他眼里，她一点儿也不粗野；现在，看到这样的女孩，他才意识到她曾经的行为确实粗鲁不堪；不过依然比自己好些，而他现在还是一如既往的鲁莽与野蛮。

仅那一眼，科拉克便察觉到了梅林身上的蜕变，仿佛是一朵甜美可爱、优雅文明的花儿，在眼前翩然绽放。一想起自己曾经为她勾画的未来：成为一只人猿的配偶——自己在野蛮丛林里的伴侣，他不禁打了个寒战。可转念一想，这样的计划并无可厚非，自己深爱着梅林，而且，以丛林为家一直是两人共同的选择；但是现在，看着梅林披上文明的衣裳，他猛然意识到，曾经珍爱的计划是多么不堪入目，心里甚至油然而起一阵感激之情，感谢上天让科沃杜的黑人们有机会挫败自己！

然而，他仍然爱着梅林，只要一回想起她轻偎在那个衣冠楚楚的英国人怀里，嫉妒感便侵袭而来，几乎灼伤了灵魂。那男人对她有什么意图？真的爱她吗？可是，怎么会有人不爱她呢？而且，梅林显然也爱着对方，否则的话，她不会接受男人的亲吻。自己的梅林爱上了别人！往后很长一段时间，这一可怕的真相一直深深地扎根在科拉克心里，他头脑中开始演化着各种行动计划，心里非常想要尾随那个男人，直接杀掉他，但意识中一直浮现着一个念头：梅林爱着那个男人。自己能杀了梅林所爱之人吗？他难过地摇了摇头，不，不能。一番思索后，科拉克决定先跟着梅林，和她说说话。正要动身时，他低头瞥了一眼自己裸露的身体，突然一阵羞愧感袭来。他，一个英国贵族的儿子，竟然抛弃了那样的日子，堕落到过着野兽般的生活，最后甚至羞于去见自己所爱的女人，羞于向她表达爱意。想到曾经的丛林玩伴，如今的自己竟有些难为情，是啊，他能够给她什么呢？

多年来，周遭的一切总是阻碍着科拉克回到父母的身边，甚至到了最后，年轻气盛的心占了上风，驱散了最后一丝返乡的念想。凭着男孩们特有的闯荡精神，他最终冒险一搏，成了丛林里的人猿。当初，海岸旅馆里美国骗子的死亡，首先使得科拉克孩童般的心灵充满了对法律的恐惧，并将他推向了荒野。再往后，遇到的那些人，无论黑人还是白人，全都粗暴地拒绝了他的友好，这一切都影响了科拉克的思想观念，恰巧那时他的心性正处于塑造的关键时期，极易受外界左右。

于是，他开始相信人类同伴总会将自己视为敌人，直到遇见了梅林，才找到了自己寻寻觅觅的唯一一丝人类友谊。也正因为如此，当梅林被人掳走，离他而去时，悲恸铺天盖地、痛彻心扉，令他一想到要再与其他人类接触，心里便萌生出无限厌恶。最后，他想，终有一天，自己会死去，既然曾经选择成为一头野兽，那么就过着野兽的生活吧，以野兽的状态死去吧。

现在，做什么都太晚了，他懊悔莫及。梅林还活着，并且不断前行，精进不休，已经完全脱离了自己的生活，可自己还是爱着她啊，连死亡都无法抹去心中的情影。可是,在她崭新的世界里，她爱上了另一个人，一个真正的同类，科拉克知道那样做是对的，她已经不属于自己了——不属于一只赤裸又野蛮的人猿。是啊，她不属于自己了，但他仍然是她的科拉克。如果无法拥有梅林，给她幸福，那么他至少会竭尽所能地保证她快乐。科拉克决定跟着年轻的英国人，先弄清楚那人对梅林是否无害，之后，为了梅林，即便嫉妒绞得心脏阵阵剧痛，他也会好好照料一番她所爱之人——但要是那人意图不轨，那就休怪自己无情了！

科拉克慢慢地站起来，直挺挺地立着，魁梧的身躯一下子伸展开来，紧攥的拳头搁在脑后，小麦色的皮肤下，饱满的手臂肌肉弯曲有致。这时，底下发生了点小动静，一只羚羊来到了空地上。科拉克立马意识到肚子空空如也——方才一时之间，爱情引得他暂时远离了野兽的世界，而现在他又变回了野兽。

此刻，羚羊正穿过空地。科拉克悄无声息地落到了大树对面的土地上，即便是机警灵敏的羚羊也未察觉分毫。他快速解开草绳——这是他的最新装备，已经运用得轻车熟路了。多数时候，他只带着刀和绳在丛林中游走——这些武器十分轻巧，方便携带，而长矛和弓箭都非常笨重，他通常会把其中一件或全部兵器藏在自己的秘密基地。

现在，他右手套着一卷长绳，左手也拿着一截绳子，羚羊仅有几步之遥了。霎时，科拉克从藏身之处悄然一跃而出，绳索挥动着掠过灌木丛，唰唰作响。羚羊立刻跳了起来；但也是在这顷刻间，圈圈长绳袭来，精确无误地勾上它的脖颈儿。科拉克手腕快速翻转，套索猛然收紧，羚羊不停挣扎，绳索越绷越紧。

紧接着，与西部平原上的牧人做法不同的是，科拉克并未立即靠近捕获的猎物，而是左右手交互地一节一节拉着绳索，直到俘虏伸手可及。此时，若是黑豹，可能会直接扑上去，将尖牙狠狠嵌入动物脆弱的脖子中。不过科拉克倒是用起了猎刀，找到羚羊心脏的位置，绳索往后一缩，刀起刀落，肥美的肉块便到手了。

梅林入陷阱 | 201

随后，他带着食物再次回到丛林里，安安静静地饱餐一顿，然后朝着附近的一个水洞摇荡而去，在那里酣然入睡。

梅林分别前的那句话"今晚"，对他来说，传递了一个暗示，代表着她和那个年轻的英国人将又有一次约会。

科拉克没有跟随梅林，他知道她来去的方向，推断出不管她现今的小窝在何处，总归要穿过平原，可他不愿意被她发现，便不想贸然进入那片空旷的土地。因此，跟踪那个年轻的英国男人不失为一个可靠选择。

对于你我而言，莫里森已经离开了如此之久，想再次寻到踪迹谈何容易，但于科拉克来说，这不过是小事一桩。他猜测莫里森会返回自己的营地，如果情况真是如此，那么让科拉克徒步追踪一个骑行的男人再容易不过了。即便已经过了数日，在科拉克眼中，地面上的足迹仍旧清晰可循，仅仅过了几个小时，他便寻到了更加分明的足印，仿佛那人就在眼前。

因此，当莫里森进入营地、汉森迎上来时，不过几分钟时间，科拉克便悄悄溜到了附近的一棵树上。他在那里躺了一下午，但是直到傍晚，年轻的英国人也没有离开营地。科拉克思索着，难道梅林会来这里？不久后，他注意到汉森同一名黑人下属骑着马出发了。然而，现在科拉克的心神都在莫里森身上，对于其他人毫无兴趣。

天黑了，那个英国人仍然留在营地，吃过晚饭后，又抽了很多烟。很快，他开始在帐篷前踱来踱去，不停地让手下们添加木柴，以便篝火能够燃得旺些。远处传来了一声狮子的呻吟，英国人转身进了帐篷，取出了一把高初速步枪，又告诫随从们再往火堆里扔些树枝。科拉克看出来了，英国人此刻很害怕，科拉克忍不住发出一声轻蔑的冷笑。

难道这就是梅林心中那个取代了自己的人？狮子咳嗽一声，他便会瑟瑟发抖，这还是个男人？这样的人，在危机重重的丛林里，还怎么保护梅林？啊，是了，他不需要那么做，他们将生活在欧洲文明的安全地带，在那里，有穿着制服的人受雇而来保护他们；在那里，怎会需要一个强大的欧洲人来保护自己的伴侣呢？科拉克的嘴角再次翘起，露出了一缕自嘲。

汉森和手下直奔空地，到达时天已经黑了。他留下随行的家伙在原地守着，自己牵着马匹来到平原的边缘处，耐心等候。九点钟左右，汉森瞧见从庄园方向疾驰而来一个人影，几分钟后，梅林勒住缰绳在他身边站定，紧张不安，满脸通红。当她认出来者是汉森时，吓了一跳。

"莫里森先生从马上摔了下来，扭伤了脚踝，"汉森急忙解释道，"不方便亲自前来，所以托我来见见你，将你带回营地。"

黑暗中，梅林看不到汉森脸上沾沾自喜的神情。

"我们最好快点离开，"汉森继续说，"如果我们不想被追上，就得快点走。"

"他伤得严重吗？"梅林问。

"只是有点扭伤，"汉森回答，"他还是可以骑马，不过我们认为最好还是躺下休息一番，否则接下来几周有他受的呢。"

"是的。"梅林赞同地说。

汉森晃了晃小马驹，梅林跟在后头，两人沿着森林的边缘向北走了约有一英里，然后转了个方向，直直向西而去。梅林在后边紧跟着，完全没注意方向，她不知道汉森营地的准确位置，更没料到他并未朝着莫里森所在的营地而去。一整晚，两人都马不停蹄，径直向西部奔去。

清晨到来时，汉森终于稍作停顿，从鼓鼓囊囊的马鞍袋里取

梅林入陷阱 | 203

出了食物，和梅林分享了早餐。紧接着，他们又继续往前走，一刻不停，直到烈日当头时，汉森才再次停下来，并示意梅林下马。

"我们在这里小睡一会儿，让马儿吃些草。"他说。

"我没想到营地会这么远。"梅林说。

"我已经下令，让队伍在天亮时继续前进，"汉森解释道，"这样，我们从一开始就能占据优势了，而且你我两人要赶上载满行李的商队，简直轻而易举，可能还不用等到明早，就能追上他们了。"

然而，尽管两人用了部分夜晚时间赶路，又在第二天接连不停地前进，依旧没有看到商队的半点影子。梅林对丛林了如指掌，她知道，数日来前方根本没有任何人经过。偶尔，她会看到一些男人们的老旧足迹，但那显然十分久远了。更多时候，两人前行的小径周边满是大象的印迹，还有公园般的小树林，这确实是一条快速前进的理想路线。

最终，梅林还是开始怀疑了，而身旁的男人也渐渐改变了态度，她常常意外地发现男人眼神火热，仿佛要吞噬了自己，慢慢地，先前的熟悉感又再次出现了，还未在庄园认识这个男人之前，她似乎在某个时间、某个地点见过他。现在，很显然，男人已经好几天没有刮胡子了，脖子、脸颊和下巴都长出了一层棕色的胡茬子。梅林更加确信，自己曾经对这个人一定不陌生。

然而，直到第二天，梅林才开始抗议。她勒住了小马驹，说出了自己的疑虑。汉森向她保证，营地离这里只有几英里远。

"我们昨天就应该赶上队伍了，"他说，"他们前进的速度比我想象的快多了。"

"他们根本没有经过这里，"梅林坚持，"我们追踪的足迹，是好几周前留下的。"

汉森笑了。"哦，是吗？"他呼了一口气，说，"你怎么不早点说呢？这一点再明白不过了，我们走的不是同一条路线，即便没有追上他们，我们今天也能跟上队伍了。"

现在，梅林知道他在撒谎。他像个傻瓜一样，竟然认为有人会相信如此荒谬的解释？已经追了这么久，都没有赶上商队，他竟然还信誓旦旦地保证两人马上就能赶上队伍，谁会这么愚蠢地相信这套说辞？

不过，梅林也有自己的打算，她计划着一旦自己稍占优势，便抓住机会立即逃跑，现在梅林不断思考着汉森的一举一动，以增加自己甩掉对方的概率。当汉森的视线从自己身上移开时，梅林不停地注视着对方的脸庞，然而令人焦急的是，那人的五官总是有意无意地回避着。到底她在哪儿见过他呢？还没入住"恩人"的庄园之前，她可能在什么条件下见过他？梅林的脑海里迅速地过滤了一遍所有曾经见过的白人。之前在丛林中，确实有一些白人到过酋长的村庄，人数不多，但确实来过那么几个。啊，她想起来了，她在村庄里见过这个人！她几乎就要想起汉森的真实身份了，但突然间，思绪又一次一闪而过了。

午后时分，两人已经穿过丛林，来到了一条宽阔平静的河边。在对岸，梅林发现了一个周围筑起了高高的荆棘的营地。

"我们终于到了。"汉森说完，拔出手枪，向空中射了一枪。很快，河对岸的营地便骚动起来，黑人们沿河而下。汉森和他们打了声招呼，但人群中没有任何一丝莫里森的踪影。

按照汉森的指示，黑人们驾着独木舟，划了过来。汉森将梅林放到小船上后，自己也迈了上去，留了个手下照看马匹，随后，小舟晃晃悠悠地驶向河边的营地。

一到达营地，梅林便问起莫里森。听到梅林的问话，汉森指了指孤零零地矗立在围栏中间的一顶帐篷。

"在那儿。"他说着,率先朝帐篷走去。在入口处,他微微掀开了门帘,示意梅林进去。

梅林进入帐篷,四下瞧了瞧,里边空无一人。她猛地转向汉森,发现对方咧开嘴,露出了一个灿烂的笑容。

"莫里森在哪儿?"梅林厉声问道。

"他不在这儿,"汉森回答,"反正我没看见他,你瞧见了吗?只有我在这里,我比那家伙好几万倍,你不需要他了——你已经有我了。"汉森一边放声大笑,一边伸手就去抓梅林。

汉森紧紧地抓住了梅林的胳膊,绕过身体,慢慢地把她拖向帐篷尽头那堆毛毯上,然后垂下脸庞,慢慢靠近她,眼睛眯成了两条线。

梅林拼命抵抗,怒视着汉森的面孔,突然她想起了似曾相识的场景,当时她也是这样挣扎着,对了,她完全认出了眼前的男人,他就是曾经袭击过自己的瑞典人玛尔比恩!当时他的同伴试图拯救她,还被他杀了,最后是"恩人"救了自己。那个光滑的脸蛋欺骗了自己!现在胡子茬长了出来,整个人越发熟悉,身份显露无遗。

但今天"恩人"不会来救她了。

Chapter 21

多方人马追捕

根据玛尔比恩的指示,黑人下属必须一直留在空地,等主人回来,此时他已经在树根边上蹲一个小时了,突然,身后传来了一头狮子"咕噜咕噜"的叫声,黑人瞬间脊背发麻,连滚带爬躲进树丛里。过了一会儿,狮子迈入空地,朝着一只羚羊的尸体走去,直到此刻,黑人都没有发现这只已被猎杀的动物。

天亮后,狮子才吃好,而黑人一夜无眠,他紧紧地抓住暂栖的树枝,思索着自己的主人和那两匹小马到底发生了什么事。他已经跟了玛尔比恩一年了,对这个白人可谓相当了解,很快便意识到自己被抛弃了。与玛尔比恩的其他下属一样,这个黑人十分憎恶自己的主人——恐惧几乎是联系他和白人之间唯一的纽带。而眼前的处境,更在他的仇恨之火上浇了一把油。

太阳升起时,狮子才再次回归丛林,黑人从树上滑下来,开始了返回营地的漫漫旅程。此刻,他脑袋瓜里冒出各种各样的复仇计划，然而，即便机会真的来临，面对着一个占据主导地位的种族，他也没有勇气付诸行动。

在离空地一英里的地方，黑人看到两匹小马踏过的痕迹，正好和自己前进的小径交叉而过，眼里不由得闪过一丝狡黠的神情，随后更是忍不住放声大笑，使劲拍了拍大腿。

黑人们总爱乐此不疲地说长道短，当然，这也委婉地说明了，他们同样是人，有着喜怒哀乐，而不仅仅是奴隶。玛尔比恩的手下们几乎无一例外地兼备了这一特征，过去十年间，他们许多人跟着他东奔西走，因此，在这片非洲的荒野里，玛尔比恩的行为举止、生活方式早已被口耳相传得广为熟知了。

这个黑人了解自己主人的许多事迹，并且自己、也可能还有其他人，无意中获悉了玛尔比恩和莫里森的计划，此外，他还从与领头人的闲谈中获悉，玛尔比恩把一半的队伍安置在遥远的西部大河营地里，这样一来，就像二加二等于四——黑人不难做出推断——他的主人欺骗了另一个白人，将那名男子的女人带去了西部营地，而剩下的半个队伍则被遗留下来，等着承受庄园主人那令人心惊胆战的追捕和惩罚。黑人小伙子又一次露出了一排大白牙，笑得合不拢嘴。随后，他飞快地朝北边跑去，两旁绵延数英里的风景倒退如梭。

在瑞典人北部的营地里，莫里森几乎整夜无眠，充满不安、怀疑和恐惧。直到清晨，他才疲惫不堪地睡去。然而，太阳升起后不久，领头人便唤醒了他，提醒说队伍必须马上开始北上的旅程。莫里森磨磨蹭蹭地留在原地，他还想等等"汉森"和梅林。不过，领头人却一再催促，并不断强调旅途中的种种危机，显然，这家伙十分清楚自己主人的计谋，知道那会使老大怒不可遏，要是整个队伍在老大的国度里被逮住，那么后果不堪设想。听到领头人

多方人马追捕

的话语，莫里森也开始警觉起来。

如果老大——领头人总是这么称呼统治着大片非洲区域的那个人——意识到"汉森"歹毒的行动，他一定会反复琢磨,这样的话，还会猜不到整件事的来龙去脉吗？说不定已经开始行军来追捕自己，准备严惩一番了。对于庄园主人的那套惩治方法，莫里森也早已耳熟能详，生活在边界壁垒的任何人，一旦触犯了这片野蛮国土上的法律或习俗，大罪小罪都将受到惩罚。对于这块荒野领地上的人民，老大本身就代表着法律。甚至有传闻说，他还从一个虐待当地女孩的白人身上得到启发，增添了死刑刑罚。

莫里森回忆起这些传闻，不禁打了个寒战，不停考量着，若是庄园主人知道自己拐走了年轻的梅林，会采用什么手段对付自己？想到这一点，莫里森猛地站了起来。

"是的，"他紧张地说，"我们必须马上离开这里。你知道去北方的路吗？"

领头人二话不说开始整顿队伍，即刻便动身，没有浪费一丝一毫的时间。

晌午时分，一个精疲力竭、满身汗水的黑人追上了艰难跋涉的队伍，霎时间，各种招呼声此起彼伏。这个在前一晚被玛尔比恩抛弃在空地的黑人小伙子，迫不及待地和同伴们分享了自己了解的所有事情，以及对于主人行为的种种猜测。很快，整个团队都意识到了玛尔比恩的阴谋，走在领头人身侧的莫里森也渐渐察觉到后边的喧闹。

当莫里森听完黑人小伙的所有言论后，立马意识到汉森，也就是玛尔比恩利用了他，并且可能霸占了梅林。他整个人青筋暴起，怒火中烧，他又想到了梅林的安危，浑身开始瑟瑟发抖，焦虑不安。

即便自己曾经的设想与玛尔比恩的预谋一样，糟糕透顶，但那也不能掩盖瑞典人罪恶的行径。起初,莫里森没有想到玛尔比恩会蓄意掳走梅林,更没有想到自己竟会使她惨遭如此不幸。此刻,他满身的愤怒就像一个男人输掉了自己主导的游戏,原本到手的战利品也不翼而飞。

"你知道你的主人去哪儿了吗?"他问黑人。

"知道,先生,"小伙子回答,"他去了大河边上另一个营地,那里的河水一直朝着落日奔涌而去,十分遥远。"

"你能带我去见他吗?"莫里森询问。

黑人小伙肯定地点了点头,他想到了一个一石二鸟之计,既可以报复自己痛恨的主人,同时还能逃脱老大的追捕,毕竟,所有人都确信,老大会首先捉拿这支北行的狩猎队。

"你能单独带我去营地吗?就你我二人。"莫里森再次问道。

"可以,先生。"黑人笃定地说。

莫里森转过头去瞧了瞧领头人。现在,他彻底知晓了玛尔比恩的计划,也明白为何领头人希望以最快的速度到达老大的北边国界——只有那样,才有足够的时间趁着老大向北方追捕时,赶紧逃去西部海岸。

"你尽快地带领整个队伍北上,"莫里森朝领头人说道,"我先原路返回,尽量将老大引到西部。"

领头人咕哝了一声,同意了,他一点儿也不愿同这个奇怪的白人同行,这人连晚上待在营地都会感到害怕,简直胆小如鼠,他也不指望老大那些强壮的士兵会对自己手下留情,毕竟两方之间可谓有着血海深仇。另一方面,领头人也很高兴,这个提议让他有了正当的借口,可以毫无顾忌地甩掉深恶痛绝的瑞典主人。而且,他还知道一条通向自己国家的北方道路,这一点连瑞典白人都茫然无知——许多白种猎人和探险者曾不时地经过这片干旱地域的边缘,数次绕过高原上的几处水洞,但他们做梦也没想到那里藏着一条捷径。如果老大跟上来,他甚至可以利用那条小道避开追捕,带着这个念头,领头人迅速将玛尔比恩狩猎队余下的成员整合起来,向北方挺进。另一边,朝南出发的黑人小伙领着莫里森再次钻进了丛林。

科拉克一直等在营地,监视着莫里森,一直到狩猎队向北动身。但是很快,他就发现英国年轻人走错了路,方向与梅林所在之地截然相反,于是科拉克毅然离开营地,慢慢地回到了最初见到梅林的空地。只要一想到她,科拉克的心就止不住地呐喊,多想将梅林再次拥入怀中啊!

看到梅林还活着时,科拉克高兴得无以复加,那一瞬间,什么嫉妒的想法都顾不上了。冷静下来后,这些念头才一一涌入脑中——黑暗又血腥,足以令莫里森吓得屁滚尿流。此刻,科拉克满脑子盘旋着这样的念头,藏身于粗壮的树枝之间,窥视着、等待着"汉森"和梅林的到来。

随着时间的流逝,科拉克心中的想法渐渐抑制不住,流露了出来。他暗暗将自己和衣着整洁、光鲜亮丽的英国绅士进行了对比——结果是,他真的差太多了。与那人一作比较,自己还能给梅林什么呢?那人有着种种与生俱来的神圣权利,可自己此刻几乎一无所有,赤身裸体、蓬头垢面,而曾经的丛林小伙伴却已经蜕变得优雅迷人。当初意识到自己爱上了梅林时,他心中便怀有一个念头——向她求婚,现在哪里还有勇气这么做?一想到自己的爱未来可能给无辜的孩子造成无法弥补的伤害,科拉克便忍不住打了个寒战,幸好冥冥之中,命运夺走了梅林,这才使自己没有酿成大错。现在她一定明白了自己心中的想法,一定极其憎恶自己,一想到曾经有过的念头,他也开始对自己感到无比嫌恶。

一开始科拉克以为梅林已经死去时，她只是被迫离开了自己，可现在看到她真实地活着——穿着精致的外衣，优雅又神圣，他明白，自己真真切切地失去了梅林。

以前，科拉克爱着梅林，现在，他却是膜拜着她，他也知道自己可能永远无法拥有她了，不过至少还能看见她，还能远远地望上几眼，也许还能默默地守护着，梅林肯定猜不到自己已经找到她，甚至猜不到自己还活着。

他偶尔会想，梅林是否会想起自己？是否会想起两人曾一起度过的美好时光？不，这想法听起来像是天方夜谭。科拉克转头又想到，这个美丽动人的女孩过去是一个穿着豹皮、酥肩半露的小妖精，在那些慵懒的岁月里，两人一起快乐地奔跑，敏捷地跳跃在丛林里粗壮的树枝间，这一切回想起来如同梦幻一般，令人难以置信。然而，相比于新生活，过去的回忆在梅林脑中可能已经所剩无几了吧。

悲伤就这样一点一点地充斥在科拉克心中，他游荡到了平原边缘的丛林里，等待着梅林的到来——可是，她不会来了。

不过，另一个人来了——一个身材高大、肩膀宽阔的男人，穿着卡其色衣装，领着一群皮肤黝黑的士兵。严肃的脸庞绷得紧紧的，愤怒的神情也无法将眼里、嘴边那深不见底的悲哀掩盖。

科拉克看见男人从自己先前藏身的大树底下走过，来到了这块空地边缘，僵直地坐着，冰雕般纹丝不动，周身笼罩着难以言喻的悲恸，犀利的眼神一遍遍地扫荡着空地。科拉克一动不动地待在大树上，目光有些呆滞地盯着男人。他瞧见，男人示意了一下自己的手下，说了些发现的线索，随后，队伍便朝北出发，慢慢消失在视野之中。科拉克依旧像个雕塑一样坐着，痛苦无法抑制地蔓延开来，心痛得滴血。一小时后，他慢慢地离开了，回到了丛林,朝西边走去。他耷拉着脑袋,低耸着肩,无精打采地走着,像一个背负着沉重心事的老人。

莫里森骑着马跟随黑人向导,偶尔弯下腰,脑袋靠着马脖子,以便穿过浓密的矮树丛,若是低矮的树枝密密麻麻地延伸到了地面,他也会下马,步行而过。黑人领着他踏上了一条最快的捷径,但马匹难以穿行,因此在赶了一天路后,莫里森被迫放弃了坐骑,徒步跟着灵活的向导,在丛林里七弯八拐地走着。

漫长的旅途让莫里森有了充足的时间思考,然而,当他在脑海里构想出梅林落到瑞典人手里的命运后,便不可抑制地火冒三丈,怒气更甚从前。不过很快他便意识到,正是自己使梅林陷入险境,即便她侥幸摆脱了玛尔比恩,跟自己在一起,处境也好不了多少,等待她的依旧是难以逃避的惩罚。

但莫里森此时也发现了梅林在自己心里,比想象中要重要百倍。他第一次将她和自己熟识的其他女人进行对比,包括出身和地位,令人惊讶的是,他发现,相比之下,这个年轻的阿拉伯女孩所遭受的磨难只多不少。但是紧接着,将仇恨的情绪搁置一旁,他又开始审视自身,心中充满了厌恶——他看见了自己背信弃义的行径,卑鄙又丑陋不堪。

剖开这赤裸裸的真相,羞耻感覆满身心,慢慢地,莫里森的感情发生了变化,原先对那社会地位低下的女孩产生的迷恋,逐渐转化成了爱。他跟跟跄跄地往前走了几步,无限的爱意在内心燃烧着,随即,另一股情绪也喷涌而出——浓烈的憎恨呼唤着他前去复仇。

莫里森过去的生活充满了安逸和奢华,没有一丝痛苦,如今,这些折磨却成了家常便饭,如影相随,衣裳被撕破了,皮肉也剐伤了,布上一道道血痕。然而,哪怕步履似有千斤,人早已累得筋疲力尽，他仍极力要求黑人再快些。

复仇的欲望促使他不断前行——莫里森有一种感觉，漫漫旅途中所遭受的痛苦，是他在赎罪，只有这样才能稍稍弥补自己对心爱的女孩造成的伤害——因为，将梅林从命运的桎梏中拯救出来，希望太渺茫了。"太晚了！一切都太晚了！"凄凉的话语萦绕在耳边，仿佛成了前行路上悲凉的伴奏。"来不及了！来不及救出梅林了！但是报仇还来得及！"这个念头让莫里森不顾一切地朝前奔去。

只有当天色暗得实在看不清前方的道路时，莫里森才允许自己稍作休息。午后时分，疲惫的向导坚持要休息时，有十几次都受到了莫里森的威胁，若不赶路，就干掉他。黑人小伙吓坏了，他无法理解，一个连夜晚都会感到害怕的白人为何突然发生了如此巨大的变化，要是有机会，他真想甩掉这个令人心惊胆战的主人。可惜莫里森早已猜中了他的心思，丝毫不留给他任何逃跑的余地。白天，莫里森紧紧地跟着黑人；夜晚，他也紧挨着黑人睡在粗糙的防兽荆棘栅栏内，这是两人搭建的临时落脚之地，以防备夜间徘徊的吃人野兽。

现在，莫里森可以在野蛮的丛林中沉沉入睡了，这意味着他的身心在过去的二十四小时里已经有了巨大的转变，他甚至能够忍受得了黑人的气味，躺在后者身边，这似乎也暗示了莫里森身上萌发了一丝民主的苗头，而这一特征对早先的他而言，简直是无稽之谈。

清晨到来时，莫里森浑身僵硬、腰酸背痛，走起路来一瘸一拐，但依旧下定决心要尽快赶上玛尔比恩。他取来步枪，打好背包，没有进食便匆匆离开营地。旅途中，他恰好射杀了一头蹚过小溪的雄鹿，这才不情不愿地停下休息，生了火，分食了猎物。随后，

多方人马追捕 | 215

两人又马上出发，穿过藤蔓缠绕的树林以及杂草丛生的荒野。

与此同时，科拉克慢慢地向西边晃荡着，经过丛林深处时，他发现了大象的踪迹，这头大象正在树荫下啃食青草。此刻，孤独而悲伤的他，十分欣慰能够有这个大块头挚友陪在身边，粗长弯曲的象鼻亲切地环绕住科拉克，将他轻轻地甩到厚实的后背上，在那儿，科拉克曾安然入睡，度过了一个又一个慵懒的下午。

远在北方的老大依旧坚持追捕着逃亡的狩猎队，殊不知自己已经被误导了，距离试图拯救的梅林也越来越远了。

而在庄园这边，那个将梅林当女儿一般爱着的女主人，正焦急不安地等待着，看着无功而返的营救小队，心里充满了悲伤，但她的心中又坚信，无所不能的丈夫一定能成功将梅林带回来。

Chapter 22
女孩成功出逃

梅林剧烈反抗，和玛尔比恩搏斗了起来，但是很快，她的双手便被对方健壮有力的胳膊紧紧地反绑在身体两侧，挣脱的希望在眼前一点一点破灭了。梅林没有发出任何声音，她知道没有人会来帮助自己，早年的丛林生活也使她明白，在自己生存成长的野蛮世界里，寻求援助是徒劳无用的。

然而，就在梅林奋力挣脱的时候，她的手碰到了玛尔比恩臀部枪套里的左轮手枪。就在被慢慢拖向地毯时，梅林的整只手悄悄地摸上了这把令人垂涎的武器，将它从枪套里抽了出来。

不久，玛尔比恩便站在了一堆七零八落的毯子边上，突然，梅林停止挣扎，整个人撞向他，直撞得玛尔比恩连连后退，腿脚绊到了床沿，猛地栽到地上，他本能地伸出手撑住身体。就在这时，梅林举起手枪，对准他的胸膛，扣动了扳机。

不幸的是，枪管里只落下了一个空壳子，而玛尔比恩也迅速地反应过来,站起身再次抓向梅林。一瞬间,梅林躲开他,飞快地朝帐篷口跑去,然而就在靠近门口的刹那,玛尔比恩厚实的手掌抓住了她的肩膀,将她又拖了回去。梅林扭动着身子,像一头怒不可遏的受伤母狮,她握住狭长的枪管,高举过头,狠狠地砸到玛尔比恩的脸上。

玛尔比恩勃然大怒,疼痛万般地咒骂了一声,松开手,跟跟跄跄地后退了几步,昏倒在地。梅林迅速转身,没有一丝犹豫地逃走了,甚至没有回头看上一眼。几个黑人看到了她,试图上前阻止,但是那把没有子弹的手枪带着无声的威胁,他们没有一个人敢靠近。就这样,梅林成功地逃离了这一排排防兽栅栏,朝着南边冲去,不久便消失在丛林之中。

梅林径直奔到一棵大树纵横交错的枝杈上,这是她还是生活在树上的小野人时形成的本能。她知道自己即将开始一场逃亡,而这些衣物无疑会成为累赘,不过马裤和夹克衫可以御寒,又可以隔离荆棘,使自己免于受伤,同时也不会造成太大阻碍,倒是可以留下,但是穿着裙子和靴子在树林里穿行就完全行不通了。所以,她快速地脱下了骑马裙、靴子和袜子。

还未走远,梅林就开始意识到自己难以生存,她既没有防御手段,也没有武器,如何捕食?她怎么就没想到在离开帐篷前把玛尔比恩腰上的弹药带剥下来!要是左轮手枪里有子弹,她还有希望捉些小野味,同时,要返回"恩人"和"我亲爱的"那温暖的庄园,一路上可能会碰到各种野兽,有了子弹,除了最凶猛的敌人,其他动物都不足以对自己造成伤害。

这个念头不停地徘徊在她的脑海中,她决定返回帐篷,取走自己迫切渴望的弹药。梅林明白这样做极有可能再次被抓住,但是没有防御手段,没有办法获得食物,她同样无法保障自己的安危。

她转过头，望向刚刚逃离的营地。

梅林以为玛尔比恩已经死了，毕竟她的那一击惨重无比。她想着，在天黑之后找个机会进入营地，到帐篷里去搜一搜弹药带，但是在防兽栅栏外，她在树上找不到一处既可以观察周遭动静又不会被发现的藏身之地。突然，梅林看见玛尔比恩走出帐篷，随手擦了擦脸上的血迹，大声地咒骂，又对惊恐万分的手下们问了一连串的问题。

紧接着，整个营地的人员便动身前去寻找女孩了，梅林待在树上，直到确信所有人都走了，才从藏身之地滑了下来，迅速穿过空地，来到玛尔比恩的帐篷里。她快速地搜索了一番帐篷内部，没有发现弹药的影子，但是在一处角落放置着一个箱子，里边装着瑞典人的私人物品。

梅林摸向了这个箱子，弹药有可能就装在里边。很快，她解开了箱子上的绳索，掀开上边的帆布，几秒钟过后，盖子也打开了，她翻箱倒柜，翻出各种各样的零碎杂物，有信件、报纸和从旧报纸上剪下的一些报道，还有一张小女孩的照片，粘贴在一片从《巴黎日报》上剪下来的纸张背面。她读不懂这份剪报，经过岁月的侵蚀和人为的摆弄，报纸已经发黄泛旧，但是剪报上小女孩的照片吸引了她的注意，自己以前在哪里见过这张照片？瞧了一会儿，她猛然意识到这是自己许多年前的照片。

这是在哪儿拍的？那个男人怎么会有这张照片？报纸上又怎么会刊登自己的照片？这张褪色的照片背后有什么故事？

梅林本是要搜寻弹药，可发现的这些东西令她十分困惑。她站在那儿，盯着褪色的照片看了一会儿，突然想起了自己来寻找弹药的目的，于是又转过身，翻到盒子底部，在一个角落里发现了一盒子弹。只一眼，梅林便确定这是手枪子弹，她迅速地把盒子塞到口袋里，然后又转过头，看着手里边这张令人迷惑的照片。

突然传来一阵声响，霎时，梅林整个人立马警觉了起来。那些人回来了，越来越近了！几乎顷刻之间，她便听到了玛尔比恩嘴里的污言秽语。那个迫害自己的罪魁祸首回来了！梅林迅速跑到帐篷口向外望去。太迟了！她走投无路了！玛尔比恩和三个黑人小喽啰正笔直穿过空地走向帐篷。该怎么办？梅林迅速地把照片放到腰间，取出盒子里的子弹塞到左轮手枪的弹匣之中，然后退到帐篷另一头，将手枪瞄准入口。玛尔比恩在外边停了下来，梅林听见他正在粗鲁地下达指令，似乎还要不少时间，于是，在他大吼大叫、粗声粗气地说话时，梅林寻到了一条逃跑路径。她弯下腰，掀开帐篷这头的帘子，朝外边瞧了瞧，没看到任何人。她快速闪身，弯下腰贴着外边的帐篷，这时，玛尔比恩刚好对手下说完了最后一句话，走了进来。

梅林听到他的脚步踏过地板，她站起身，又微微弯下腰，径直跑到一个土著小屋后边，她回头看了看，没人在后边，也没人发现自己。此刻，她听见从玛尔比恩的帐篷里传来了一声震耳欲聋的谩骂。玛尔比恩发现自己的私人箱子被乱翻一通，气得对着手下们大呼小叫。梅林在听到喽啰们回话时，便从小屋冲了出来，朝着距离玛尔比恩帐篷最远的栅栏飞奔而去。

此时，栅栏边上矗立着一棵大树，相互缠绕的枝杈四处悬垂，在黑人们眼里，这棵树太粗壮了，不方便砍倒，于是他们将篱笆搭建到树边。不管是什么原因使得这棵大树得以留下，梅林都感到无比庆幸，仿佛绝渡逢舟，为她提供了亟须的逃跑途径，不然她真的要走投无路了。

她藏在树上，看见玛尔比恩再次进入丛林，这次他留下了三个手下守卫营地，然后便朝南而去。玛尔比恩消失之后，梅林绕过外边的围栏，向河边走去。那里停靠着一些营地成员们用来渡河的独木舟。对于孤身一人的女孩而言，这些小舟笨重无比，划起来十分费劲，但是没有别的办法，她必须渡过这条河。

但是独木舟停泊之地完全暴露在营地成员的视野下，在他们的眼皮底下冒险渡河，无疑会被抓住。除非能有什么意外情况发生，否则梅林唯一的希望就是等到天黑了。然而，她观察了一个小时，发现总有人守着河岸，自己一旦下水，立刻就会被发现。

不久，玛尔比恩从森林里出来了，大汗淋漓、气喘吁吁。他飞快跑到河边，数了数独木舟。很明显，他突然想到，如果梅林想要回到庄园，就一定要渡过这条河。当瑞典人发现小舟一条未少时，不禁松了一口气，这似乎印证了他心里的猜想。玛尔比恩转过身，匆匆对着随他走出丛林的领头人说了几句话，那人身边还跟着其他几个黑人。

根据玛尔比恩的指令，手下们将所有独木舟都放下了水，只留下一条，紧接着，他通知了营地里所有守卫，很快，整个队伍都上了小船，开始划水。

梅林看着他们，直到河水拐了个弯，隐去了队伍的身影。他们走了！留下她一个人和一条带着划桨的小舟！梅林简直不敢相信自己居然如此幸运。现在要是再多拖延一秒，无异于亲自扼杀了逃跑的希望。

她赶紧从藏身之处跳了下来，落到地上，此刻，自己与独木舟之间仅有十几码的距离。

在弯道的上游，玛尔比恩命令一条条独木舟靠岸。然后，他和领头人两人独自上了岸，沿着岸边慢慢地寻找着一处最佳观望点，好用来观察自己遗留在营地河边的那条小舟。玛尔比恩面带微笑，他几乎可以预见自己计谋得逞的场面了——梅林迟早会返回营地，然后划动仅剩的小舟过河。也许她一时间想不到这个主意，那他们可能得等上一天，或者两天。但只要她还活着，还没有被自己派出去搜查森林的手下逮住，就一定会折回营地。不过玛尔比恩没有料到的是，梅林会来得如此快，就在他物色好观察点，再次朝大河望去时，嘴里忍不住骂了一句——他的猎物已经划过半条河流了。

玛尔比恩转过身，朝着独木舟疾驰而去，领头人紧随其后。两人踏上船后，玛尔比恩急切地催促桨手们全力出发。独木舟飞冲进小溪，顺着水流奔向逃跑中的猎物。当梅林的身影清晰地映在这些人眼里时，她几乎已经到达了岸边。就在这时，梅林也看见了人群，开始更用力，努力争取在敌人追上前划到彼岸，她躲在树上时就想到，这群人只要比自己晚出发了两分钟，自己就有能力远远地甩开他们。梅林信心十足：现在他们根本不可能追上自己了，因为她已经占领了先机。

玛尔比恩察觉到梅林又要从自己手中溜走了，他气急败坏地破口大骂，挥舞着拳头催促着手下快速前进。他站在领头的独木舟上，远远落后了梅林一百码远，而此时梅林的小舟已经安全抵达岸边，停靠在密密麻麻枝条悬垂的大树下。

玛尔比恩厉声尖叫着让梅林站住，当发现自己可能再也无法追上时，他整个人几近癫狂，猛地把枪架到肩膀上，仔细地瞄准了林间那抹纤细的身影，然后开了火。

玛尔比恩的枪法一向极其出色，在如此短的射程内绝不可能出现失误，这次要不是发生了点意外，他早就击中了目标。当时，就在他扣动扳机的刹那，玛尔比恩的独木舟被一根浮木撞了一下，船头方向仅是稍有偏差，却足以使枪口偏离目标。子弹嗖的一声擦过梅林的脑袋，即刻之后，她便消失在枝繁叶茂的树丛里。

梅林嘴角挂着微笑，落到了地面，正要穿过一片空地。那里曾经是一个被田野包围的土著村庄，如今，只有破烂不堪的小屋摇摇欲坠，茂密丛生的植被层层叠叠地覆盖了耕地，小树林如雨后春笋般占据了村里的街道。对梅林来说，她必须在玛尔比恩登岸前迅速地从这里穿过，进入对面的丛林。

梅林却没有注意到，歪歪斜斜的小道边上、摇摇欲坠的谷仓后面，有许多双锐利的眼睛正观察着她。对于正在逼近的危险，梅林毫无察觉，她直接踏上了村里的街道，这是去往丛林最畅通的道路。

在一英里外的东边，一个穿着卡其色衣服的男人，衣衫褴褛、面容枯槁、蓬头垢面，坚持不懈地沿着玛尔比恩将梅林拐去营地的路线追踪着。当穿过一片丛林时，他突然停了下来，因为他听到了纵横交错的森林里隐约回荡着枪声。前方的黑人小伙也停下了脚步。

"我们快到了，先生。"他的语气和行为中充满着敬畏之情。

莫里森点了点头，示意黑人向导继续往前。这便是莫里森——一个曾经挑剔无比、过分讲究的男人。此时，他的脸和手都被荆棘和灌木丛划伤了，伤口结痂后留下一道道血痕，衣服也几乎被撕成了碎片。但就是这样，一个新的莫里森光芒四射——比起往昔的花花公子，重生的他更加英俊迷人。

每个男人从一出生，灵魂深处就萌动着一种刚毅之气和荣誉情怀。对于过去卑劣的行径，莫里森十分懊悔，他早已明了自己心中的挚爱，无比渴望着能够弥补对她造成的伤害，内心里有一股崇高的渴望不断滋生着原始的萌动——他已经脱胎换骨了。

两人跌跌撞撞地走向枪声传来的方向。黑人没有携带武器——莫里森不确定黑人对自己有多忠诚，不放心让他带枪，也正因为如此,在漫长的旅途中,莫里森可以安下心来免受武器的威胁,但是现在,两人已经离目标越来越近,莫里森知道黑人的心中燃烧着不亚于自己的怒火,那同样是对玛尔比恩的仇恨,于是他把步枪递给了黑人,想着接下来将有一场恶战——他想要战斗,想要复仇。身侧是一把左轮手枪,作为一名出色的枪手,这把小巧的武器便是他的仰仗。

正当他们进一步朝目标走去时,前方"嗒嗒嗒"地响起了一连串的枪声,两人霎时惊恐万分,紧随其后再次传来了几声枪响,夹杂着野兽般的咆哮,接着,一切又归于平静。莫里森发狂地加快步伐,然而越是着急,眼前的丛林越是迷乱,似乎比以前错综复杂了一千倍,他被绊倒了十几次。而黑人则有两次走错了道,两人不得不返回原路重新出发,最后,他们来到了旷野附近的一小片空地上,这里曾是一个繁荣的村庄,此时却只剩下几处孤零零的残垣断壁,破败不堪。

茂密的丛林植被掩去了村庄曾经主要的街道,此刻那里躺着一具黑人的尸体,一颗子弹穿透心脏,不过身体还保留着余温。莫里森和黑人同伴四处张望,没有发现其他活着的人。他们静静地站着,细细聆听。

什么声音?有船桨在河面划动?

莫里森穿过废弃的村庄,跑向丛林边缘的大河,黑人紧紧地跟在一侧。两人努力地挤过一层又一层的树叶屏障后,终于看到了河水,同时,在河的对岸,他们还瞧见了玛尔比恩的那些独木舟正迅速地聚集在一起,准备扎营。

"我们要怎样渡河?"莫里森询问道。

黑人摇了摇头。两人没有独木舟,河里还潜藏着鳄鱼,要是冒险游过去等同于自杀。就在这时,黑人小伙碰巧朝下看了一眼,下方盘根错节的树枝间停泊着梅林用来逃跑的那条小舟,他立马抓住了莫里森的胳膊,指了指自己的发现。莫里森一看,兴奋得差点叫起来。

两人迅速沿着下垂的树枝滑进小船,黑人握住了船桨,莫里森则用力地推了一把边上的大树,不一会儿,独木舟便奔入河水的怀抱,朝着对岸和玛尔比恩的营地驶去。莫里森蹲在船头,双眼紧盯着对面河岸上划动着独木舟的男人们。他瞧见玛尔比恩从最前面的小船上踏出脚,回头瞥了一眼河对岸,当他的目光落在追逐在后的小舟上时,脸上闪过一片讶异之色,甚至喊来了自己的手下。

然后,玛尔比恩就站在那儿等着,等着那条独木舟和上面的两个男人——对他和手下们来说,这两个不速之客几乎没有任何威胁。但玛尔比恩有点困惑,这个白人是谁?尽管此时莫里森的独木舟已经划到河水中央了,并且河岸上的人们都清楚地看到了船上的面孔,但他还是认不出来人。

玛尔比恩的一个黑人下属率先发现莫里森身侧的黑人正是自己的同伴。于是,玛尔比恩也猜测到了白人的身份,但他又不太相信自己的推断,试想一下,莫里森仅跟着一个同伴,便追踪着自己闯过这一大片丛林,这听起来简直像是无稽之谈——但真相确实如此。玛尔比恩终于认出了这个衣着凌乱、不修边幅的白人,他不情愿承认来者的身份,但又不得不正视一点,那就是驱使莫里森前来的动机,一个曾经懦弱无比的胆小鬼,怎么会有勇气循着自己的踪迹穿过野蛮的丛林?

那人是来复仇,来找自己算账的!这似乎难以置信,但除此之外,没有其他的解释。玛尔比恩耸耸肩,好吧,这么多年来,前来寻仇的不在少数。他将手指搭在步枪上,耐心等着。

女孩成功出逃 | 225

现在，这条独木舟已经抵达河岸附近。

"你想干什么？"玛尔比恩一边大喊，一边举起步枪震慑着。

莫里森气得跳了起来："我要干掉你这该死的！"

他怒吼着抽出左轮手枪，几乎和玛尔比恩同时开了火。

随着两声枪响，玛尔比恩的手枪滑落到一旁，双手用力捂住胸膛，身体摇摇欲坠，最后膝盖猛地跪了下来，脸砸在地上。莫里森浑身僵硬，脑袋一抽一抽地朝后仰着，站了一会儿后，缓缓地瘫倒在船底。

一时间，黑人桨手不知所措，如果玛尔比恩真的死了，那他可以毫无顾忌地继续加入到自己的黑人同伴们中；但要是玛尔比恩只是受了伤，那自己还是远远地待在岸边更安全些。于是，黑人小伙迟疑着，将独木舟平衡在河水中，现在他对自己的新主人充满了敬畏，无法对他的死亡无动于衷。黑人小伙坐在船头，凝视着瘫在地上的人。

突然，地上的人影动了动，那人极其虚弱地想翻个身，莫里森还活着。黑人往前挪了几步，将莫里森扶起来坐着，然后，他手里拿着桨，站在莫里森的面前，询问伤势。这时，岸边射来了另一发子弹，黑人小伙突然一头栽到舷外，僵硬的手指仍然死死地拽着船桨——子弹击穿了他的眉心。

莫里森虚弱地扭过头，向岸边望去，看见玛尔比恩抬起手臂，把枪口又对准了他。莫里森立刻滑到了独木舟底部，一颗子弹从头顶呼啸而过。玛尔比恩痛得浑身痉挛,手枪瞄准的时间越来越长，枪法也无法像先前那般精准了。而莫里森此时也艰难地翻了个身，右手握住左轮手枪，微微挺起身子，视线沿着独木舟的边缘朝外望去。

玛尔比恩一看到他,立马就开了枪,不过莫里森丝毫没有退缩，甚至不曾低头。身下的船只正随波浮动，他不得不费上全部心神，将枪口对准岸上的目标，此时他的手指已经扣在扳机上——一道光一闪而过，伴随着一声枪响，玛尔比恩猝然一动，子弹击中了他庞大的身躯。

不过，玛尔比恩依旧没死，他再次瞄准并开了枪，子弹劈开了独木舟上的船舷，差点就擦到莫里森的脸。独木舟不停地顺流而下，莫里森也开了一枪，而岸上躺在血泊之中的玛尔比恩又不甘示弱地回了一枪。就这样，两个受伤的男人顽强地进行着一场奇怪的对决，直到莫里森身下的非洲长河载着他隐入茂密的树木之中。

Chapter 23

女孩再遇酋长

就在梅林穿越了大半条村庄街道时,周围阴暗的小屋内突然钻出了一大群穿着白袍的黑人和混血人种。看到这情形,她撒腿就跑,然而一双双厚重的大手瞬间就擒住了她。梅林无奈地转过脸庞,试图恳求一番,这时她的眼神撞上了一张阴冷残酷的面孔,一个身材高大的老男人正站在一群围着包头巾、戴着呢斗篷的人后面,怒视着自己。

一看见他,梅林惊恐万分,吓得跌跌撞撞向后退了好几步。是酋长!

一时间,童年时代根深蒂固的恐惧再度袭来,她站在这个可怕的老人面前,浑身发抖,像一个即将被判处死刑的杀人犯站在法官面前。梅林知道酋长认出她了,岁月流逝,衣裳更换并没有过多地改变自己的容貌,而这老家伙又熟知自己孩童时的样貌,现在要辨认出来简直易如反掌。

"回来找自己人了？啊？"酋长粗暴地吼着，"回来乞讨食物、寻求庇护了，啊？"

"放开我！"梅林大喊，"我什么也不要，只要你放我回到老大那里。"

"老大？"酋长激动得差点尖叫起来，嘴里不住地吐出一大串污言秽语，满是阿拉伯人对白人的谩骂，老大是一个让丛林里所有不法者都害怕和憎恨的人。"你要回到老大那里，是吗？那就是你从我身边跑掉后住的地方，对不对？那现在跟在你后面过河的又是谁？是老大？"

"他是你曾经从村庄里赶跑的瑞典人，当时他和同伴与姆贝达串谋，打算把我偷走。"梅林回答。

酋长的眼睛闪闪发光，他令手下悄悄前往河岸，埋伏在灌木丛里，争取一举歼灭玛尔比恩和他的队伍。但是，玛尔比恩已经登岸，并且从森林边缘爬上来了，正睁大眼睛，疑虑地注视着废弃的村庄街道上正在上演的一幕，当眼神落到老头身上时，玛尔比恩立马就认出了酋长。世界上只有两个人，让玛尔比恩像遇见魔鬼一样充满恐惧，一个是老大，另一个便是酋长。他只看了一眼那熟悉的瘦削身影，立马转身冲向独木舟，并且大喊着让手下都跟上来。于是，在酋长到达岸边之前，玛尔比恩的队伍已经全部上了船，划到河流中部了，伴随而来的还有几串从独木舟里发出的射击声，最终，在几声零零散散的枪击过后，酋长将手下都召了回来，押着梅林往南边走去。

玛尔比恩射出的子弹中，有一颗打在了村庄的街道上，那里本来站着奉酋长之命看守梅林的两个黑人，一个倒下了，尸体后来被莫里森进入村庄时发现了；另一个顺手牵走了同伴的衣服和财物，也逃之夭夭了。

更早些的时候，酋长领着队伍沿着大河向南行进，突然有一个人脱离了大众，跑到河边去打水，恰巧看见了梅林从对岸拼命地划桨过河。这个手下立马向酋长通报自己看到的奇怪场景——一个白种女人孤身一人出现在了非洲中部。酋长立刻吩咐手下藏进废弃的村庄，准备等到女人登岸时，将她一把抓获，可以勒索到一笔赎金。他以前就不止一次地这样干过，但自从老大划分了他那古老国度的边界后，酋长就无法再轻易获取暴利了，他甚至不敢在距离老大村庄两百英里内偷取象牙。很快，那个白种女人真的落入了自己设下的陷阱中，酋长旋即便认出那正是自己多年前残酷虐待过的梅林。

一逮住梅林，甚至还未重申两人过去的父女关系，老家伙便狠狠地抽了她一耳光。现在，在队伍前进时，他本可以命令一个手下将马匹让出来，或是让梅林坐在马背上，但偏偏逼她两条腿赶路，似乎陶醉于这种新的折磨方式。可悲的是，梅林发现人群里没有人同情自己，没有人敢保护自己，就算他们有过类似的念头，但什么也不敢做。

经过两天的跋涉，整个队伍终于再次回到了梅林童年时熟悉的地点，当她被推搡着穿过大门，走进坚固的栅栏内时，见到的第一副面孔便是那没有牙齿、面目可憎的马布努——自己曾经的看护人。恍惚间，过去那些年的生活似乎成了一场梦，若不是身上的衣服、长高的个儿、发育的身材，她真的会以为过往的一切只是虚幻的梦境。这里一如从前，一如自己离开时的样子——虽然出现了一些新面孔，但依旧野蛮残酷、卑劣可耻。在她离开后，有几个年轻的阿拉伯人加入这个村庄，其余的还是原来那些人——只有一个例外，盖卡不在了。

梅林开始万分想念盖卡，在她的心里，那个象牙脑袋的娃娃已经成了自己一个有血肉之躯的亲密朋友。她太想那个衣衫褴褛的小知己了,她也早就习惯对着它的耳朵倾吐自己的诸多痛苦,以及偶尔享受到的快乐。盖卡有着木头削成的四肢,鼠皮制就的躯体,样貌虽不体面,却是梅林深爱的朋友。

酋长村庄里没有随同出行的居民们,有些人以前便认识梅林,现在他们正对她评头论足、自娱自乐。在梅林回来时,马布努也假装十分高兴,咧开了没有牙齿的嘴巴,露出一张瘆人的鬼脸,那是她用来表示愉悦时的神情,但是梅林只要一回忆起孩童岁月里、这个老巫婆残忍的手段,便会不寒而栗、瑟瑟发抖。

梅林逃跑后新加入的阿拉伯人中,有一个二十岁的年轻小伙子,身材高大、相貌英俊,带着几丝凶恶的气息——他目光炯炯地注视着梅林,直到酋长过来命令他退下,阿卜杜勒·卡马克才面色阴沉地离开。

最终,所有人的好奇心都得到了满足,纷纷走开了,剩下梅林一人。现在她长大了,可以在村庄里随意地走动,但想要逃跑几乎不可能,周边的围桩又高又坚固,唯一的大门又有人日夜看守,戒备森严。然而也正是因为日渐成熟,梅林不再关心残忍的酋长和他手下的人们是否能成为自己的同伴,而是偷偷溜到了村庄一处人迹罕至的角落——在童年艰难苦涩的日子里,她常常带着挚爱的盖卡来这儿,在栅栏边上一棵粗壮的大树下玩过家家的游戏,那时头顶上方满是茂密繁盛的树枝;但是现在,这棵树不见了,梅林马上就猜到了原因。当初,科拉克正是从这棵树上出其不意地出现并打倒了酋长,使自己脱离了苦海,那一幕刻骨铭心,以至于自己再也想不起其他细节。

不过,栅栏角落里已经长出了低矮的灌木丛,梅林坐了下来,思绪蔓延。她想起了第一次见到科拉克的场景,想起了那段漫长

女孩再遇酋长 | 231

的岁月里，他像哥哥一样无微不至地关心照料自己，保护自己，整个人霎时被一股暖暖的幸福包裹着。过去数月，科拉克从未像此刻这样填满自己的脑海，并且似乎比以往任何时候都更可亲可爱。梅林突然感觉到，科拉克对自己而言似乎真的只剩下回忆了。然后紧接着，莫里森穿戴精致的身影浮现了，梅林困惑不已。她真的爱那个完美无瑕的英国小伙子吗？她想到了伦敦的辉煌，那是莫里森曾热情洋溢地向她描述过的场景，也想象着，自己在英国首都那个充满乐趣的社会里受到钦佩和尊敬的场景。但她所能想到的一切画面，都是莫里森为她描绘的，虽然令人怦然心动，然而画面之中却接连不断地冒出了一个体格健硕、半裸的高大身影——那是一个生活在丛林里的英俊少年。

梅林将手轻轻按在胸口，好不容易才忍住了叹息，就在这时，她摸到了一张照片——那是自己从玛尔比恩的帐篷里溜出时随手藏在衣服里的。现在，她抽出了照片，仔细审视了起来。她十分确信，照片里的那张娃娃脸就是自己，她端详着每一个细节，那件精致花裙的蕾丝边上半露着一条链子和一个挂坠盒。梅林皱了皱眉，有大半记忆开始苏醒了！这个花一般的稚嫩女孩，浑身洋溢着文明的气息，会是酋长的女儿？绝不可能！还有那个挂坠盒，梅林记得以前见过那个挂坠盒，那是她的，这一点自己清清楚楚地记得，非常笃定，到底自己的过去有什么奇怪的秘密？

当梅林坐在草丛里，凝视着照片时，突然，她意识到身边多了一个人——有一个人正悄无声息地站在自己的身后。

她心虚地将照片快速地塞到腰间，这时，一只手落到了她的肩上。梅林知道是酋长来了，身心充斥着无声的恐惧，等待着即将到来的殴打。

但是她没有遭到任何殴打。梅林抬起头，朝肩膀一侧望去——

目光所及之处是一个年轻的阿拉伯人的眼睛,是阿卜杜勒·卡马克来了。

"我看到了,"他说,"我看到了你刚才藏起来的那张照片,那是你小时候的样子——一个非常稚嫩的孩子。我可以再看看吗?"

梅林警惕地挪开了些身子。

"我看完就会还你的,"卡马克再次说道,"我听说过你,我知道你对你的父亲,也就是酋长,没有任何好感。我也是,所以我不会背叛你的,让我看看照片吧。"

身处在残酷的敌人中间,梅林孤立无援,于是她紧紧地抓住了阿卜杜勒·卡马克此刻抛出的救命稻草,也许他会成为自己需要的朋友。而且不管怎么说,他看到了这张照片,若不能成为朋友,他就会告诉酋长,那自己的照片很快就会被夺走了,这样的话,自己不妨答应他的请求,希望这人真的能说到做到。想到这儿,梅林把照片抽了出来,递给了卡马克。

卡马克细心地观察着照片,不时抬起头,对照着坐在地上盯着自己的梅林,随后,他慢慢地点了点头。

"是的,"他说,"照片中的人确实是你,但这是在哪儿照的?为什么酋长的女儿会穿着异教徒的衣服呢?"

"我不知道,"梅林回答,"我也是几天前在瑞典人玛尔比恩的帐篷里才看到这张照片的。"

卡马克扬起了眉毛,他把照片翻转了过来,当目光落在剪切下的旧报纸上时,霎时瞪大了双眼,他读得懂法语,尽管看懂意思有些困难。他曾和一群沙漠伙伴们一起到巴黎去表演过,并在那儿待了半年。那段时间他并没有荒废掉,而是学了很多风俗和一些语言,还染上了当时法国人身上的种种陋习。现在,他开始学以致用,慢慢地、吃力地读着泛黄的剪报,眼睛不再睁得老大,

女孩再遇酋长 | 233

而是眯成了两条缝。读完后,他看向梅林。

"你读过这上面的内容吗?"他问道。

"那是法语,"她回答,"我一个字都不认识。"

卡马克久久地站着,默默地看着梅林,她非常漂亮,凡是见过她的男人一定忍不住想要得到她,自己也不例外。最后,他朝着梅林单膝跪地。

卡马克的脑海里闪现出一个绝妙的计划,要是梅林一直读不懂剪报上的内容,那自己这个计划将顺利进展;相反,梅林若是读懂了法语,那就行不通了。

"梅林,"他低声说,"以前,我从未见过你,但今天,你闯入我眼帘的那一刻,也闯入了我的心,它扑通扑通地诉说着,渴望成为你的仆人。你还不了解我,但我希望你能相信我,我一定会帮你,你憎恨酋长——我也是。所以让我带你走吧,跟我走,跟我回到那片大沙漠,在那里,我的父亲也是一位酋长,而且比你的父亲更强大,你愿意吗?"

梅林继续坐着,一言不发。她不想伤害这个唯一能保护自己的友人,但她同样也不想要卡马克的爱。卡马克似乎误会了梅林的沉默不语,他一把搂住她,紧紧地拥在怀里,不过梅林挣扎了起来。

"我不爱你!"梅林大声喊着,"拜托,不要让我恨你。你是唯一一个对我好的人,我可以喜欢你,但不会爱上你!"

卡马克站直了身子,说:"你早晚会爱上我的,因为不管你愿不愿意,我都要带你走。你痛恨酋长,所以你肯定不会告诉他,要是你真说了,我也会把照片的事捅出来。我也痛恨酋长,而且——"

"你痛恨酋长?"一个冷酷的声音从他的身后传了过来。

两人同时转过身,看见酋长站在离他们几步远的地方。卡马克立马将手里握着的照片塞进了呢斗篷。

"是的,"他说,"我痛恨酋长。"

卡马克一边说着,一边出其不意地一拳把酋长打倒在地,然后猛地冲过村庄,飞奔向马厩,马匹早已装上马鞍准备就绪了。事实上,卡马克本是要出发前去打猎的,但是看见了形单影只的梅林,于是便逗留了一会儿。

卡马克翻身上马,穿过村庄的大门,飞驰而出。酋长一时间被那一拳打得头昏眼花,缓过神来后,他跟跟跄跄地站了起来,大吼大叫地让手下马上追捕逃跑的卡马克。十几个黑人一拥而上,试图拦住马背上的卡马克,但要么被马蹄踹到一旁,要么被卡马克狭长的枪口扫到一侧,就这样,他不时地变换着武器的位置,策马奔腾。但是很快,他似乎要被拦住了,村口处有两个黑人正费劲地关上笨重的大门。逃跑的卡马克见状,松开缰绳,马儿疯一般地狂奔着,他举起手中的枪,开了火,两声过后,两个守门人轰然倒地。他呼地发出了一声胜利的呐喊,手中的枪支旋转着,高举过头,他坐在马鞍上转过身嘲弄着追在后边的黑人,很快,卡马克便冲出了酋长的村庄,消失在了丛林之中。

酋长大发雷霆,愤怒地命令手下即刻开始追杀,然后大步走回到梅林身边,她依旧待在那里,身子蜷缩成一团。

"照片!"老酋长大吼,"那黑狗说的是什么照片?在哪里?马上给我!"

"他拿走了。"梅林闷闷地回答。

"什么照片?"酋长粗暴地抓住梅林的头发,拖到脚边,死命地摇晃着她的身子,厉声质问,"到底是张什么样的照片?"

"是我的照片,"梅林说,"我还是个小女孩时的照片,我从玛尔比恩那里偷来的,就是那个瑞典人——从旧报纸上剪下来的,背面还印了些字。"

酋长气得脸色发白:"那些字都说了什么?"他的声音很低,低到梅林几乎要听不清了。

"我不知道。它是用法语写的,我读不懂法语。"

酋长似乎松了一口气,甚至嘴角还微微上扬了些。他没再殴打她,而是转过身,大步离开了,临走前又警告梅林不许跟除了马布努和他以外的人说话。

另一边,卡马克沿着商队的路线,朝着北边飞驰而去。

就在莫里森的独木舟漂浮着、渐渐淡出伤痕累累的瑞典人视线之外时,他虚弱地滑到了船底,昏昏沉沉躺了很长一段时间。

直到夜晚时分,他才完全醒了过来。不过莫里森又继续躺了很久,望着星空,努力回忆着自己究竟身在何处,底下是什么在轻轻柔柔地摇摆着?一时间,他觉得自己还在梦里,但是当他试着挪动身体,准备醒过来时,伤口的疼痛猛然将他拉回到现实。莫里森开始意识到自己正待在一条独木舟上,在一条非洲大河上随波逐流——孤身一人,身负重伤,迷踪失路。

莫里森艰难地坐了起来,伤口似乎没有想象中那般疼,他小心翼翼地感受着——伤处已经不再流血了,可能只是些皮肉伤,没什么大碍。要是伤势惨重到一连几天都无法动弹,那就必死无疑了,因为那样的话,自己又饿又痛,整个人会虚弱不堪,根本没法去找食物。

莫里森的思绪渐渐地从自己的烦恼中转向了梅林,他仍然认为,在自己拼命赶往黑人向导所说的营地时,她一定还在瑞典人手里,但不知道现在她怎样了?就算玛尔比恩受伤死了,梅林能好过吗？她的周边仍旧是一群穷凶极恶之徒——最低等的野人。莫里森双手捂脸，身体来回翻滚，脑海里不停地播放着梅林惨遭厄运的可怕画面，都是自己造成的！是他心中邪恶的欲望，使得一个纯洁无辜的女孩远离了保护着她、宠爱着她的人们，落入粗暴野蛮的玛尔比恩以及他残忍下属的手中。直到为时已晚，莫里森才意识到自己的罪行多么严重，才意识到自己心中熊熊燃起的爱火多么强烈，比欲望、比其他任何情感都要浓郁，可是，梅林已经被自己亲手毁了。

莫里森还没有完全意识到自己身上发生的变化，如果有人告诉他，有一天他会抛开所谓的荣誉，所谓的骑士气概，让自己从零开始，那这位曾经的英国绅士一定立马翻脸。一开始，他知道密谋将梅林拐去伦敦，本就卑鄙无耻，但他却以对梅林的爱为借口——是火热的爱情让他一时抛开道德，迷失了自己。不过现在，一个新的莫里森诞生了。他不会再利欲熏心地做出卑劣的事，种种精神的苦难已经磨砺了他的道德品性，思想和灵魂也在悲伤和悔恨中得以净化。

莫里森现在只想做些补偿——他要保护梅林，为她打一场胜仗，必要的时候，牺牲性命也在所不辞。他扫视了一圈独木舟，想找找船桨，尽管身体还很虚弱，伤口也隐隐作痛，但下定决心的刹那，他便迫不及待，想立即行动。不过，船桨不见了。他转头看向海岸，没有月光的夜晚，隐隐约约地浮现着一片漆黑的丛林，阴沉骇人，但是他不再像过去一样了，他的内心激不起一丝恐惧的波澜，甚至也没有去思索为何自己不再害怕了，此刻他全身心都被另一个人的安危占据了。

莫里森弯下腰，靠在独木舟的边缘，张开手掌使劲地划了起来。这样做十分费力，甚至可能添上新伤，但他还是坚持徒手划了数个小时。漂浮的独木舟一点一点地离河岸越来越近了,莫里森已经能够听见正对面传来狮子的咆哮声,声音非常近,自己应该快到岸边了。他把步枪搁在身旁,继续不停地划水。

时间似乎过了很久很久,疲惫不堪的莫里森才感到有树枝在独木舟上拂过,划过河水,带起阵阵漩涡。又过了一会儿,他伸出手,抓住了一根茂密繁盛的树枝,狮子又吼了一声——已经近在咫尺了,莫里森猜想,这头畜生是不是一直沿着河岸跟随着,就等着自己上岸?

他用力地扯了扯,估摸了下树枝的承受能力,这根粗壮的树枝看起来十分结实,足以支撑十几个人。接着,他收了手,从船底一把捞起步枪,挂到肩上,又拉了下枝杈,用力一蹬,缓缓地、竭尽全力地向上爬去,很快脚掌摇摆着悬在了半空,底下的独木舟静静地漂浮着,顺流而下,永远消失在无边的黑暗中。

他已经破釜沉舟了,现在要么爬到高处,要么掉到河里去,没有别的路了。莫里森挣扎着想抬起一条腿勾住树枝,但是没有力气了。他就这样挂着,仅存的最后一丝力气也快要消耗殆尽了,他知道自己必须立刻爬到树枝上,否则就来不及了。

突然,狮子大吼了一声,声音几乎就在耳畔了。莫里森往上瞥了一眼,前方不远处燃烧着两团火焰。狮子就立在河岸边,怒视着、等待着。好吧,莫里森想着,就让它这么等着吧,反正狮子不能上树,自己要是爬到了这棵树上,那就足够安全了。

莫里森的脚掌几乎贴到了水上,比他想象的还要接近河面,周遭全是漆黑一片,什么都看不清。过了一会儿,他听到底下有一阵轻微的骚动,有什么东西猛地擦过了自己的一只脚,伴随着一声呻吟,他已经猜到了,不会错的——那是野兽的牙齿猛地合到一起时发出的咔嚓声。

"天啊！"莫里森心有余悸地呼了一声，"好家伙，差点就抓住我了。"

他立马又挣扎着往上爬，想爬到相对安全些的高度，但是这一使劲，他知道没用了，浑身使不出半点力气，最后一丝希望也要破灭了。心力交瘁、麻木的手指无力地向下滑——整个人就要掉到河里，掉进死亡的深渊了。

这时，莫里森听见上方的叶子沙沙作响，里边似乎有什么动物在移动，然后落到了自己手中握住的树枝上——重量可真不轻，压得树枝往下垂了一大截。莫里森不顾一切、死死地抓着枝干——他绝不主动放弃生命，不管是上头未知的威胁，还是下方等待的死亡，他都要坚持到最后一刻。

紧接着，他感到握着树枝的手指上覆上了一只柔软的、温暖的手掌——头顶上方的那片黑暗中有什么东西伸出了一只手掌，将莫里森拉到了密密麻麻的枝条上。

Chapter 24
瑞典人遭恶报

有时,科拉克会懒洋洋地坐在大象的背上,或是独自在丛林里闲逛,慢慢地朝西南部游荡而去,每天只走几英里,生命余下的时光在眼前铺展开来,漫长而乏味。他整日都漫无目的,也许本可以走得再快些,可脑海里总有一个声音在告诉自己,每走远一英里,梅林离自己就远了一英里——是啊,她不再是自己的梅林了,确实如此!但是,自己还是一如既往地爱着她。

走着走着,科拉克来到了岸边,遇到了前行的酋长队伍,曾经就是在那儿,酋长将梅林捉回了寨子。科拉克十分清楚身旁穿行而过的都是些什么人,事实上,即便有好几年没有涉足这块地方了,但在丛林里,几乎没有他不熟悉的人。不过,他和老酋长之间没什么特别来往,因此没想过要跟着那老家伙——科拉克巴不得离这群人远一些,越远越舒心,他甚至不想再看见其他人类的嘴脸了,人类只会带给自己悲伤和痛苦。

河流意味着有鱼可吃,因此,科拉克常常摇摇摆摆地走在岸边,以自己的方式捕鱼,然后便直接生着吃了。夜幕降临时,他便蜷缩在溪边的一棵大树上,然后很快便睡着了,直到被底下凶猛咆哮的狮子给吵醒。正当他准备朝那吵吵闹闹的邻居发点脾气,大吼一声时,突然他注意到了其他动静,侧耳听了听。脚下这棵树上好像还有其他什么东西?是的,他听到下头有什么东西正想往上爬,发出些许"嚓嚓"声。很快,科拉克又听到了鳄鱼在水下发出的声音,随即而来的还有一声低沉但清晰的惊呼:"天啊,好家伙,差点就抓住我了。"很熟悉的声音。

　　科拉克往下看了看,想知道是谁发出的声音。他看到一个人紧抱着树下的一根枝杈,身影映着水面模糊的微光,显得朦朦胧胧。科拉克悄悄地、快速地往下探了过去,不久便感到脚边有只手握着树枝。他俯下身,抓住下面的人,一把拖到了枝干上。那人虚弱不堪,挣扎着撞了下科拉克,不过科拉克毫不在意,像是一只蚂蚁撞到了大象一样,不痛不痒。他将手中的家伙又拽高了些,现在那人更安全了。狮子仍在下方咆哮着,显然,即将到手的猎物被抢了,此刻正怒不可遏。不过,科拉克也用猿语朝下大吼了几声"吃腐肉的绿眼老怪物""鬣狗",还有其他各种辱骂。

　　莫里森以为自己被一只大猩猩给抓住了,他摸着左轮手枪,准备从枪套里偷偷地拔出来,突然一个声音传了过来,非常流利的英语:"你是谁?"

　　莫里森惊得差点从树枝上掉下去。

　　"我的天啊!"他喊道,"你是人?"

　　"你以为我是什么?"科拉克问道。

　　"一只大猩猩。"莫里森诚实地回答。

　　科拉克笑了:"你是谁?"

"我叫莫里森·贝恩斯,是一个英国人,你又是谁?"莫里森疑惑。

"大家都叫我科拉克。"科拉克回答。然后,他顿了顿。就在莫里森试图透过一片黑暗,瞧一瞧眼前这个陌生人的长相时,科拉克又继续说,"你就是那个在东部平原边上亲吻女孩的人吧?当时还有头狮子攻击了你们。"

"是的。"莫里森回答。

"你在这儿干什么?"

"那个女孩被人拐走了——我正在想办法救她。"

"拐走了!"像枪里射出子弹一样,科拉克脱口而出,"谁拐走了她?"

"那个瑞典商人,汉森。"莫里森回复。

"他在哪里?"

接着莫里森向科拉克讲述了自己到达汉森营地后发生的所有事,故事讲完时,黎明的第一道曙光已经穿透了黑夜。科拉克到河边将水壶装满,又取了些水果给莫里森,让他舒服地待在树上,然后便要告辞。

"我要去瑞典人的营地,"科拉克宣布,"我会把那个女孩给你带到这儿来。"

"我也要去,"莫里森坚持,"原本她会是我的妻子,所以这是我的权利,也是我的责任。"

科拉克皱起眉头,说:"你受伤了,不适合旅途跋涉,我一个人可以走得更快。"

"走吧,"莫里森回答说,"不过我会跟在后面,这是我的权利,也是我的责任。"

"随你便。"科拉克耸耸肩,如果这人想找死,那也不关他的事，若不是因为梅林的缘故，自己还想杀了他呢。但要是梅林真的爱上了这个男人，那自己会竭尽所能来保护他，不过，直爽地说，科拉克不会阻止这人跟在后边，也不想进行任何劝告。

科拉克迅速向北出发，而身负重伤、疲惫不堪的莫里森一瘸一拐远远地跟在后面，步伐缓慢，十分费劲。当莫里森走了还不到两英里时，科拉克已经抵达玛尔比恩营地对面的河岸边上了。

下午晚些时候，莫里森还在吃力地走着，忽然听到身后有一阵疾驰而来的马蹄声，他立刻停下脚步，本能地躲进浓密的灌木丛中藏了起来，过了一会儿，一个穿着白色长袍的阿拉伯人奔了过来。莫里森听说过那些南下的阿拉伯人所具有的本性，也十分确信，这群来自北部的凶恶叛徒就像毒蛇猛兽一样，总会出其不意地对人咬上一口。

直到阿卜杜勒·卡马克消失不见后，莫里森才继续疲惫地往前走。半小时后，很明显地又有一阵马蹄声纷至沓来，而且数量众多，他吓了一跳，四处寻找藏身之处；但碰巧的是他正在穿越一片空地，周围没有任何可以躲藏的地方。莫里森尽力小跑了起来——在如此虚弱的状态下，他用上了最快的速度；但还是来不及抵达安全之地，甚至来不及抵达空地的另一头，一群穿着白袍、骑在马背上的人便闯入了他的视野。

这群人一看到莫里森，便用阿拉伯语大喊了起来，当然，他一个字儿也听不懂，很快人群就包围了他，愤怒的脸上满是威胁。莫里森无法理解他们问了什么，而自己说的英语他们也全然不知，最后，人群显然没有耐心了，领头人干脆下令捉了他，两个手下立即毫不犹豫地卸了莫里森的武器，命令他爬到一匹马上，然后这两名被派遣的士兵转身上马，带莫里森朝南返回，其余人则继续追捕阿卜杜勒·卡马克。

科拉克来到河边,看见了对岸玛尔比恩的营地,但是他有点困惑,该如何过河呢?大河那头的栅栏边上,人群在小屋里外来来回回地走动——显然,汉森还待在那儿。不过,科拉克并不知道绑架梅林的这个人的真实身份。

如何渡河?贸然蹚过,必死无疑。科拉克想了一会儿,然后猛然转身,飞快地跑进了丛林,嘴里发出一种奇特的叫声,尖锐刺耳,不时地又停下来仔细听了听,似乎在等待某种回应,一次又一次,叫声回荡在森林里,越来越靠近丛林深处。

最后,科拉克的耳朵里传来了梦寐以求的声音——一头大象的吼叫,科拉克穿过树林,来到了大象面前。大象高高地抬起了象鼻,大耳朵呼扇呼扇地挥舞着。

"快,大象!"科拉克大喊一声,野兽便一把将他卷到头上。"快点!"粗壮肥厚的大象迈开脚步,摇摇晃晃地在丛林中穿行,头顶上方的科拉克不停地指挥着,裸露的脚后跟在象头两侧"蹬哒蹬哒"地摆动着。

科拉克和大象一路朝西北前进,又一次来到了距离瑞典人营帐一英里多的河岸边,现在,他不再犯难了,大象可以蹚过这条河。大象甩起象鼻,踏入水中,稳稳地朝着对岸而去。途中,一条粗心大意的鳄鱼发动了袭击,但是很快,水面下方弯曲的象鼻一下子从中间卷住了鳄鱼的身躯,并拖出水面,甩到了一百英尺远的下游处。

就这样,科拉克在汹涌的河水上方高高地坐着,没有弄湿半点身子就安然无恙地抵达了对岸。

大象一步一个脚印地朝南走着,步伐有些晃动不停,但始终坚定地前进着,除了巨大的丛林树木,其余东西在它眼里完全不是阻碍。有时候,树枝几乎贴着象背扫过,科拉克便不得不跳离宽阔的象头,爬到头顶的树枝上,随后再返回象背。最后,一人一象终于抵达了空地的边缘,眼前便是玛尔比恩的营地了,他们依旧没有犹豫,没有停下。营地的大门面朝大河坐落在东边,而大象和科拉克却是自北边而来,因此没有看到任何大门的影子,然而,他们谁也没有在意这个。

很快地,接收到科拉克发出的指令后,大象柔软的象鼻高高地举过一片荆棘,毅然地踏过栅栏,如履平地。有十来个黑人正蹲在小屋前,听到动静后抬起了头,这一下子,他们吓得跳了起来,惊恐万状地尖叫着,飞奔向敞开的大门。大象痛恨人类,又觉得科拉克来此是为了抓捕这些四处逃散的人,正打算继续追赶,不过被科拉克阻止了。科拉克引着大象朝空地中央一个巨大的帆布帐篷走去——梅林和劫持者应该就在那里。

玛尔比恩此刻正躺在帐篷前的吊床上,头顶浓密的枝叶洒下一片树荫,他失血过多,整个人伤痕累累、疼痛万分、非常虚弱。当听到手下失声尖叫时,他惊奇地抬起了头,看见人群朝大门猛冲而去,接着,帐篷的一角慢慢浮现出一头庞然大物——大象。这头巨大的长牙野兽已然高高耸立在瑞典人头顶上方,其他人一看到野兽便连滚带爬地逃开了,留下玛尔比恩一人,孤立无援。

大象停在了离吊床十几步远的地方。玛尔比恩胆怯地缩成一团,无助地呻吟着,他真的太虚弱了,根本没力气逃跑,只能躺在那儿惊恐地盯着那双猩红又愤怒的兽眼,等待死亡的降临。

突然,他大吃了一惊,因为他看到一个人从大象后背滑到了地面,而他几乎一眼便认出了这个奇怪的男人——一个总是跟巨猿还有狒狒们厮混在一起的人类、丛林里的白人战士,曾经从陷阱里解救了狒狒王,又领着一群愤怒的狒狒来袭击自己和詹森。玛尔比恩此时整个人吓得缩成一团。

"女孩在哪里？"科拉克用英语质问道。

"什么女孩？"玛尔比恩反问，"这里没有女孩——只有黑人下属的女人们，你要找她们中的哪一个？"

"那个白人女孩，"科拉克厉声道，"不要对我撒谎！就是你把她从朋友们手里骗了出来，你抓了她。她在哪里？"

"不是我！"玛尔比恩大声说，"是一个英国人雇我来拐走她的。那人想带女孩去伦敦，而她自己也愿意去。他叫莫里森，如果你想知道女孩在哪里，就去找他。"

"我刚见过他，女孩不在他那儿，"科拉克说，"他让我来找你，别撒谎了，快告诉我，到底她在哪里？"科拉克边问边向瑞典人走近了一步。科拉克发怒的神情吓得玛尔比恩又往后缩了缩。

"我说，我说！"玛尔比恩大喊，"我什么都说，千万别动手！我确实把女孩带到这里了，但却是莫里森说服她离开朋友的——那英国人已经答应了要娶她，不过他并不知道女孩真正的身份，而我知道，并且无论是谁，只要把她送回父母身边就能得到丰厚的报酬，我想要的只有这些报酬而已。但是，她跑了呀，她划走我的一条独木舟渡过了河。我也追了，但遇到了酋长，天知道咋回事，酋长把她给抓了，还打了我，把我赶走了。接着，莫里森来了，还凶狠地对我开枪。总之，你要找女孩就去酋长那里问他要——反正她从小就以为自己是酋长的女儿。"

"她不是酋长的女儿？"科拉克疑惑。

"不是。"玛尔比恩肯定地说。

"那她是谁？"科拉克又问。

此时，玛尔比恩眼前一亮，他看到了一线生机，要是好好利用自己知道的信息——说不定可以救自己一命。毕竟，他可不会天真地以为，这个野蛮的人猿残杀了自己之后会有任何负罪感。

"等你找到女孩后,我再告诉你,"玛尔比恩说,"但你得保证不杀我,并且分一些报酬给我。要是你把我给杀了,那就永远不知道她是谁了,酋长虽然知情,但绝不会告诉你,而女孩对自己的出身还一无所知呢。"

"你说的话若是真的,我就饶了你,"科拉克说,"现在我会先去酋长的村庄,女孩要是不在那儿,我就回来杀了你。至于你说的其他消息,等我找到女孩再说,如果她想知道,我们会想办法跟你交换。"

科拉克坚定的眼神以及嘴里强调的"交换"并无法使玛尔比恩安下心来。显然,除非他能逃跑,否则眼前这个恶魔很可能在得到想要的消息后,干掉自己。现在玛尔比恩更希望科拉克能快点离开,带着那邪恶的同伴一起离开。头顶上方耸立的庞大身躯那丑陋的小眼睛,一直紧盯着玛尔比恩的一举一动,让他如坐针毡、忐忑不安。

科拉克走进玛尔比恩的帐篷里查看了一番,确定梅林真的没有藏在这里。当科拉克离开大象的视线时,它仍然盯着玛尔比恩,还往前走近了一步。大象通常视力不佳,但大象显然从见到这个黄胡子白人开始,心里就充满了疑问。现在,它将自己蛇一般的鼻子伸向仍然蜷缩在吊床上的瑞典人。

敏锐的象鼻来来回回地蹭着惊恐万分的玛尔比恩,不停地嗅着。突然,大象发出了低沉的咕哝声,细小的眼睛燃起熊熊怒火,它终于认出来了,这个人就是多年前杀死自己伴侣的那个家伙!这头大象从来不曾忘记,也永远无法原谅!玛尔比恩看见头顶上方的野兽仿佛着魔了一般,露出了清晰的杀意,他惊慌地朝科拉克大声向尖叫:"救命!救命啊!这个魔鬼要杀了我!"

科拉克赶忙从帐篷里跑了出来,正好看到盛怒的大象卷住玛

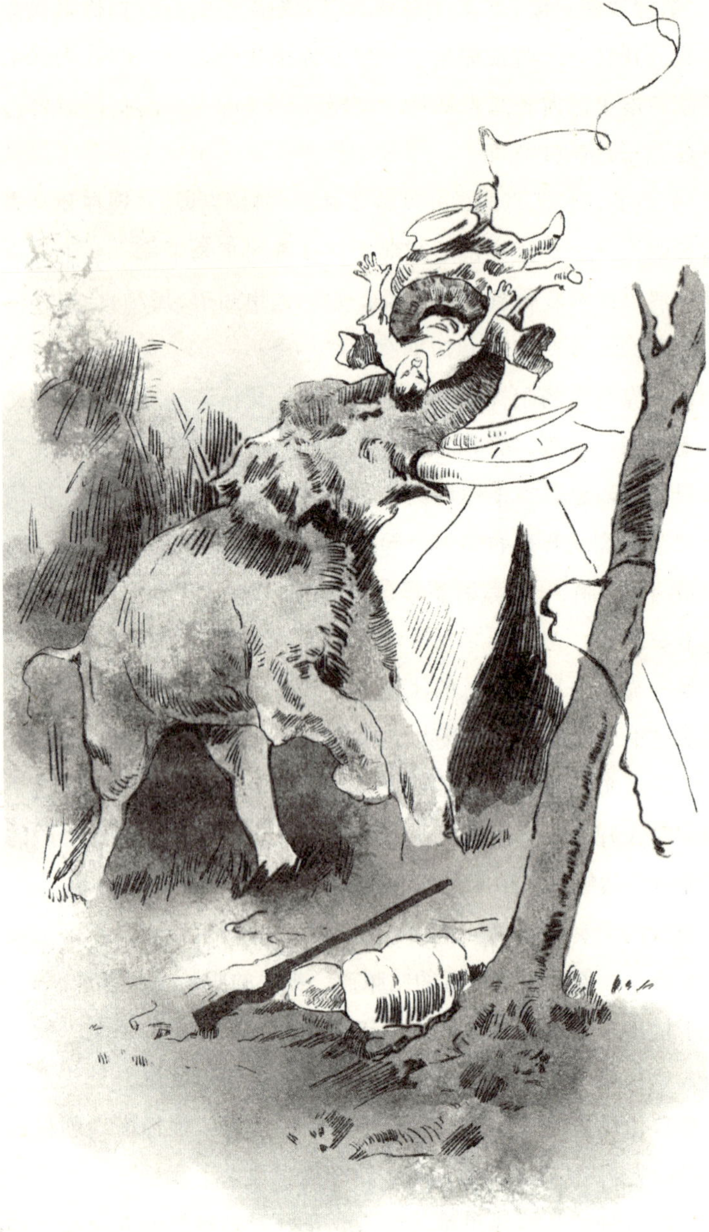

尔比恩，连同吊床、顶篷一起高高地甩到象头上方。科拉克纵身一跃，飞快地跳到大象眼前，勒令它放下猎物；但此时，即便是科拉克的命令也无法扭转乾坤。大象像只猫一样，灵活地快速转身，将玛尔比恩猛地摔到地上，用强劲有力的长牙狠命地刺穿了瘫倒在地的猎物，接着，又抬起脚掌重重地踩了下去。直到最后，脚下再也没有任何生命气息，只剩下一团血肉模糊的烂泥，大象卷起这一堆象征着"斯文·玛尔比恩"的肉泥，远远地扔进了丛林。

科拉克站在那里，悲伤地看着这场本可以挽救的悲剧。他对玛尔比恩没有好感，有的只是满腔仇恨；但为了那人所知道的秘密，自己怎么也应该保护他。可现在，秘密只能永远地掩埋了，除非酋长主动透露，但那可能性微乎其微。

此刻面对着强悍的大象，科拉克依旧没有一丝畏惧，仿佛不曾目睹方才那一场令人惊悚的杀戮，他示意野兽靠近些，以便将自己举到头上。大象听话地走了过来，温顺得像一只小猫，温柔地将科拉克高高地举了起来。

玛尔比恩的手下始终躲藏在丛林里，亲眼看见了主人被残杀的全过程，此时，他们发怵地瞪大眼睛，看着这个奇怪的白人战士骑在那头凶狠的野兽头上，沿着来时的路渐渐地消失在丛林里。

Chapter 25
科拉克遇危机

酋长怒视着两个手下从北边押回的俘虏，他派人出去是为了抓捕原来的副手阿卜杜勒·卡马克，结果他们带回了一个伤痕累累、毫无作用的英国人，为什么不把这人当场解决掉？这不过是一个身无分文的乞丐，一个在自己的领域内游荡迷路的商人，毫无价值。想到这，酋长狠狠地瞪了英国人一眼。

"你是谁？"他用法语问道。

"我是莫里森·贝恩斯阁下，来自伦敦。"俘虏回答。

这头衔听起来倒很体面，几乎即刻之间，狡猾的老强盗马上打起了赎金的主意。尽管表面上态度还是一样恶劣，但老酋长的心里可转了好几个弯了——他打算继续问清楚这个俘虏的底细。

"你想在我的国家偷猎些什么？"老家伙恶狠狠地问。

"我不知道这块非洲领域是您的地盘，"莫里森回答说，"我只是在找一个被朋友从家里拐走的年轻女人。那个绑匪打伤了我，当时我正在一条独木舟上,只能一直顺流而下——正打算返回那人的营地时,就被你们给抓住了。"

"一个年轻女人?"酋长问,"是她吗?"老头指了指左手边的一大团灌木丛。

莫里森顺着方向看了过去,刹那间,他的眼睛睁得老大:在那里,梅林正盘腿坐在地上,背对着他们。

"梅林!"莫里森大喊,迫不及待地想朝她走去,不过被一个士兵瞬间抓住了胳膊,拉了回来。梅林一听到有人在叫自己,立刻站起来,转过身。

"莫里森!"她激动不已。

"安静点,待在原地别动!"酋长厉声喝道,接着又转头朝向莫里森,"那该死的基督徒把我女儿给偷走了,所以你是他的走狗吧?嗯?"

"您的女儿?"莫里森脱口而出,"她是您的女儿?"

"她是我的女儿,"酋长咆哮道,"所以不会跟任何异教徒在一起。英国小子,你早该被处死了,现在我给你个机会,你要是能给自己搞来一笔赎金,我可以放了你。"

莫里森还处在极度震惊中,没有回过神来,他一直以为梅林还在汉森手里,没想到竟然在阿拉伯人的村落里看到她。到底发生了什么事?她是怎样逃离瑞典人的?是这个老阿拉伯人用武力将她从瑞典人手里带了回来?还是她自己逃跑后,心甘情愿地回到了这个叫她"女儿"的老头身边,寻求保护?要是可以的话,他想和她说几句话。若是她待在这儿平安无事,而自己却与酋长作对,硬是将她带回英国朋友们身边,那反倒可能会伤了她。现在,莫里森再也不会动将梅林拐回伦敦的念头了。

"嗯?"酋长皱眉。

"哦，"莫里森惊呼，"不好意思！我刚才在想别的事。嗯，当然，我很乐意付钱，那您觉得我值多少钱？"

酋长说了个数目，金额比莫里森心里预期的少多了，因此，他点点头，表示自己愿意付钱。事实上，无论酋长要价多少，莫里森都会欣然答应，因为他压根没打算真的付钱——现在配合酋长的各种要求，原因无非只有一个，那就是趁着赎金送来的这段时间，找个机会问问梅林，要是她也想离开的话，就帮她一起逃跑。老阿拉伯人说他是梅林的父亲，莫里森也不确定这话是真是假，因此最好弄清楚梅林的态度，看她想不想逃走。当然，要是这个美丽动人的年轻女孩宁愿待在一个肮脏的寨子里，和一个大字不识的阿拉伯人在一起，也不愿回到那舒适豪华的非洲庄园，那简直太匪夷所思了。

虽然自己曾经从庄园里拐走了她，但那里毕竟有一群志同道合又热情好客的朋友们。不过，一回忆起自己曾经表里不一的行径，莫里森就羞愧得满脸通红。

思绪很快被酋长打断了，老家伙指示着莫里森写信给英国驻阿尔及尔的领事，一套说辞非常熟稔，显然老无赖不是第一次借机向英国家属们讨要赎金了。

当看到信封将被送往阿尔及尔领事馆时，莫里森又不甘心地辩解说，这一趟来回得一年半载才能拿到钱，还不如派个信使到最近的海岸城镇去，在那里直接发个电报给自己的律师索要赎金。

但是，酋长对此完全不予理会，老家伙十分小心谨慎，过去一贯的做法效果很好，贸然采用其他新的方式风险太大，并且他也不急于一时——必要的话，等上个一年，甚至两年也行，不过通常往往连半年也不用，钱就到了。送完信后，老酋长转过脸，对着身后站着的一个阿拉伯人说了几句话，告诉他们如何安置英国俘虏。

莫里森听不懂他们之间叽里呱啦的阿拉伯语，不过谈话的内容应该跟他有关，因为两人一直指着自己，最后阿拉伯人对着酋长鞠了一躬，示意莫里森随他离开。莫里森不确定地朝酋长看了一眼，后者不耐烦地点了点头。

于是，莫里森站起身，跟着那个阿拉伯人走向一间土著小屋，一旁紧挨着一顶顶山羊皮帐篷。土屋里漆黑一片，有着一股令人压抑的气息。阿拉伯人带着莫里森进入后，又走到门口，大声叫了几个黑人小伙来屋前蹲守。黑人们很快就来了，并按照阿拉伯人的指示，将莫里森的手腕和脚踝紧紧地捆了起来。莫里森强烈地抗议，但无论是黑人还是阿拉伯人都听不懂他在说什么，白费了一番口舌。捆绑完后，那些人便离开了。

莫里森躺了下来，思索着，在朋友们获悉自己的处境，派人来营救之前，他可能要独自熬过一段漫长而痛苦的时光了，而现在能做的就是祈祷赎金尽快送过来——其实一开始，莫里森只打算发电报给自己的律师，让他别送钱，而是去跟管理英属西非殖民地的官员们谈谈，派个考察队过来解救自己，可现在只要能离开这里，付多少钱也无所谓了。

屋内臭气冲天，熏得莫里森的鼻子紧紧地拧成一团，身下肮脏不堪的干草混杂着汗水，动物腐烂的尸体和内脏发出一阵阵恶臭。更糟糕的是，捆绑着的姿势非常不舒服，几分钟后，莫里森开始感觉不对劲，从手掌、脖子、连头皮都传来了剧烈的瘙痒感。他惊恐又厌恶地扭动着，努力想坐起来，可很快身体的其他部位也都发痒了——这简直是个折磨，因为他的双手正被牢牢地绑在背上啊！

莫里森拼命地拉扯着绳索，直到精疲力竭；所幸的是，一切

科拉克遇危机 | 253

并非徒劳无用,绳结已经松了些,足够让自己的一只手钻出来些。此时,天已经黑了,夜幕降临。没有人送来食物,甚至连一口水也没有,这些人难道想让自己不吃不喝过一年?各种蚊虫在身上叮来咬去,数量众多,但此刻也显得不那么恼人了,莫里森安慰自己说,这就相当于接种疫苗,说不定还能提高身体未来的免疫力呢。

于是,他继续倒腾着身上的绳子,但接着,老鼠出现了。如果说蚊虫让人感到恶心,那么老鼠可真叫人恐惧了。一群群老鼠飞快地爬过他的身体,吱吱吱地尖叫着,扭成一团,最后,有一只甚至咬上了他的耳朵。莫里森气得咒骂了一声,又一次努力挣扎着想坐起来,这一动,老鼠们有些退却了。他用力把腿屈到身下,膝盖弯曲,几乎使出了吃奶的劲儿,一下蹦了起来。现在,他摇摇晃晃地站着,头昏眼花,冷汗一滴滴流了下来。

"天啊!"莫里森喃喃地说,"我到底做了什么,要遭受这样的折磨——"他顿了顿,自己做了什么?突然他想到了另一个帐篷里的梅林,想到她也困在这个该死的寨子里。这一切都是对自己的惩罚,对自己的磨砺,他越发坚定地咬紧了牙关,绝不会再抱怨了!

就在这时,莫里森听见小屋旁侧的山羊皮帐篷里响起了愤怒的说话声,其中还有女人的声音。会是梅林在说话吗?说的都是阿拉伯语——他一个字也听不懂,但那是梅林特有的语调。

莫里森绞尽脑汁地想着,该如何将梅林的注意力引到这间小土屋上?如果她能过来替自己松绑,那两人就能一起逃了——当然,前提是梅林也不想待在这里。但是这个想法又让人有些不安,他不确定她在这个村子里有着怎样的地位,若她备受老酋长的宠爱,那她肯定不愿意离开了,所以自己必须先把一切都弄清楚。

在庄园的时候，莫里森就常常听见梅林吟唱《天佑国王》，而女主人则会在一旁用钢琴为她伴奏。现在，他灵光一闪，哼起了曲调，果然梅林的声音很快地便从帐篷里传了过来，语速飞快。

"再见，莫里森！"她大喊，"如果上天怜悯我，我会在黎明前死去；如果我没死，那么今晚过后，我将生不如死。"

紧接着又是男人的一声怒吼，还伴随着一阵扭打声。莫里森吓得脸色发白，他开始疯狂地拽着身上捆绑的绳索，在压力之下，绳子被拉得又细又长，最后"嘣"的一声，他的一只手挣脱出来了，很快地，另一只手也松开了。他弯下腰，解开脚踝上的绳子，然后直起身朝小屋门口走去，准备赶到梅林身边。然而，就在他刚踏入夜色之中时，一个体形庞大的黑人站起身，挡住了路。

另一边，大象驮着科拉克安然地蹚过了河，来到了靠近酋长村庄的河岸边。此时，科拉克巴不得用上最快的速度，因此一上岸，他立即舍下笨重的同伴，纵身跃到树枝间，飞快地朝南奔去，冲向玛尔比恩口中所说的地点。

当他来到寨子边上时，天已经黑了，从自己救出梅林、带她脱离苦海那天起，周围的栅栏就大力加固了好几层，一堵堵木墙上方再也看不见那棵开枝散叶的大树了；不过这些普通的人造防御措施对科拉克来说，简直就是小意思。他松开了腰上缠绕的绳子，将绳套用力甩到栅栏削尖的顶端，整个人飞快地攀了上去。过了一会儿，透过一排排栅栏，底下的景色便一览无遗了。确定附近没有人后，科拉克爬过围栏，轻轻落到了里边的地面上。

接着，科拉克开始悄悄地搜查村庄。他首先朝阿拉伯人的帐篷走去，一边嗅着，一边听着，寻找梅林的踪迹。偶尔他会从人群背后经过，悄无声息，即便是凶猛的阿拉伯野狗也毫无察觉——仿佛是黑暗中穿梭的一团影子。空气中飘来了一股股烟草味，是

科拉克遇危机 | 255

阿拉伯人在帐篷前吸烟,耳朵里还能听见一阵阵笑声,突然,从村子另一头传来了几声熟悉的音调:《天佑国王》。科拉克困惑地停了下来:似乎是一个男人的声音。他想起来了,是自己遗留在河边的那个年轻的英国人,后来自己返回时,那人已经离开了。又过了一会儿,他听见一个女人回应的声音——是梅林!科拉克侧身一闪,飞快地朝着两个声音的方向溜了过去。

酋长让人将梅林的晚餐盛在小托盘上送进了帐篷。老家伙的帐篷最里边有个角落,专门用廉价的波斯毛毯隔出了一小块区域给女人们住。老酋长没有妻子,因此梅林一直和马布努单独住在那个小隔间里,在梅林离开多年后,这里一切都没有变化——现在她还是和老巫婆两人住在这个小角落里。

不久,酋长回来了,他掀开地毯,在昏暗的室内灯光下怒视着女孩。

"梅林!"他叫道,"到这里来!"

梅林站起来,走到帐篷前头,在那里,火光将屋内照得一片通明。她瞧见了酋长同父异母的弟弟——阿里·本·卡丁正蹲在地毯上吸烟,而酋长就站在一旁。

阿里·本·卡丁和老酋长拥有同一个父亲,但他的母亲是一个奴隶——一个西海岸的黑人。他又老又丑,鼻子和半边脸颊由于疾病的侵蚀,已经毁容了。当梅林进来时,他抬起头来,咧嘴笑了一下。

酋长猛地指了指阿里·本·卡丁,然后对着梅林说道:"我老了,活不了多久了。我想把你托付给我的弟弟——阿里·本·卡丁。"

话刚说完,阿里·本·卡丁就站了起来,朝梅林走了过去。梅林吓得往后缩了一步,不过手腕立即被阿里·本·卡丁抓住了。

"走!"他命令道,将她从酋长的帐篷里拖回了自己的住处。

两人走后，酋长轻声地笑了起来："几个月后，我再把她送回北部去，"老家伙自言自语，"到时他们就会知道，杀了阿莫尔·本·卡哈特姐姐的儿子要付出怎样的代价。"

在阿里·本·卡丁的帐篷里，梅林不住地恳求着，甚至威胁着，但全都无济于事。这个丑陋的混血老头一开始还好声好气地说话，但是当梅林不停地宣泄愤怒和憎恶时，他也逐渐暴躁起来，扑向梅林，胳膊狠狠地搂住了她。有两次，梅林挣脱地跑开了，其中一次，她听见了莫里森的声音，嗡嗡地哼唱着自己熟悉的旋律。她匆忙对着夜空大喊了几句，但马上阿里·本·卡丁又一次扑了过来，这次，他将她拖到了帐篷最里面的小隔间里。

听到动静，三个黑人抬起头，面无表情，对即将发生的悲剧完全无动于衷。

莫里森望着挡在前头的黑巨人，失望和愤怒愈演愈烈，仿佛瞬间化身成了野兽，狠狠一声咒骂后，整个人猛地朝黑人撞去，身体的力量冲击着黑人轰然倒地。两人立马扭打在一起，黑人拔起刀砍了过去，莫里森则狠狠地掐住对方。

莫里森的双手死死摁住黑人的嘴巴，阻止了他发出任何求救；但是很快，黑人便抽出了武器，只一刹那，莫里森便感到锐利的刀刃刺入了肩膀，一下又一下。他把一只手从黑人的喉咙上移开，并在地上摸索着，最后指尖碰到了一块大石头。他立即将石头抓在手里，高高地举了起来，朝着对手的头部用力地砸了下去。顷刻之间，黑人松开手，昏死了过去。莫里森又死命砸了两次，这才收手。紧接着，他跳了起来，飞快跑向梅林所在的那顶山羊皮帐篷。

不过在此之前，已经有另一个人先行一步了。身裹豹皮、腹缠腰布的科拉克偷偷溜进了那个帐篷后边的阴影里。就在混血老头刚把梅林拖进里边的隔间时,科拉克的尖刀已经在帐篷上划开了一个六英尺的洞,紧接着,他迅速钻了进去,现身在一双双惊愕万分的眼睛面前。

在科拉克进入隔间的那一刻,梅林便瞧见了,并立马认出了他。一见到自己渴望已久的高大身影,她欢呼雀跃地跳了起来,带着一股油然而生的自豪感:"科拉克!"

"梅林!"科拉克一边喊着,一边飞快地冲向惊讶不已的阿里·本·卡丁。

三个黑人从睡垫上跳起来,失声尖叫着。梅林急忙想阻止他们逃走,但还没来得及行动,惊恐的黑人已经飞快地穿过科拉克在帐篷上割开的裂缝,很快,尖叫声回响在村庄里。

混血老头被科拉克紧紧地掐住了喉咙,刀子也狠狠地扎进了那卑劣不堪的心脏——最终阿里·本·卡丁倒在帐篷的地板上死了。科拉克转身对着梅林,突然,一个浑身是血、衣衫褴褛的人影蹿了进来。

"莫里森!"梅林惊呼。

科拉克又转过头,看着来人。他刚才一时间忘了自己上次见到梅林时产生的各种顾虑,正准备把梅林搂进怀里,但现在看到这个年轻的英国人,脑中便回忆起了在那小块空地上发生的情景,一股痛苦的浪潮席卷了他的身心。

还来不及悲伤,外边那三个黑人的尖叫声已经引起了一阵阵警报声,人群一窝蜂似的拥向阿里·本·卡丁的帐篷。没有时间可以浪费了!

"快!"科拉克喊着,"从帐篷后面离开,带她到栅栏那里。这是我的绳子,拿着,到时候你们就爬上围栏逃出去。"

"可你呢,科拉克?"梅林焦急地问道。

"我留下来，"科拉克回答，"我有笔账要和酋长算算。"

梅林正想拒绝，但是科拉克一把抓住两人的肩膀，从帐篷上的裂缝里猛地推了出去。

"现在快跑吧。"他轻斥，然后独自转过身，看着眼前一股脑儿挤进帐篷里的人群，迅速打了起来。

虽然科拉克的战斗力极强，但此时的处境实在太不利了，获胜的概率很低，不过他已经赢得了自己最想要的——让莫里森带着梅林成功逃跑的时间。几分钟后，科拉克力渐不敌，被绑了起来，抬到了酋长的帐篷里。

老家伙默默地盯着他看了很长时间，努力地思考着，该如何折磨这个两次抢走梅林的小子，才能平息自己的愤怒和仇恨？至于阿里·本·卡丁被杀害这事，他倒不怎么生气——事实上，对父亲那个丑陋的奴隶生出的丑儿子，老酋长心里简直恨死了。不过，一想到自己曾被这个白人战士打了一拳，老家伙的怒气就噌噌地往上蹿，现在他实在想不出采用怎样的酷刑才能了却心头之恨。

就在老酋长无声地盯着科拉克时，栅栏外的丛林里，一头大象的吼声打破了沉默。科拉克的嘴边不禁泛起了一丝笑容，他转过头，微微侧向声音传来的方向，然后嘴里突然发出一声低沉而诡异的尖叫。看守他的一个黑人立即用矛柄甩了科拉克一下，不过没人知道科拉克那一声喊叫意味着什么。

而在丛林里，大象也竖起耳朵仔细地听了听科拉克传来的回应，然后它摇晃着走近栅栏，高高举起象鼻，四处嗅着。紧接着，它把头抵在木墙上，推了推；栅栏十分坚固，几乎纹丝不动。

酋长的帐篷里，老家伙最后站了起来，指着被绑住的俘虏，转头朝向自己的一个副手。

"烧死他，"他吩咐，"立刻烧死他，用那些准备好的木桩。"

科拉克立刻被带下去，拽到村庄中心的空地上，那里有一根高高的木桩叉立在地面上。它并不是为烧火准备的，而是用来捆绑住一些执拗难缠的奴隶——这些奴隶会遭到严刑拷打，通常只有等到死亡，才得以解脱。

科拉克被绑在木桩上，他的周围堆起一捆捆灌木，接着酋长来了，站在一旁准备欣赏自己的俘虏受尽折磨的痛苦神情。很快人群又取来了一根燃烧的木头，干燥的树桩一下子燃起了熊熊大火。

即便如此，科拉克依然面不改色，不曾皱过眉头。他再一次奇怪地喊了一声，就像在酋长的帐篷里发出的怪叫，这次，从栅栏外也传来了大象的吼声。

大象一直在推挤栅栏，但徒劳无用。科拉克的声音在不断地呼唤着它，敌人的气息一阵阵地飘来，更是激起了心中的愤恨。大象转过身，拖着脚步后退了十几步，然后又转了回来，抬起象鼻，发出一声强劲有力、咆哮如雷的怒吼，接着低下头，像一只包裹着肉体、骨头和肌肉的夯锤，朝栅栏做成的巨大木墙猛撞过去。

栅栏应声倒了下去，四分五裂，暴怒的大象匆忙踏过缺口。科拉克清晰地听见了这一系列的动静，也意识到发生了什么事，然而身旁的人群毫无察觉。火焰渐渐逼近了他，这时，一个黑人听到了背后的声响，转过头，瞧见了大象庞大的身躯正笨重地向这边跑来。

黑人瞬间吓得尖叫一声，撒腿就逃。大象左右扫荡着黑人和阿拉伯人，甚至挥开自己畏惧的火堆，一路来到科拉克身旁。

酋长急忙下达了一堆命令，然后快速跑回帐篷去拿步枪。大象将科拉克连同捆绑在身的木桩一起卷住，拔地而起。火焰炙烤着大象敏感的皮肤——每一寸粗厚的象皮都感到一阵灼痛，但为了尽快救出自己的朋友,并远离这令人厌恶的火焰,大象一边保护着科拉克不被碾碎,一边疯狂地跑动了起来。

巨兽将同伴高高地放到头上,快速转身,朝着栅栏边上的缺口冲了过去。酋长手里拿着步枪,匆匆忙忙地从帐篷里跑了出来,直奔到这头疯狂的野兽前进的道路上,举起武器,开了一枪。子弹没有击中目标,但大象此时已经来到了酋长的身边,厚重的象脚沉沉地踩了下去,像碾死一只挡路的蚂蚁,轻而易举便杀了他。

然后,这头大象小心翼翼地驮起同伴,走进黑暗的丛林里。

Chapter 26

大象发怒

梅林猝不及防地见到了以为早已死去的科拉克,惊喜交集,晕乎乎地被莫里森拉着跑到了栅栏边。莫里森将绳套一甩,扔到了围栏中一根垂直耸立的木桩顶上,艰难地爬了上去,然后往下伸出手,想把梅林拉上来。

"来!"他低声说,"我们必须快点。"

突然,梅林像从梦中醒过来一样,缓过神来。留在寨子里独自一人战斗的是科拉克——她的科拉克,她理应在他身边,和他并肩作战!梅林抬头瞥了一眼莫里森。

"快走!"她大喊,"去找'恩人',然后带人过来救我们。我应该待在这里,而你留下来无济于事,趁现在快走,再和他一起回来救我们!"

莫里森无声无息地滑到了栅栏内侧,来到了梅林的身边。

"我留他一人战斗就是为了带你逃跑,我知道他能把那群人拦得更久些,让你有机会逃跑,这我可能做不到。其实,我才是该留下的那个人。我听到你叫他科拉克,这下我知道他是谁了。他一直对你那么好,而我却差点伤害了你。别——先别说话,现在我要告诉你所有的一切,让你看清过去的我有多么禽兽不如。我曾经打算带你回伦敦,这点你是知道的,但我其实并不打算娶你。没错,你害怕了避开我也是应该的——我活该。鄙视我吧,厌恶我吧,那时候的我根本不懂什么是爱情。当我明白的时候,我也学到了一些别的东西——才意识到过去的生活里,我简直是个无赖、懦夫。我对自己界定的那些处在社会底层的下等人们不屑一顾,我甚至认为你没资格冠上我的姓氏。但是,自从汉森骗了我,把你拐走后,我经历了一段炼狱般的生活,那使我成了一个真正的男子汉,尽管这样的蜕变来得有点晚,但现在我对你的爱,情真意切,如果你愿意和我在一起,让你的名冠上我的姓,这份荣誉将熠熠生辉。"

有好一会儿,梅林沉默不语,陷入了沉思。接着,她问了一个似乎毫不相关的问题:"你怎么会在这个村子里?"

莫里森便从黑人手下告诉他汉森的奸计讲起,将所有的事都告诉了梅林。

"你说你是个胆小鬼,"她说,"然后却不顾死活地来救我?你向我坦白这些事的那一刻,也需要巨大的勇气,一种与众不同的勇气,足以证明你不再是一个道德上的懦夫,更不是一个行动上的懦夫。我爱上的人不会是一个胆小鬼。"

"你的意思是,你爱我?"莫里森惊讶地喘了口气,朝梅林迈了一步,想把她搂进怀里,但梅林伸出手抵住了他,轻轻推开了。过去她毫无疑问地觉得自己爱着莫里森,但事实上,她对科拉克的爱也一丝未减,曾经她觉得那是兄妹之爱,而非爱情,但此时,她已不再犹疑。就在两人站在原地交谈一番时，村庄里的喧哗渐渐平息了下来。

"他们把他杀了。"梅林低声说。

这话一下子把莫里森的思绪拉了回来，想起了两人决定留下的原因。

"你在这儿等着，"他说，"我去看看。如果他死了，那就没办法了；如果他还活着，我会竭尽全力带他回来。"

"我们一起去。"梅林回答，"快！"她领着路赶往最后见到科拉克的那顶帐篷。

一路上，人群匆匆忙忙地来回走动着，两人不得不时常趴到帐篷或土屋的阴影里——整个村庄似乎被唤醒了，人影浮动。两人蹑手蹑脚地溜到了科拉克用刀在帐篷上划开的破洞边，梅林小心翼翼地朝里边探了探头——后边的隔间里空无一人。然后，她从缺口爬了进去，莫里森紧跟在后面，两人悄悄地穿过房间，来到了帐篷隔间的毛毯边上。拨开毯子，梅林向前边的房间望去，还是不见人影。她走到帐篷门口往外看，顿时吓得倒吸了一口冷气。莫里森透过她的肩膀也看到了令人震惊的一幕，同样惊呼了一声，夹杂着愤怒的咒骂。

一百英尺开外的地方，科拉克正被绑在一根木桩上——身边的木头堆已经被点燃了。莫里森把梅林推到一边，奔了过去，甚至来不及考虑该如何对抗几十个充满敌意的黑人和阿拉伯人。同一时刻，大象也撞碎了栅栏，向人群冲去。一看到发疯般的野兽，人们吓得转身就逃，包裹着莫里森朝后拥去。几乎片刻之内，一切便结束了，大象带着自己的战利品消失了，而整个村子依旧笼罩在一片混乱之中。男人、女人和孩子们乱哄哄地跑来跑去；野狗吠叫着四处逃散；马匹、骆驼、驴子全都被大象的吼声吓住了，

264

有十几匹马,甚至更多,丛马厩里挣脱缰绳跑了出来,在路上横冲直撞。这使莫里森突然想到了一个主意。他转过身想去找梅林,蓦然发现她一直跟在一旁。

"那些马!"他叫道,"我们可以弄些马来!"

明白莫里森的想法后,梅林带着他来到村子的另一头。

"随便松开两匹,"她说,"然后把它们带到茅屋后面的阴影里。我知道哪里有马鞍,我去拿一些过来,还有缰绳。"说完,就迅速地离开了。

莫里森很快解开了两匹躁动不安的马,并带到了梅林所说的地点。在这里,他不耐烦地等着,等了仿佛有一个小时——实际上,只是几分钟而已。等梅林扛着两块马鞍跑回来,两人便迅速地把东西装到马背上。此时透过燃烧的火焰发出的光芒,他们可以看到黑人和阿拉伯人正从恐慌中渐渐地恢复了过来。人群来回奔走,忙着收拾四处逃散的牲畜,有两三个人正赶着动物们往村子这头过来,而此刻梅林和莫里森还在忙着给坐骑套缰绳。

一切准备就绪后,梅林翻身上马。

"快!"她低声说,"我们得赶快逃走,顺着大象打开的缺口走。"看到莫里森跨上马后,她握了握缰绳,用力一甩,躁动不安的马匹猛地向前冲去。梅林选择了最快的路径,笔直地穿过村子中心,而莫里森紧跟在她的身后。

这场逃亡出现得如此急促而突兀,村庄的居民愣了半晌,直到两人已经冲到了半路,一个阿拉伯人认出了他们,大叫着发出警告后,举起步枪便开了火。这一声只是开始的信号,很快,子弹飞快地扫射了过来,在一片此起彼伏的枪声中,梅林和莫里森驾着马穿过了栅栏的缺口,沿着破旧的小路朝北冲去,速度快得像飞了起来。

大象发怒 | 265

科拉克呢？大象驮着他往丛林深处走去，一刻也没有停下，直到敏锐的耳朵再也听不见遥远的村庄里响起的任何动静。然后，它轻轻地放下科拉克。科拉克努力地想摆脱身上捆绑的绳索，但是于事无补，任凭他使出再大的力气，绳结还是打得紧紧的，没有一丝松散。他就这样躺着，折腾一阵，休息一阵，而大象就站在身旁守护着他，在这个庞然大物面前，丛林里没有哪头不怕死的野兽敢贸然前来。

黎明到来了，科拉克开始觉得自己就要死在这里了，整个人又饿又渴，而大象又解不开他身上的绳结。

同时，莫里森和梅林正沿着河岸快速地驾着马，向北边"恩人"的庄园前进。方才的逃亡中，莫里森被一名阿拉伯人的步枪射伤了，梅林想带他回去，以便得到适当的照料。一路上，梅林终于让莫里森安下心来，确信科拉克和大象一起待在丛林里不会有危险，然而梅林没有想到的是，科拉克可能挣脱不开捆绑的绳子。

"然后，"她说，"我会让'恩人'跟我一起去找科拉克，他得来和我们住在一起。"

两人骑了一整夜的马，天刚微亮时，他们突然遇到了一支赶往南部的队伍，是"恩人"和他那井然有序的黑人士兵们。看到莫里森，这个年长的英国人便气恼地皱起了眉头；不过他打算先听听梅林的说法，再发泄心中的怒火。等到梅林讲完所有故事后，"恩人"似乎把莫里森抛到一边了，脑海里想的全是另一件事。

"你说你找到了科拉克？"他问，"你真的看见他了吗？"

"是的，"梅林回答说，"就像您站在我眼前一样，看得清清楚楚。我想要您跟我一起走，帮我再找到他。"

"你也见到他了吗？""恩人"转向莫里森确认道。

"是的，先生。"莫里森回答说，"清清楚楚。"

"他长什么样子？"他继续问，"你能说得上来他大概几岁吗？"

"我只能说他是一个英国人，年龄跟我差不多，"莫里森回答，"可能比我还大些，整个人肌肉发达、皮肤黝黑。"

"恩人"沉思了几秒，突然眼睛一亮："他的眼睛和头发，你注意到了吗？"他说得很快，语气难掩激动。这次梅林开口了。

"科拉克的头发是黑色的，眼睛是灰色的。"她说。

"恩人"转向队伍里的领头人，说："带梅林小姐和莫里森先生回家。我要去丛林。"

"'恩人'，让我和你一起去吧！"梅林喊道，"既然你要去找科拉克，就让我一起吧。"

"恩人"转过头，脸上掠过几丝悲伤，紧紧地盯着梅林说道："你应该待在你爱的那人身边。"然后，他示意领头人牵着自己的马，带着梅林即刻动身返回庄园。

梅林慢慢地爬上了阿拉伯人的马，这匹从酋长村庄一路飞奔至此的马已经有些疲惫了。而此时莫里森由于受伤，开始发烧了，人们急忙找来一个担架，抬起他，整个队伍很快便沿着河道一路蜿蜒前行。

"恩人"站在那里看着他们，直到队伍消失在视野之中。这一路上，梅林都没有回头看上一眼，而是低着脑袋、耷拉着肩膀。他叹了口气，他很爱这个阿拉伯小女孩，就像爱自己的女儿一样。他知道，莫里森已经实现了自我的救赎，现在如果梅林真的爱着莫里森，他也不会再反对了，虽然心里总觉得莫里森配不上自己的小梅林。"恩人"慢慢地走向附近的一棵树，一个纵跃，抓住了一根较低的树枝，爬了上去，动作如猫一般敏捷。他一路爬到了高处的树枝上，停了下来，开始脱去身上的衣服。从斜挂在肩上的猎物袋里取出了一块长条状的母鹿皮，一卷干净整洁的绳子，

大象发怒 | 267

还有一把样貌丑恶的刀子。母鹿皮被裁成了一块腰布,绳子缠绕在肩膀上,猎刀则被塞进了丁字裤上的皮带里。

接着,他挺直身子站了起来,头往后仰着,宽大的胸膛扩展开来,嘴边绽开一抹冷酷的微笑,鼻孔也张大了,仔细地嗅着丛林的气味,慢慢地,灰色的眼睛眯了起来。他蹲下身子,跳到较低处的一根枝干上,穿过树林,朝着东南方向走去,离河岸越来越远。他移动得飞快,偶尔会停下来,发出一声奇怪又刺耳的尖叫,然后再细细地听一会儿。

走了好几个小时后,他才隐隐约约听到远处的丛林里传来一声回应,声音大概在前方略偏左的方向——是一只公猿的吼叫。一听到声音,他的神经霎时兴奋了起来,眼神也亮了。他再次发出了一声可怕的尖叫,然后朝着新确定的方向加速前进。

科拉克最终不得不相信,如果继续留在原地等待毫无希望的救援,那就必死无疑了。他开始跟大象说话,用着野兽能够理解的奇怪语言,命令它将自己背起来,然后往东北方向出发。不久前,科拉克才在那里遇见了白人和黑人。这次,要是能再遇到一个黑人,那他就能让大象把那人抓过来给自己解绑。这至少值得一试——比在丛林里躺着等死要好。

当大象带着科拉克穿过森林的时候,科拉克不时地大声呼喊,希望能唤来阿库特的猿群,它们常常在丛林里晃荡,时不时就能遇见。他想,阿库特应该懂得如何解绑吧——毕竟当年俄国佬把自己绑了之后,它就解开过绳子;而处在南边的阿库特,确实隐约听见了呼唤,也正在赶来的途中。此时,还有另一个人也听到了。

在"恩人"脱离了队伍,并命令他们返回庄园时,梅林便一直低着头,默默地骑了一小段距离。谁能知道那颗心思活络的小脑袋瓜里在想什么呢?而且似乎还暗暗做了某个决定。她把队伍的领头人叫到身边。

"我要回去找'恩人'。"她宣布。

黑人摇了摇头:"不行!主人让我带你回家,所以我必须带你回去。"

"你不让我走?"梅林问。

黑人点点头,走到了后边,在那里能更好地看护着她。梅林欲笑又止。过了一会儿,当马匹从一根低垂的树枝下经过时,黑人惊讶地发现,马鞍上空无一人,梅林不见了。他快速地跑到女孩消失的大树边上,但是一点影子也没瞧见。他大声地喊了起来,没有任何回应,有的话可能也是从右侧远远传来的一声低沉的嘲笑。领头的黑人迅速派遣手下到丛林里去搜寻梅林,但不久人群空手而归。最后,他不得不继续带着队伍返回庄园,这个时候莫里森已经烧得神志不清了,耽搁不得。

梅林径直冲向一处她觉得大象会去的地方,此刻,她摒弃了头脑中的其他杂念,只留下一个想法,她必须找到科拉克,并把他带回来,心底有个声音在呼唤着她这么做。但紧接着,梅林也开始担心科拉克的处境了,责备自己怎么没有早点想到这一点:先前她想着把受伤的莫里森送回庄园,完全忽略了科拉克可能也需要自己的帮助。梅林连续几个小时不停地快速穿梭,甚至没有休息,突然她听到一只公猿呼唤同类的吼声,那声音无比熟悉。

梅林没有回应,只是加快了速度,几乎飞了起来。现在,敏感的鼻子已经闻到了大象的气味,她知道眼前的路是对的,自己正在靠近科拉克。她还是没有发出任何叫声,她想给他一个惊喜。很快地,她看见那头大象翘起鼻子拖着科拉克和木桩,步伐沉重地往前走着。

"科拉克!"梅林从上方的树叶中冒了出来。

大象立刻转过身，把科拉克放到地上，凶猛地吼叫了起来，摆出一副保护自己同伴的姿态。科拉克认出了梅林的声音，突然竟有些哽咽。

"梅林！"他也朝她喊着。

梅林高兴地落到地上，跑上前来准备替科拉克解绑，但是大象迅速弯下了头，吼出了一声凶恶的警告。

"回去！回去！"科拉克大喊，"它会杀了你的！"

梅林停下了动作。"大象！"她对这个庞然大物喊道，"你不记得我了吗？我是小梅林呀，过去我还常常骑在你宽阔的背上呢。"

然而，愤怒的大象只是咕噜咕噜地吼叫着，愤怒而轻蔑地晃荡着獠牙。科拉克试图安抚野兽，试图命令它走开些，好让梅林过来松开身上的绳子。但是大象依旧坚持守着，现在除了科拉克，它觉得人类都是敌人，而这个女孩也不例外，她弯下腰一定是想伤害自己的同伴，它绝不给她任何机会。整整一小时，梅林和科拉克想尽办法也没有引开大象，大象仍坚定而冷酷地站在原地，绝不让任何人靠近科拉克。

不久，科拉克想出了一个办法。"你假装走开，"他对梅林说，"顺着风走，这样大象就闻不到你的气味了，然后悄悄跟在我们的身边。过段时间，我会让它把我放下来，再找个借口把它打发走。当它走开时，你就溜过来割断我的绳子。你有刀子吗？"

"有，我带了把刀。"她回答，"那我走了，我觉得我们也许可以骗过它，但不能太自信——大象也非常聪明和狡猾。"

科拉克笑了，他知道她说得对。不久，梅林消失了。大象仔细地听着，又举起象鼻四处嗅着女孩的气味。此刻，科拉克命令它再次把自己举到头上，继续前进。大象犹豫了一会儿，还是照着吩咐做了。就在这时，科拉克听到了远处传来一只巨猿的咆哮是阿库特！科拉克提高了嗓门，回应了猿的呼唤，不过却让大象继续穿过丛林。一人一象来到了一片空地，在这里，科拉克清晰地察觉到河流带来的湿气，可真是个好地方，让他有了一个好借口。科拉克命令大象放下自己，用象鼻到河里给自己取些水来。这头硕大的野兽将科拉克缓缓放到空地中心的草堆上，然后竖起耳朵和象鼻，警惕地站着——眼下似乎很安全，于是它开始朝着溪流方向走去，科拉克知道那条小溪大概有两三百码远。

想到同伴被自己的聪明才智给糊弄了，他不禁笑了起来；然而，即便他对大象十分熟悉，也没有预料到大象那颗狡黠无比的脑袋里想出的诡计。就在大象的身影隐没在密密麻麻的树叶间时，它突然转过身，小心翼翼地回到了空地的边缘，藏在了一处别人不易发现的地方观察着。大象本能地心存怀疑，现在它还是担心那个试图攻击科拉克的女人可能会再次返回，所以它得在这里站上一会儿，确保一切稳妥后，再继续往河边走。

哈！果然不出所料！现在她就从树枝上跳下来了，穿过空地，飞快地奔向科拉克。大象耐心等待着，它要等她够着科拉克后再发动攻击——让她逃无可逃！大象的小眼睛里燃起了熊熊怒火，尾巴也僵硬地翘了起来，它几乎抑制不住要向全世界释放自己的愤怒了。当大象看见梅林手里的那把长刀时，她几乎已经来到科拉克的身边了，就在此时，大象猛地从丛林里蹿了出来，凶狠地怒吼着，径直冲向娇弱的女孩。

Chapter 27

幸福的大团圆

科拉克急忙向这头守护自己的巨兽发出一连串的命令,阻止它继续攻击,然而,无济于事。梅林几乎用尽了全力,全速奔向四周环绕的树木;而此时,身躯庞大的大象像一趟列车一样,朝着梅林直驱而去。

科拉克躺在原地,想着即将目睹整个可怕的悲剧,冒出一身虚汗,心脏也似乎停止了跳动。在被大象追上之前,梅林也许还来得及跳到树上,但是她再怎么灵活敏捷也不可能躲开无休无止的象鼻——她会被拉下来扔到地上。科拉克甚至能想象出那一幕令人惊悚的场景,到时大象便会用它无情的獠牙狠狠刺穿那脆弱的小身板;或是抬起笨重的脚掌,将地上的人儿踩得支离破碎,留下一团团让人无法辨认的碎肉。

大象就快抓住梅林了!科拉克痛苦地想合上眼帘,整个野人生涯,他从来没有像此时此刻这样感到恐惧,在这之前,他甚至不知道恐惧是什么感觉。再走十几步，野兽就要抓住她了！啊，那是什么？科拉克惊讶得眼珠子差点掉了下来。

一个奇怪的身影从梅林所在的树上跳了下来——跃过她，直直地落到了进攻中的大象跟前。这是一个赤裸的白巨人，肩膀上缠绕着一卷绳子，丁字裤的皮带上挂着一把猎刀，除此之外没有其他武器傍身。现在，他正赤手空拳地面对着发狂的大象。

一声尖厉的命令从陌生人的嘴里发了出来，巨兽猛然止住了脚步。梅林趁机往上一荡，找到了一处安全之地。科拉克如释重负地吐了一口气，神情间依旧是掩饰不住的惊奇。他目不转睛地盯着解救了梅林的陌生人，随着记忆一点一点地渗透到脑海中，眼前的人影越来越熟悉，突然，他难以置信地瞪大了眼睛。

大象依然在愤怒地吼叫着，站在白巨人面前晃来晃去。然后，陌生人直接走到高高举起的象鼻下方，低声说了个命令，随即巨兽便停止了吼声，眼里的野性也渐渐散去。当他朝科拉克走去时，大象温顺地跟在后面。

梅林也惊讶地望着眼前的一切。突然，那人转过身，好像刚刚这才想起她的存在。"梅林，过来！"男人喊了一句，梅林吃惊地叫道："'恩人'！"她迅速从树上跳下来，跑到男人身边。大象疑虑地看了一眼白巨人，立即便收到了一声警告，让它允许梅林靠近。紧接着，两人一起走到科拉克躺着的地方。

科拉克此时充满震惊的眼里，有着对宽恕的渴求以及对这充满奇迹的一幕愉悦的感激，是奇迹将眼前的这两个人带到了自己的身边。

"杰克！"白巨人喊了一声，单膝跪在科拉克的身旁。

"爸爸！"科拉克哽咽不已，"感谢上帝，您来了。除了您，丛林里没有谁能够阻止得了大象。"

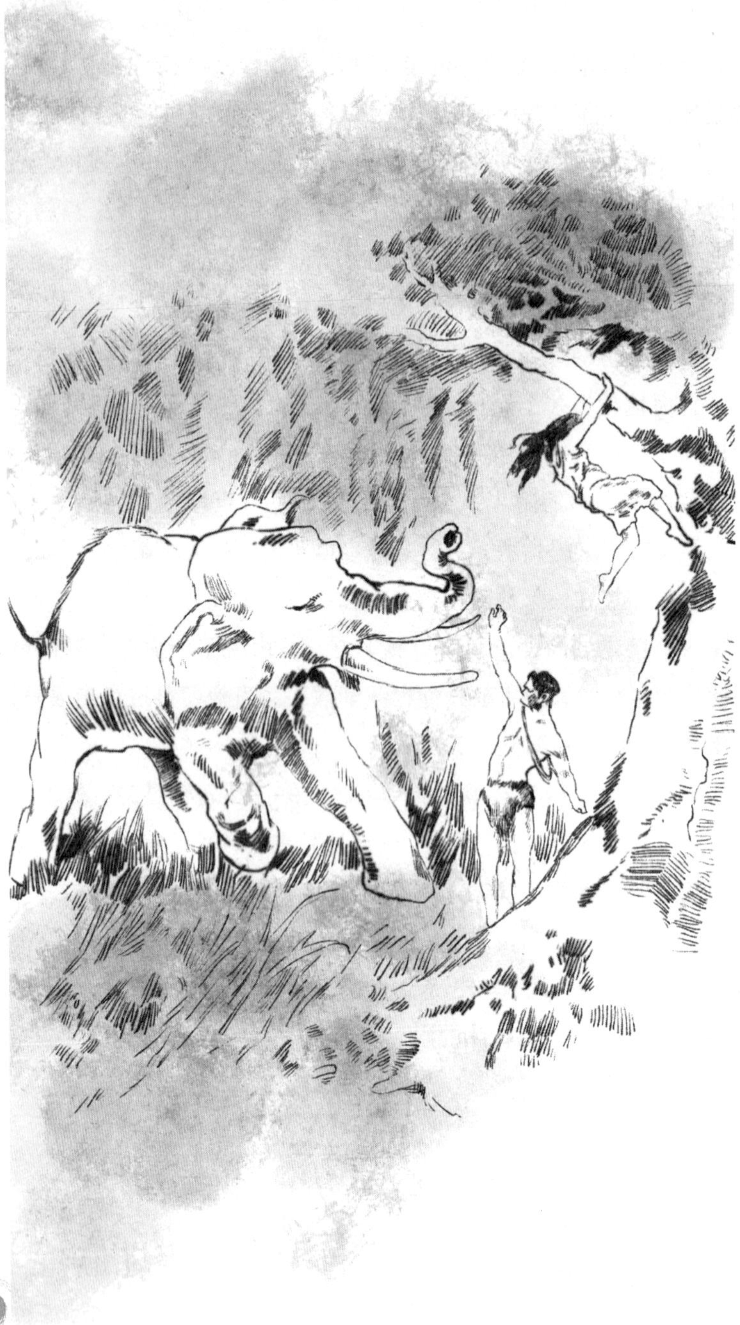

泰山很快割断捆绑住科拉克的绳子,科拉克站了起来,朝着父亲伸出双臂。

泰山转向梅林,厉声喝道:"我之前就叫你回到庄园去!"

科拉克惊奇地看着他们,他的心里一直涌动着一股强烈的渴望,想要把梅林揽在怀里;但是,他又想起了另一个人——那个年轻的英国绅士,而自己只不过是一个粗鲁野蛮、赤身裸体的野人。

梅林抬起头,充满恳求地望着"恩人"的眼睛。

"您跟我说过,"她语气十分微弱,"我应该待在我爱的人身边。"她把目光转向科拉克,眼里绽放着其他男人从未见过、也没有机会看到的闪亮光芒。

科拉克向她伸出双臂,又突然在她面前单膝跪下,将她的手举到唇边吻了上去,比亲吻女王还要虔诚。

这时,大象发出了一声低吼,三人立刻警觉起来。大象正望向三人身后的树林,当所有人顺着大象的眼神看去时,层层叠叠的树叶间渐渐出现了一只巨猿的头,然后是肩膀。有那么一会儿,前来的野兽盯着他们,随后喉咙里发出了一声响亮的欢呼。几秒钟后,巨猿跳到地上,后边跟着一群同类的公猿,摇摇摆摆地走了过来,一边用猿语叫嚷着:"泰山回来了!泰山,丛林之王!"

阿库特来了,几乎是顷刻之间,它开始跳起了巨猿的三重奏,嘴里"咿咿呀呀"地发出可怕的尖叫,其他人类可能会将此看作最凶猛的愤怒,然而眼前的三人却知道,这只猿王正在向比它更伟大的王致敬。这套动作唤醒了阿库特身后毛发蓬松的巨猿们,此时全都争相表现了起来,似乎要比比谁能跳得更高,谁能发出最恐怖的叫声。

科拉克亲切地把手搭在父亲的肩上,说:"丛林里只有一个泰山,永远只有一个。"

幸福的大团圆 | 275

两天后，三个人从丛林边缘的树上跳了下来，穿过平原，庄园赫然出现在眼前，厨房上空的烟囱里冒出了缕缕炊烟。泰山已经从树上取回了扔下的衣服，穿上了文明的着装；而科拉克却不想以这样一副衣衫褴褛、半裸的模样出现在母亲面前；梅林则是紧紧黏在他身边，她解释说自己担心科拉克会改变主意，又跑进丛林。最后，泰山只能独自返回庄园，取些马匹和衣服回来。

简在门口遇见了泰山，眼里满是疑问和悲伤，她没有看到梅林和丈夫一同回来。

"她在哪儿？"她问道，声音颤抖着，"穆威利告诉我，她违背了你的指示，在你离开后又跑进了丛林。哦，约翰，我不能忍受失去了小梅林！"简崩溃地哭了起来，头枕在丈夫宽阔的胸膛上，每当生活遭遇巨大的磨难时，她总能在这副胸膛上找到安慰。

泰山轻轻地抬起妻子的头，看着她的眼睛，微微笑了起来，眉目间满是幸福的光芒。

"怎么了，约翰？"她叫道，"有好消息，对不对？别吊我胃口了！"

"我只是想先让你有个准备，那将是我们有生之年听到的最好的消息。"他说。

"好消息？哦！太令人高兴了！"她说，"你找到了——她？"除此之外，她什么也不敢想。

"是的，简，"泰山声音激动地说，"我找到了她，还有——他！"

"他在哪里？他们在哪里？"简抑制不住满心的狂喜。

"就在丛林边缘。他不想穿着粗俗的豹皮、半裸着身体来见你，让我过来取些像样的衣服。"

简欣喜若狂地拍了拍手，转身便朝平房跑去。"等下！"她边跑边喊，"我把他所有的小套装都留着呢——一件不落，我去拿一套给你!"

泰山笑着叫她停下来,说:"这里唯一适合他穿的,是我的衣服,就这可能还会小呢!你的小男孩长大了,简。"

简也笑了,她现在看见什么都想笑,忍不住笑出声。多年以前,自己的世界曾经笼罩着巨大的悲伤——可此刻,眼前的世界满满的都是爱、幸福和快乐。她真的太高兴了,忘了还有一个噩耗等待着梅林。正当她想起来、喊了泰山准备告诉他时,泰山已经走开去取东西了,没有听见,因而不知道妻子想要告诉自己的是什么事。

就这样,一个小时后,科拉克,也就是杰克骑着马回到了母亲身边,在他孩童般的心里,母亲的身影从未消失过——她的怀抱、她的眼神,无一不在传达着自己渴求的爱和宽恕。

接着,简转向梅林,怜悯的神情抹去了眼中的幸福,说:"梅林,尽管现在我们满心喜悦,但我不得不告诉你一个天大的噩耗。莫里森先生伤得太重了,没能活下来。"

梅林眼中流露出了悲伤,但那仅是她纯真自然的感受,并不是一个女人痛失至爱后的悲哀。

"很遗憾,"她简单地说,"他差点害了我,但在死之前,他早就将功赎罪了。曾经,我觉得自己是爱他的。起初,我对他只是一种迷恋,那种感觉对我来说很新鲜——后来,我对他的感觉变成了尊敬,因为他勇敢坚强,有勇气承认罪恶、改正错误,哪怕死亡也无所畏惧。但那并不是爱情。我一直不懂爱情,直到得知科拉克还活着的那一刻,我才明白。"她笑着转向科拉克。

简很快看向了儿子的眼睛——她的儿子有一天会成为格雷斯托克勋爵,但此时,她一点儿也不在意梅林和儿子之间的地位差距,她觉得自己的梅林甚至配得上国王。她只想知道杰克是否爱这个小阿拉伯流浪儿。不过，看着他的眼神，简就全明白了，于是她伸出双臂搂住两人，不住地吻了好几次。

"现在，"她喊道，"我真的要有一个女儿了！"

一群人在庄园里休息了几天，为即将举行的重大婚礼做了些准备，这才动身前往最近的大使馆。婚礼结束后，他们继续留在海岸上，准备前往英国。

这些天是梅林一生中最美妙的日子了，她做梦也没有想到自己会过上这样奇迹般的文明生活。看到大海和宽敞的轮船，她的心里充满了敬畏，而英国火车站的喧闹和混乱又有些惊扰了她。

"如果有一棵大树，"她对杰克说，"那我会在感到害怕的时候吓得爬上去。"

"然后做个鬼脸，再把树枝扔到火车头上？"他笑着回应她。

"可怜的老狮子，"梅林叹了口气，"没有我们，它怎么办呢？"

"哦，还有别人会跟它作对的，我的小梅林。"杰克安慰道。

一群人回到家一个星期后，泰山收到了一个多年的老朋友达诺的来信，这是一封由阿曼德·贾科上将带来的介绍信。泰山听说过贾科上将，事实上，他的真正身份是卡德雷尼特王子，但他却拒绝使用这个已有四百年家族历史的头衔，哪怕是礼貌性地表态一番也不愿。

"共和国里没有王子的位置。"他总是这么说。

泰山在书房里接见了这位鹰钩鼻、灰胡子的将军，简单交谈一番过后，两个男人不由自主地表现出了对彼此的尊重，那是一种贯穿生命始终的尊敬之情。

贾科上将解释说："我来找你是因为我亲爱的海军上将告诉我，世界上没有其他人比你更熟悉中非了。事情是这样的，许多年前，我的小女儿被人偷走了，可能是阿拉伯人干的，当时我还在阿尔及利亚的外籍军团服役。我们倾尽所有,甚至动用政府的资源来找她,全都无济于事。世界上每个大城市的报纸上都刊登了她的照片,但自从她消失后,再也没有任何人见过她。"

"一个星期前,我在巴黎遇见了一个自称是阿卜杜勒·卡马克的阿拉伯人。他说找到了我的女儿,我立刻带他去见曾经在中非待过的海军上将达诺。卡马克讲完故事后,达诺上将认为,这个像是我女儿的白人女孩就被囚禁在你的非洲庄园附近,他建议我立刻来找你,问问你——你也许会知道周围有这样一个女孩。"

"阿拉伯人证明她是你女儿的证据是什么?"泰山问道。

"没有证据。"贾科上将回答,"所以在派出探险队之前,我们想先问问你的意见。那家伙只有一张她的旧照片,背面粘着一份写着姓名和报酬的剪报。我们担心他可能是无意间得到这张照片,起了贪心,觉得可以投机取巧获得报酬,比如随便带个白人女孩过来蒙混过关,毕竟这么多年过去了,我们也难以辨认出冒名顶替的人了。"

"你有照片吗?"泰山又问。

贾科上将从口袋里掏出一个信封,从里面拿出一张泛黄的照片递给了泰山。再次看到照片上女儿那熟悉的五官,贾科上将的眼睛开始湿润了。

泰山仔细看了一会儿照片,露出一丝怪异的神情,他碰了下胳膊肘上的响铃,过了一会儿,一个仆人进来了。

"问问我儿媳妇,看她愿不愿意来书房一趟。"他直接下令。

方才泰山简捷了当的语气使得贾科上将没抱多少希望,但自身的教养又让他没有流露出任何一丝懊恼和失望,他打算见到那位年轻的女士后,就向泰山告辞。过了一会儿,梅林进来了。

泰山和贾科上将都站了起来,看着她。泰山没有做任何介绍——想看看贾科上将第一眼看到梅林时的反应,他有一个推测,当他第一眼看到照片上珍妮·贾科那张娃娃脸时,这个推测便挤进了脑海。

贾科上将看了一眼梅林,然后转向了泰山。

"你知道这事多久了?"他语气有些责备地问。

"你刚才给我看了那张照片后才知道的。"泰山回答。

"是她,"贾科上将说着,激动得浑身发抖,"但是她不认得我——她也确实不可能认出我来。"

接着他又转向梅林:"我的孩子,我是你的——"

梅林不等他说完,立刻伸出双臂,快乐地喊道:"爸爸!我知道您!我认得您!哦,现在我全都想起来了!"

老人伸手把她抱在怀里。

泰山把杰克和他的母亲也叫了出来,梅林找到了父母这个好消息让大家全都喜出望外。

"真的,你根本没有和一个阿拉伯流浪儿结婚,"梅林不住地对杰克说,"这太好了,不是吗!"

"你一直很好,"杰克回答,"我娶了我的梅林,我不在乎她是阿拉伯人,还是一个小白猿。"

贾科上将说:"我亲爱的孩子!她两者都不是,她是一位公主呢!"